当代陕西文学评论文丛

笔耕拓土

生活真实与艺术虚构

胡采 著

陕西师范大学出版总社 西安

图书代号　WX24N2321

图书在版编目（CIP）数据

生活真实与艺术虚构 / 胡采著. -- 西安 ：陕西师范
大学出版总社有限公司，2025. 6. --（当代陕西文学评论
文丛 / 贾平凹，齐雅丽主编）. -- ISBN 978-7-5695-
4827-3

Ⅰ. I206.7-53

中国国家版本馆CIP数据核字第20245JF360号

生活真实与艺术虚构
SHENGHUO ZHENSHI YU YISHU XUGOU

胡　采　著

出版统筹　刘东风　刘　定
策划编辑　马凤霞
责任编辑　陈柳冬雪
责任校对　张　佩
封面设计　周伟伟
出版发行　陕西师范大学出版总社
　　　　　（西安市长安南路199号　邮编 710062）
网　　址　http://www.snupg.com
印　　刷　中煤地西安地图制印有限公司
开　　本　720 mm×1020 mm　1/16
印　　张　16
插　　页　2
字　　数　230千
版　　次　2025年6月第1版
印　　次　2025年6月第1次印刷
书　　号　ISBN 978-7-5695-4827-3
定　　价　59.00元

读者购书、书店添货或发现印装质量问题，请与本公司营销部联系、调换。
电话：（029）85307864　85303629　　传真：（029）85303879

文脉陕西，评论华章（序）

贾平凹

  从延安文艺的烽火岁月，到新时代的文学繁荣，陕西文学以其独特的风格和深邃的内涵，赢得了国内外的广泛赞誉。在中国当代文学史上，陕西不仅拥有一支强大的文学创作队伍，同时也拥有一批占领各个历史阶段文学批评潮头的评论骨干。他们以敏锐的洞察力剖析文学现象，参与文学现场，解读作品内涵，为陕西文学的发展注入了源源不断的活力。在新时代文化浪潮中，文学评论作为党领导文学事业的重要途径和方式，作为文学繁荣发展的重要推动力和引导力，正凸显着越来越重要的作用。

  为了贯彻落实习近平总书记关于文艺工作和文艺批评的重要论述，以及中宣部等五部门联合印发的《关于加强新时代文艺评论工作的指导意见》，进一步加强和改进陕西文学批评工作，打磨好批评这把利剑，把好文艺的方向盘，同时也为深入总结和发扬陕派文学批评的历史经验，全面呈现陕西当代评论家队伍及其丰硕成果，推动陕西文学批评再创佳绩，助力陕西乃至全国文学发展，陕西省作家协会精心策划并编辑出版了"当代陕西文学评论文丛"。

  在选编过程中，丛书编委会始终遵循着精编细选的原则，力求每篇文章都能代表作者个人的最高水平，同时也能反映出陕西文学评论的独特风格和时代特征。所选文章以研究和评论承续延安文艺传统的陕西作家、作品为主，也不乏对中国文坛或域外文学研究的独到见解。丛书汇聚了三代文学批评家中三十位代表批评家的学术成果。他们或生于陕西，或长期在陕工作。他们以笔为剑，以墨为锋，用睿智深刻的见解，共同书写了陕西文学批评的辉煌华章。他们的评论文章，或激情洋溢，或理性严谨，或高屋建瓴，或细腻入微，共同构筑了这部丛书的独特魅力与丰富内涵。

丛书将陕西老中青三代评论家分为"笔耕拓土""接续中坚""后起新锐"三个系列。三代评论家有学术师承，亦有历史代际。每个系列都蕴含着不同的时代气息和文学精神："笔耕拓土"系列收录了陕西文学评论界先驱和奠基者的成果，他们如同手握犁铧的开垦者，为陕西文学评论的沃土播下了希望的种子；"接续中坚"系列展现了新一代批评家中坚力量的风采，他们的评论既有深厚的理论功底，又有敏锐的时代洞察力，为陕西文学评论的繁荣发展注入了新的活力；"后起新锐"系列则汇集了新一代批评家的文章，他们敢于创新，勇于探索，为陕西文学评论的未来开辟了广阔的空间。

"当代陕西文学评论文丛"的出版，不仅是对陕西文学批评历史的一次全面总结和回顾，更是对未来陕西文学发展的有力推动和期待。相信这部丛书的问世，将激发更多文学评论家的创作热情，使陕西文学创作与批评携手并进，比翼齐飞，为推动陕西文学批评事业的繁荣发展，为陕西乃至全国文学的发展贡献新的智慧和力量。

2024年11月8日

目　　录

读闻捷诗选《生活的赞歌》

一

闻捷写诗，远在延安时代，在抗日战争和解放战争时代，就已经开始了。但是，以写诗为主要表现形式，并且用大量的、闪耀着艺术才华的、魅人的和丰富多彩的诗篇，展现在广大读者面前，却是在全国解放以后。从1954年起，他一连在《人民文学》发表了几个组诗以后，人们就开始注意他了，开始以激动和赞赏的心情，来谈论他的诗了。人们把他最初的若干诗章，称为"激情的赞歌"，称为"爱情和劳动的赞歌"。

虽然开始大量发表是在1954年，但写作这些诗章的时间，却是更早一些。从1952年起，从闻捷在新疆做记者的工作时起，当他在天山脚下、和硕草原、吐鲁番、博斯腾湖生活的时候，当他在维吾尔、哈萨克、内蒙古等兄弟民族人民家中做客的时候，就已经开始构思这些诗章和写作这些诗章了。多年以来，闻捷同志跑了许多地方，经历了许多事情。他的生活视野是广阔的。和人民群众的关系是密切的。他从遥远的天山脚下走出来，到过祖国的东南海岸，和水兵一起共同生活；访问过东南地区的老革命根据地。反右斗争以后，他深入甘肃地区，建立了长期的生活根据地，经常出入河西走廊，和甘肃人民群众，共同度过了汹涌澎湃的1958年的"大跃进"。他以全副身心和热情，投入生活，投入工作，投入人民群众的斗争中去。诗人和革命战士的高度责任心，促使他对生活和工作，有了很积极的心态。反过来，生活和工作，又给了他巨大的激情，给了他真正的诗的灵感，给了他抒写新时代诗篇的不竭的力量，闻捷同志的创作劳动和创作才情，是非常旺盛的。他已经出版了五部诗集：《天山牧歌》《祖国！光辉的十月》《东风催动黄河浪》，以及同诗人李季合刊的《第一声春雷》《我们遍插红旗》。包括九个组诗的《河西走廊行》诗集，很快就要出版。当前，他正在创作数以万行计的长篇叙事诗《复仇的火焰》，已经写完了第一部。

现在我们所看到的他这个选集，就是从《天山牧歌》《祖国！光辉的十月》《第一声春雷》《我们遍插红旗》《河西走廊行》等诗集中选录出来的。

在这个选集里面，主要是短诗、抒情诗，没有包括长篇叙事诗，甚至像《哈萨克牧人夜送"千里驹"》那样洋溢着浓烈抒情气息的叙事诗，作者也没有把它选录进来。

这个选集共分七辑。作者没有特别标明这七辑的内容。但我们能够看得出来，大体上是这样编排的：第一辑是情歌部分；第二辑是有关新疆维吾尔、哈萨克、内蒙古等兄弟民族人民的生活部分；第三辑是祖国海洋和水兵生活素描部分；第四辑是政治诗部分；第五辑是"报头诗"部分；第六辑是反映甘肃河西人民征服风沙斗争的生活写照部分；第七辑是表现甘肃河西人民"大跃进"的生活部分。

七个选辑的内容，虽然各有不同，但差不多是一致地反映了和抒写了祖国人民各方面的生活和斗争。诗人歌颂了这些生活和斗争，歌颂了爱情和劳动，歌颂了祖国人民的勤劳和勇敢，歌颂了社会主义建设和共产主义的远景，歌颂了胜利的红旗，歌颂了容光焕发、具有崇高理想的美好青春，歌颂了我们这一代新人的永远向前的战斗心灵和精神面貌。概括说来，选集的内容，主要是对祖国人民各方面生活的赞歌。闻捷同志委托我为他的选集写个序言并代拟书名，我征求了鹏程、汶石等同志的意见，大家说就叫《生活的赞歌》吧。

二

从选集的内容可以看出：诗人闻捷的视野是广阔的，他对生活的兴趣也是广阔的。他的诗，在取材方面，多种多样，丰富多彩。

可以这样说：他的这些诗，大体上标志了他这几年所走过的生活道路。他的诗，记录了和抒发了他在生活中所获得的最真切动人的感受。他从天山到东南海滨，以后又走进甘肃河西走廊。他不但走过了许多地方，而且经历了我们祖国这些年来的许多重大变化——社会面貌的变化、人的思想感情和精神世界的变化、整个时代生活的变化。这些变化，不断地感染着诗人的心灵，也不断地扩展和提升着诗人的生活视野和诗情境界。祖国丰富多彩的生活，给予了诗人丰富多彩的感受，它冲击着诗人写出了丰富多彩的诗篇。

我们的现实生活，无限丰富广阔，好比是汪洋大海。这个汪洋大海，是由许多条浪涛滚滚的大江大河汇集成的。每一条大江大河，又沟连着无数道河渠与溪流。当你沿着某一条江河、溪、水巡行的时候，你会发现：它们有时是飞驰在高山峡谷间，奔腾呼啸，激起万丈波澜；有时是徜徉在数百里平川，缓缓而行，波平浪静；夏天，洪水暴发，激流拌和着泥沙；秋天，碧水与蓝天相映，清亮彻底；而当它们流淌在辽阔的草原或风沙滚动着的戈壁滩上的时候，又完全会出现另一番天地。当你停留在渠岸长满了野花的溪流旁边时，你会听到音乐一样的淙淙淌水声。也许是在小河转弯的地方，忽然柳树成荫，围拢着一个天然的池沼，池沼里有群鸭戏水，池岸旁有孩子们游玩。到这时，你不禁感动地说：啊！原来生活的动脉是这样的！尽管大江、大河、小渠、溪流，各有不同，但它们都有自己的特点，都有自己特殊的风貌与情趣；它们，都通过自己曲折的道路，沟通着大海；它们都成为我们广阔生活中不可分割的一部分，用它们特殊的情趣与韵律，参加了祖国丰富多彩生活的大合唱。

在闻捷的诗中，有关于大江大河的描写，也有关于潺潺溪流的描写。我们能够从他的诗中，看到和听到浪涛滚滚的奔腾呼啸声，也能看到和听到淙淙的小河淌水声。奔腾呼啸的声貌，可以激起你胸中的巨大浪涛，而淙淙的小河淌水声，却能引起你无限美好的情思。闻捷的某些情歌，就动人地描写了我们生活中这种淙淙的小河淌水声，声音虽小，但它的魅力，却十分扣人心弦。

请你读他的《苹果树下》吧，读《舞会结束以后》吧，读《赛马》吧！你就会感觉到，它们魅人的力量，的确不小。在《夜莺飞去了》这首诗中，有这样迷人的诗句：

> 夜莺飞去了，
>
> 带走迷人的歌声；
>
> 年轻人走了，
>
> 眼睛传出留恋的心情。

> 夜莺怀念吐鲁番，
>
> 这里的葡萄甜、泉水清；
>
> 年轻人热爱故乡，
>
> 故乡的姑娘美丽又多情。

热爱故乡，热爱故乡美丽而又多情的姑娘，并不能使我们的这一代年轻人忘记祖国给予他们新的嘱托和新的理想。他们有一颗为祖国新生活献身的心。金色的石油城，在向年轻人呼唤。他向往高耸的油塔，热衷于为祖国炼出石油。他决心要使自己"成为一名真正矿工"。他并没有忘记故乡和故乡美丽多情的姑娘，正是为了她们，才更加鼓起了实现自己理想的信心和勇气。他还是要回到故乡来的，但是要等到他"成为一名真正矿工"的时候：

> 夜莺还会飞来的，
>
> 那时候春天第二次降临；

年轻人也要回来的，

当他成为一名真正矿工。

不仅是在《夜莺飞去了》一诗中，而且也在《信》《舞会结束以后》等诗中，诗人都透过爱情描写了青年人新的广阔的生活理想。《舞会结束以后》中的姑娘的心，跟她的爱人一起，被带到乌鲁木齐发电厂去了。《信》中的年轻人，忠诚地爱着他的姑娘，但他还是下定决心"跟着过路的勘探队，走向遥远的额尔齐斯河"去了。

新时代的光辉，在年轻恋人们的身上，投下了有力的影响，使他们的生活和思想，发出了闪光。诗人抓住了和描写了这些闪光的事物，这就使他的情歌，带有了耀眼的时代特色。

这种时代特色，还表现在青年男女双方，到底用什么样的眼光和标准，来选择爱人。选择爱人的标准，实际上正是我们这个时代青年男女生活理想和审美观点的集中表现。《婚期》里面的姑娘，爱的是一个"性格和山鹰一样"的人，这个人"怀着一颗炽烈的心，想一手改造自己的家乡"。《收工以后》里面的姑娘，爱的是小伙子中的"千里马"，她对追求她的人说："你要真是一匹千里马，明天就从黑榜跃进到红榜！"《水渠边上》的两个姑娘，选择爱人的标准是最严格的：

姑娘的条件可不少，

搬开手指头也数不清——

又要思想意识好，

又要庄稼活儿样样行；

又要会写又会算，

又要活泼朴实脾气顺，

又要这来又要那，

又要会开什么康拜因……

闻捷写了不少优美的情歌。他写情歌，并不是因为他对情歌特别偏爱。他写情歌，是因为他深切感觉到：在我们这个时代青年男女的爱情里面，也充分显示出我们的人民，特别是年轻一代儿女们崇高的和美好的心灵面貌来。比如说：对爱情的忠贞，就是一种高尚和美好心灵的表现。《爱情》一诗中写到的姑娘，就是一位具有崇高和美好心灵的人。她永远忠实于自己的爱人，她的爱人，在剿灭乌斯满匪帮战斗中丢掉了一只手，她说："哪怕他失去了两只手，我也要为他献出终生。"《爱情》中所表现的忠贞，也带有鲜明的时代特色。

人们这种高尚和美好的心灵，表现在生活的各个方面。它不仅表现在爱情方面。你如果关怀人、重视人，对我们生活中的新人充满了热爱的感情，你就会在他们身上，随时发现各种各样真正闪光的东西。

在反映新疆各民族兄弟人民生活的这一部分诗里面，诗人热情地描写了那儿的人民热爱自己美好的生活，热爱社会主义和共产党。人民是这美好生活的真正主人。对这儿主人们的勤劳品质和热情、好客、爽朗、骁勇的性格，对他们已经开始了的新生活和具有的新的思想感情，诗人唱出了最好的赞歌。

你从《晚霞》里可以看到：躺在蔚蓝天空和朵朵白云下面的草原，是多么美啊！《新村》里反映出来的生活变化，是多么巨大啊！连过去"不见一棵树、一个人影"的戈壁滩，也建立起"繁荣的新村"来了。是什么样的新村呢？

> 如今，就在你走过的地方，
> 白色的平房连成一座新村。
> 天山融雪流进路旁的水渠，
> 伴送平坦的道路通向城镇；
> 小白桦树在微风里不住招手，
> 明年就能请来百灵鸟和夜莺。
>
> 这里有许多幸福的家庭——

孩子雀跃地迎接每一个清晨，

姑娘踏着草坪培植葡萄幼苗，

妈妈赶散炊烟倾听壶水低吟；

在那一片新开垦的土地上，

整日荡漾着爸爸的劳动歌声。

在《新村》这儿，不光是房子新、新开垦的土地新、小白树和葡萄幼苗新，更主要的是：这儿人和人们的关系新。在这儿，人们的思想感情，人们对生活、对人和人之间关系的看法，发生了新的变化：

繁荣的新村欢迎着过往的客人，

谁走在这里都会对它发生爱情。

请在这里喝杯奶茶吧！

这里的水和故乡水一样甜；

请在这里歇个晌午吧！

这里的人和故乡人一样亲。

生活里面闪光的事物，经过诗人的艺术手笔，一下就变成了充满诱惑力的闪光的诗篇。

更突出的是：诗人虽然不放松对生活中美好景物的描写，但他总是透过这些景物，深刻地揭示人们的美好心灵和美好理想。

《志愿》中的林娜姑娘，有"比山还高比草原还宽"的志愿。

她"愿终生做一个卫生员"。她为什么要终生做卫生员呢？

她将骑上智慧的白马，

跑遍辽阔的和硕草原，

让老爷爷们活到一百岁，

把婴儿的喧闹接到人间；

林娜的志愿，就是一心一意为人民服务，就是献身于伟大祖国繁荣、富裕、美好生活的热情和理想。这是她终身的理想。这理想是多么朴实、高贵而令人动情。《哈兰村的使者》写了人民群众对共产党的热爱，写了共产党和兄弟民族人民的血肉联系，写了青年共产党员在草原上的生长。《猎人》着重写了兄弟民族人民的好客和骁勇。诗中所描画的猎人的英武形象，十分令人难忘。《向导》突出描写了青年人的英雄主义和爱国主义的豪情。诗人在《大风雪》中，写了铺天盖地的大风雪，他是通过大风雪，着重表现哈萨克族牧人顽强的战斗意志和对祖国忠诚献身的精神。当牧人想起明年的增产计划，想起他们的预售合同时，他们"胸中的篝火烤化了严冬"，他们就更加不屈不挠地和大风雪搏斗，坚定不移地守卫着自己受难的羊群了。诗人赞道：

> 哦！那摇撼牧人心的——
>
> 不是狂暴的大风雪啊！
>
> 而是我们勇敢的哈萨克，
>
> 对于祖国的无限忠诚。

把生活中自然景物的美和人们心灵的美，糅合在一起，用生活中自然景物的美，来映衬人们心灵的美，这在闻捷的诗中，写照得颇为谐和，颇为得体。正因为诗人主要是为了突显人们心灵和精神世界的美，所以，诗中所描写的关于自然景物的美，也显得特别富有深意了。他的情歌和关于兄弟民族人民生活的诗，给了我们这样鲜明的印象。他的关于海洋和水兵生活的诗，也给了我们这样鲜明的印象。请你先看看诗人笔下的黎明港湾吧：

> 港湾里还闪灼（烁）着渔火，
>
> 海上有淡青的雾、凉爽的风——
>
> 雾中林立千百杆桅樯，
>
> 它高耸的风旗呼啦啦飘动；
>
> 那风送来早潮的讯息，
>
> 似乎还夹带有黄花鱼的歌声……
>
> ——《黎明出航》

再请你静静地欣赏一下海上的夜色吧：

> 今夜的夜色好啊！

海在低声的（地）笑，

白云在天上飞，

月亮在波浪上跳……

——《今夜的夜色好啊》

诗人笔下的白海鸥是这样的：

在碧蓝碧蓝的海上，

海鸥伴送我们远航，

在银灰色的海鸥群里，

有只海鸥白得像雪一样。

——《白海鸥之歌》

在诗人的笔下，海的港湾是迷人的，海上的夜色是迷人的，白海鸥是更加迷人的。诗人这样描写它们，不光是表明它们在自然界中原来就是很美、很迷人的，更重要的是，从这里将引发出诗人对海的感受，引发出诗人所要揭示的人的精神境界的美来。从对迷人的港湾的描写，衬托了祖国水兵们欢乐的黎明出航；美好的夜色，引起了海上英雄对自己战斗生活充满激情的回顾；从白海鸥的描写，引发出一个动人的表现坚贞不屈精神的爱情故事来。诗人借用白海鸥的故事，最后讲出了水兵们对伟大祖国的忠实爱情："我询问祖国的大海：你生活得是否幸福、安宁？"

也许有人会说：诗人闻捷笔下的海洋，是否有点过于平和文静、肃穆，它似乎缺少那种滚滚浪涛的气势，而滚滚浪涛的气势，却更能激起人们战斗的感情。这种说法，有它一面的道理。大海，包罗万象。每一个人，对于海，都能从自己主观方面，感受到许多东西，感受到各种各样的东西：浪涛滚滚和汹涌澎湃的、战斗激情的、深厚博大的、豪迈的、智慧的、深思的、优美动人的、恶作剧的……。闻捷在海洋和水兵生活这部分诗中，抒发了他自己对大海的特殊的情怀和感受。他写了"在暴风雨中"，写了战斗的激情，写了大海的优美动人、智慧、豪迈、严厉而富于深思的性格。人们能够透过他诗中的平和、文静、肃穆的气势，感受到大海的巨大力量和深刻的战斗激情。

比起海洋和水兵生活这一部分诗来，闻捷描写甘肃河西走廊人民和风沙作斗争的诗，反映他们劳动生活的诗，倒是更加富于战斗激情和具有滚滚浪涛的气势。诗中所洋溢着的革命英雄主义和革命乐观主义精神，也更加浓烈、更加鲜明了。这是勤劳勇敢的中国人民大步前进的气势，河西人民大步前进的气势和不屈不挠的战斗精神，反映在闻捷诗中的结果。

在河西走廊，闻捷把自己当作群众战斗队伍中的一员，把诗当作直接激发群众战斗热情的号角。他的诗，同诗人李季同志的诗一起，对河西人民的斗争，曾起过直接的鼓舞作用。在他这部分诗中，有写农业的，有写工业的，有写植树造林和与风沙作斗争的，有写兴修水利的，有写大炼钢铁的，有写敦煌新八景的……不管诗的题材如何，但都着重表现了河西走廊人民新的生活面貌。在这些诗中，诗人更加发挥施展了他一贯的善于从生活中，从人们身上，抓取真正闪光事物的特长和能力。

《麦田》和《喷泉》中描写了朱总和工人农民在一起，革命领袖以亲切的关怀，鼓舞人民奋勇前进。《部长同志》和《省委书记》，描写了我们党的领导同志，生活在人民群众中，他们以普通劳动者的身份出现，和劳动群众同甘共苦，并认真地钻研生产中的许多重要技术问题。炼铁厂群众对省委书记的评价，是既真实又蛮有趣味的，他们说："县上派来的这个技术员本领很高强。"《夜过玉门》和《明天》，表现了诗人自己和县委书记，实际上也就是表现了整个河西人民，对美好未来的真诚愿望。这个愿望大大地鼓舞了他们今天的干劲。即便是在像敦煌八景和《疏勒河》这样一些诗中，也渲染着人民劳动生活的浓烈色彩。《阳关遗址》描写了"敦煌人民正建设社会主义的新阳关"。而古老的阳关，是如人们所共知，"劝君更尽一杯酒，西出阳关无故人"那样的荒凉和寂寞的。《危峰东峙》描写了人民正在那儿进行"连珠爆破"，要向三危山索取丰富的黑金。《绣壤春耕》表现了敦煌人民，在一马平川的黑油油土地上，像"绣花织锦缎"一样地辛勤耕作着。《党水北流》描写的是当地人民兴修水利，把北流的党水变成了惠煌渠，人们用惠煌渠的水，喂养"碧绿的棉桃"，灌溉林带的"绿色波涛"。河西走廊人民的跃进气势，甚至对寂寞的"疏勒河"，也给了有力的冲击，大大改变了它旧日的生活脉搏和生活情调：

> 你呵，蓝色的疏勒河，
>
> 终于盼来最好的年月；
>
> 看！那是农人的足迹，
>
> 听！这是牧人的山歌。
>
>
> 你呵，蓝色的疏勒河，
>
> 今天也欢欣地唱着歌，
>
> 托起你那乳白的花朵，
>
> 呈现给东来的开拓者！

给人印象最深、最突出的，是诗人所描写的河西人民在和风沙作斗争中，所表现出来的顽强意志和共产主义远大理想与雄心。诗人笔下的小伙子们是：

> 年轻人个个鼓足干劲，
>
> 整天向沙丘发起猛攻，
>
> 不准黄龙翻身甩尾巴，
>
> 只许黄龙低头听命令。
>
> ——《降龙》（节选）

诗人笔下的姑娘们是：

> 她培植的不只是几棵树苗，
>
> 而是民勤人征服风沙的理想。
>
> ——《青杨》（节选）
>
>
> 她脸上虽然满是风沙的痕迹，

但锦旗却显得格外鲜红。

——《马兰姑娘》（节选）

诗人笔下的老人，热烈关注集体事业，为集体事业，表现出高度的自我牺牲精神：

他抖开自己那花红的被子，

浸透渠水给树秧盖上。

——《老人》（节选）

人老了，头发白了，但心劲是大的，精神是矍铄的；他有"一脸青春"，满身豪气；他以挑战的口吻，对年轻小伙子们说：

年轻人，别替我操心，

我领教过长城内外的大风。

年轻人，你说我不行？

咱们长城外面比本领……

——《老爷爷》（节选）

不光是在写人的时候，而且是在写沙漠中的红柳和沙枣的时候，诗人也写出了它们的令人惊叹的顽强劲。通过对红柳和沙枣的描写，映衬出河西人民不屈不挠的战斗意志：

凡是能够扎根的地方，

就有它绿色的生命。

…………

风沙到这儿止步，

它捍卫着万物的青春。

——《沙枣赞》（节选）

你的根在地下伸延，

无止尽地繁殖子孙；

....

风沙劈头盖脸地压来，

你一挺身又钻出沙层。

——《红柳咏》（节选）

哪怕是沙漠地带的古老传说和古老的故事，诗人也能够从那里面，看出和描画出不屈的精神和顽强的意志来。他的诗《紫湾颂》就是这样的。

对祖国的一山一水有无限深情，能从一草一木看出诗意并且把这种深情和诗意，同崇高的精神境界联系起来。这是闻捷有关这方面题材诗篇的一个很重要的特点。

只有真正和人民群众同命运、共呼吸，然后，他才可能获得人民群众真实的感情和思想，获得对生活的真切感受；又然后，他才可能发现生活中真正闪光的东西。真正闪光的诗篇是从对生活的真切感受中产生出来的，是从和人民群众同命运、共呼吸中产生出来的。

诗人闻捷，关注人民群众生活，关注和熟悉他们的思想激情，和关心党、关注党的政策，关注我们社会生活中的重大政治事件，是一致的。他有很高的政治热情。正是由于这种政治热情的燃烧，使他在近几年的各个时期，曾连续不断地写下了一些热情洋溢的政治诗篇。他为农业合作化运动所写的"传单诗"，以及在甘肃地区所写的"报头诗"，都可以算是这种政治诗或政治抒情诗的一种。

在这一部分诗中，我们可以看到：诗人闻捷的注意力和他的诗情，表现在多方面。他能够从多种多样的政治生活事件中，敏锐地捕捉到诗的韵律的跳动，从而抒写出动人的诗篇来。他歌颂《红旗》出版的诗，就给了我们这样的强烈印象。他为农业合作化运动所写的"传单诗"《给贫农》《给饲养员》等等，虽然是在那样的仓促情况下写成的，虽然其中还存留着某些政治概念化的痕迹，但我们仍然能从里面看到诗人很大的政治热情。首先，他能够迅速地把这样的题材写成诗，就是很大政治热情的表现。他的"报头诗"，可以算是真正的政治抒情或政治即兴诗。这种诗的特点，是非常紧密地配合了政治和生产运动，它几乎和报纸的头条新闻同时诞生，但是，它又深刻地反映了生活的大动脉，反映了人民真实的愿望和自豪的心境。

在闻捷的诗中，即便是"赶任务"的作品，也总是洋溢着真正动人的激情。这种激情，是从诗人深沉的热爱祖国新的生活中流淌出来的。我们的生活，是很美好的，诗人却总是希望它更加美好。诗人用热恋的心情，歌唱生活中的美好事物，憧憬更加美好的未来，这就使闻捷的诗，不但具有革命的现实主义的力量，而且时常闪现着一种革命的浪漫主义的光辉。他的许多诗篇，差不多都带有这个特点。在《祖国！光辉的十月》一诗中，这种特点，表现得更为鲜明。在《我们遍插红旗》中，诗人以滚滚浪涛和席卷一切的气势，写出了红旗在中国革命斗争中的伟大影响和感召力量，写出了革命战士们坚强的誓愿和奋发激越的豪情。它一开头就写道：

> 啊！红旗在前，红旗招引……
> 红旗呵，火样的红，燃烧着战士的心！
> 我们看见红旗，血液就像钢水沸滚，
> 坚强的心脏也会剧烈地跳动。
> 因为，这红旗拍击过秋收暴动广场的天空，
> 这红旗，六盘山上漫卷过西风，
> 这红旗，曾在平型关前劈砍密布的战云，
> 这红旗，鼓舞过横渡长江天险的百万大军……
> 因为，这红旗呵，是毛泽东思想的结晶，
> 是战斗的党中央集体智慧的集中。
> 我们高举红旗，就会战无不胜。

三

读闻捷的诗，给人这样一种强烈的感受：他的诗，意境新，诗情旺盛，风格优美，富有感人力量。

优美的风格，首先是诗具有新的意境和旺盛诗情的表现，但同时，也是在艺术上获得较高成就的表现。

旺盛的诗情从哪里来？从生活中来。诗人在生活中，在人们身上，发现了真正闪光的事物，诗人衷心感激这些事物，衷心歌颂这些事物。这是诗人旺盛诗情的来源，也是他诗中充满真正激动人心力量的来源。

因此，闻捷诗中的激情因素，和生活分不开，和生活中的闪光事物分不开。他的激情，经常和某种美好的情思在一起，经常和某种崇高的理想在一起。他的激情，含蓄着一种内在的思想力量，一种具有美好情思和崇高理想的思想力量。如果说，人们的情思，按其性质，可以分成各种不同类型的话，比如说分成崇高的和卑下的情思、美好的和丑恶的情思、革命的和反动的情思、健康的和不健康的情思等等，那么，我们可以肯定地说，闻捷诗中的情思，是美好的、高尚的、健康的，是引人向上的。

他的情歌，具有特别魅人的激情力量。而这种激情力量，是和赞歌青年恋人们的崇高心灵面貌在一起的。

激情来自对新生活的爱，对劳动人民的爱，对某种闪光事物的爱。越是爱得深沉，表现在诗里面的激情力量也就越大。诗人爱祖国的一山一水、一草一木。即便是歌颂祖国一山一水、一草一木的诗，也充满了深刻的激情和内在的思想力量。让我们从《柴湾颂》一诗中，摘引几段来看：

> 沿着流沙淹没的万里长城
>
> 一道起伏的柴湾向东延伸……
>
> 你长满红柳、白茨的沙岭哟，
>
> 像一条青龙驾着黄色的云。

多少年来风沙想吞没你，

你又怎样和风沙持久地斗争，

沙长一寸，你长一寸，

不断地突破那覆盖的沙层。

经过了多少个春夏秋冬，

堆积的沙岭为你的枝叶固定，

日复一日，年复一年，

最后筑起了这座绿色的长城。

读到这里，我以为我们能够从闻捷的诗中，感受到这样一种东西：《柴湾颂》一类的诗，实际上是在向人们宣扬某种生活道理，宣扬不懈的意志可以战胜任何严重困难的道理。这种道理，是诗人在亲身和风沙作斗争中观察到和感受到的。不是从生活现象上感受到的，是透过生活现象，从事物的内部，从对人们命运的真正关怀这个意义上，感受到和观察到的。通过柴湾，通过红柳和白茨，诗人是在衷心歌颂一种新生命的成长，歌颂生活中一种最宝贵的意志的成长。这就是闻捷的诗，不但充满激情，而且具有内在思想力量。诗的激情力量，和宣扬某种生活道理，并不矛盾。相反，真正的激情，美好的激情，永远和某种闪光发亮的生活道理在一起。

《我们遍插红旗》一诗，宣扬了中国革命最重要的道理，但它却焕发着最深刻的激情。

缺乏内在联系的激情，缺乏思想力量的激情，就很难达到真正激动人心的目的。

当然，我们不能够说，闻捷的每一首诗，都具有深刻的内在的思想和激情力量。即便在这个选集里面，也包含有少数反映生活不深、内在的思想和激情力量不足的诗。这少数诗，虽然主题好，意境也不错，但比较偏重描写了生活现象，描写了事件的过程，对人的或者事物的精神面貌，突出刻画不够，因此，感人力量不深。闻捷同志委托我对他选集中的某些诗，可以决定取舍。我考虑到：这些诗，虽有缺点，但都有自己另外积极的一面，并且能从里面看出诗人多样性的创作特点。所以，我还是整个保留了它们。

闻捷诗中的激情，他所宣扬的某种生活道理或某种闪光的事物，是和它们美好的形象在一起的。美好的形象，是使这些生活道理和美好情思，活起来的决定因素。

美好的形象，来自现实生活。诗人非常善于从生活中摄取这种美好的形象。他把发现和摄取美好的形象，同发现和摄取生活中闪光的事物，同时进行。

当诗人感受到沙漠中的红柳、沙枣、白茨等，有不屈不挠的意志时，他就同时发现了它们生命的"绿色"，发现了"沙长一寸"，它们也长一寸，发现了它们"不断地突破那覆盖的沙层"。让我们想想吧：用"绿色"和"绿色的生命"这样美好的形象，来表现滚滚沙浪中的红柳等不屈的意志，这是多么妥帖，多么有力啊！

在《我们遍插红旗》中，诗人要放声歌唱胜利的红旗。这时诗里面出现了这样一些令人鼓舞的美好形象："这红旗拍击过秋收暴动广场的天空"，"这红旗，六盘山上漫卷过西风"，"这红旗，鼓舞过横渡长江天险的百万大军"，等等。人们能从这些美好的形象，联想到波澜壮阔的革命战争生活，从思想上和情绪上获得巨大的鼓舞。

常常，我们在有些人的诗中看到，他是有一定诗意的，他写诗的意图是很美的。但他的诗，却缺乏动人的美好形象，他的诗意没有很好表达出来，他的美好的意图，在诗里面，只表现为一种残缺不全的概念。另有的人，他的诗中，并不缺少某些色彩和形象，但缺少内在的思想力量。这两种诗，都不能从思想力量和美感享受这两方面，给人以真正的激励。

闻捷的有一些诗，哪怕里面只有一两个思想的闪光点，但是，当它一旦和美好的形象结合起来，它就能焕发出十分魅人的光彩。在这里，我们可以举《赛马》一诗为例。作者只记录了赛马时一刹那间的美好形象，就把一个姑娘对恋人的真挚爱情表达出来了：

> 他的心眼多么傻呵，
>
> 为什么一再地快马加鞭？
>
> 我只想听完他的话，
>
> 哪里会真心把他追赶。
>
> 我是一个聪明姑娘，
>
> 怎么能叫他有一点难堪？
>
> 为了堵住乡亲们的嘴巴，
>
> 最多轻轻地打他一鞭。

闻捷的诗，形式是多种多样的。有歌谣体，有古典诗歌体，有自由诗体，也有马雅可夫斯基式的诗体；有四行一节或六行一节的诗，也有三行、两行或十几行一节的诗；有三五个字构成一个行句的，也有一二十个字联成一个行句的。

他的诗，采取了这样多变化的形式，可以有两方面的解释：第一，他正在探求一种最能充分表达生活内容、最受群众欢迎的形式；第二，根据某种生活题材的特点，分别选择一定的较为妥善的形式。

闻捷运用整齐的古典诗歌的形式写诗，是在1958年以后。这是他进一步向中国传统古典诗歌和民歌学习的证据，是诗人为了使自己的诗更加民族化和群众化所做的进一步努力。他在甘肃所写的"报头诗"，大部分属于这一类。

闻捷诗中的民歌风味，是很鲜明的，也可以说是一贯的。他的情歌和反映兄弟民族人民生活的诗，曾在很大程度上，受到新疆民歌的影响。1958年以后所写的某些诗歌，民歌色调更为浓厚了。《洮河两岸歌手多》中，就很强烈地洋溢着回族民歌"花儿"的气息。比如：

> 一溜山来两溜山，
>
> 沟里的流水引上山，

石榴花开花赛牡丹，

桃子杏儿结满山。

闻捷的诗，虽然形式多种多样，但大都有着鲜明的韵节。民歌体或古典诗歌体的诗，不用说了。就是自由体诗或马雅可夫斯基式的诗，也都含有一定的自然的韵节，念起来铿锵有力。试举《祖国！光辉的十月》为例：

我们穿过狂风暴雨

　我们越过千山万河

　　我们战胜了飞沙走石

　　　我们经历了严寒酷热……

我们——

　我们寻找啊！

寻找更多的镜铁山

　　　　格尔穆，

更多的金属矿床

　　　　石油河；

并且，给它以新的命名，

　填满

　　祖国地图上的

　　　　空白，

再以新的线路

　把未来的城市

　　　和北京

　　　　紧紧联结。

我听过闻捷在群众会上朗诵他的《我们遍插红旗》。这首诗，不光篇幅长，章节长，而且行句长，有长达二十个字左右的。行句虽长，但韵节鲜明，朗朗上口，又加上诗句富于形象性，所以朗诵的效果很不错。

就闻捷的大部分诗来看,四行或六行构成一个小节的诗最多,字数也不一定整齐,但具有鲜明韵节。这类诗,兼有民歌体、古典诗歌体及自由体等诗之长。看起来,他运用这类诗体写诗,似乎更加得心应手一些。

四

社会主义建设事业的蓬勃发展,给了许多诗人、作家以思想和精神面貌上的巨大冲击。我们大家都有了不同程度的变化和进步。但这种冲击力量,表现在闻捷身上,却显得分外鲜明、分外强烈。比起过去来,他参加群众生活斗争的程度,是更加深入了,政治热情更高了,敢想敢做的干劲更大了,生活视野更广阔了,诗中的战斗激情也更加充沛了。如果说,在《天山牧歌》和《水兵的心》创作那段时期,闻捷的诗,主要是以精致深情的力量扣人心弦,那么,在《河西走廊行》创作时期,他的诗,就以粗犷和豪迈的气势在冲击着读者了。精致深情和粗犷豪迈,都是一种美,都是一种高尚的诗风。它们相互之间,并不矛盾,而且经常互为补充润色。我们能够从《河西走廊行》诗集中,看到诗人往日的精致和深情的美。但是,应该看到,从精致深情到粗犷豪迈,这对闻捷的诗来说,却显然是一种新的发展和变化,是一种具有深刻意义的发展和变化。这种发展和变化,是和整个时代气势分不开的,是和诗人自己在沸腾的战斗生活分不开的。

闻捷同志,在党和人民群众热情的关怀鼓舞下,他的生活热情和创作热情,非常旺盛。他刚刚写完长篇叙事诗《复仇的火焰》第一部,就匆匆地深入祁连山山麓和柴达木盆地去了。他经常从生活中,从党和群众那儿,从战友和伙伴那儿,获得丰富思想和智慧,获得诗情,获得创作力量。所有这些,永远使他不能忘怀。他在《河西走廊行》诗集的后记中,曾说过一段非常恳挚的话:

在河西走廊,我遇到了许许多多这样的干部和人民,他们都以自己的行动影响我、教育我、启发我，不断地丰富和提高我的思想认识。我想：如果世上没有太阳，鸟儿怎么能迎着黎明唱呢？文艺是党所领导的集体事业的一部分，也是劳动人民集体智慧的集中。我总觉得：在我们的时代，文艺创作也带有极大的集体性，而我只不过是一个执笔者，最后完成了它。

关于闻捷诗选《生活的赞歌》，我想说的话，就是以上这些。

1959年5月10日于西安丹园

论《保卫延安》的艺术特色

《保卫延安》在艺术创造上，有自己非常突出的特色。

最大最突出的特色，是全书从始至终所洋溢着的深厚的诗情，那种扣人心弦的诗一样的激情力量。

作者用真正的诗情，写成了人民英雄的赞美诗，写成了关于真正的人的赞美诗，写成了歌唱人类崇高心灵的赞美诗。

作者的诗情，来自生活，来自他对人民英雄的真正了解和真正的爱，来自他对自己所描写的生活和人物的真实的激动。

我们读着《保卫延安》，能够深深感受到作品中有一股强大的力量吸引你，使你和书中的生活，和书中的人物，和人物们的命运靠近。

有人这样比方说：《保卫延安》这本书，好像不是坐在那里一笔一画写出来的，倒像是从生活的土壤里，从激情的喷泉里，从心灵的矿藏里，冒出来的。用"往出冒"来形容《保卫延安》的艺术风格和冲击力量，是很形象，很引人深思的。

书中的这种感人力量，首先也就是感动作者自己的力量，杜鹏程同志，不但在战争时期，和他的英雄的主人公们同命运、共呼吸，而且，在进行艺术创作过程中，他也和他们同命运、共呼吸。他一面写着，一面往往抑制不住自己涌动的感情，被他的主人公们的一些崇高的思想行为，感动得流下泪来。在创作过程中，他实际上是在进行战斗生活的第二次感受。

作者真正关怀他的主人公们的命运。英雄们的任何一种胜利，使他高兴；任何一次流血和牺牲，使他痛心；任何一种高尚的行为，都能引发他深刻的激动。他全身心地和他的英雄的主人公们生活在一起。

正是这样的力量，使作者常常不能在那里作冷静的客观的描写，有时就直截了当地站出来发表议论了，为他的英雄们唱起赞美诗来。当写到炊事员孙全厚的死时，作者就情不自禁地唱起了赞歌：

老孙啊，老孙！同志们走路你走路，同志们睡觉你作（做）饭。为了同志们能吃饱，你三番五次勒裤带。你背上一面行军锅，走在部队行列里，风里来雨里去，日日夜夜，三年五载。你什么也不埋怨，什么也不计较；悄悄地活着，悄悄地死去。你呀，你为灾难深重的中国人民，献出了自己的一切啊！

这是谁说的话？是谁的心声？是周大勇的心声，是周大勇连队全体战士们的心声，是熟悉老孙为人的每一个指战员的心声。然而，它的的确确也是作者自己无法抑制的心声。

有人把这种写作的特点，叫作作家和书中的人物、生活、思想"不隔"。"不隔"的意思，就是说作家和他的主人公们心连心，就是说作家置身于书中所展示的斗争之中。

作为创作上的一种特色和手法来考虑，到底是作者热情地议论好呢，还是冷静客观地描述好呢？有人说议论好，说这是新时代新文学创作的一个特色；有人说冷静客观地描述好，因为从来的文学作品，大都是这样的，作者的思想，完全可以渗透到人物形象里面去，没有必要直接站出来讲话。

这两种手法和特色，谁强谁弱，谁高谁低，作为艺术创作问题，还可以继续研究。也许它们是各有千秋，并互为补充。但从《保卫延安》这部具体作品来看，却显示了它自身特色的很大优点。常常是像冒烟的柴堆一样，在紧要关头，作者站出来，讲那么几句最扼要、最激情、最富有深意的话，一下就发出火光，把整个意思都给点燃起来了。

《保卫延安》中，有一段情节是：马全有、梁志清、宁二子三人，在弹尽路绝，大量敌人包围上来的情况下，为了不做俘虏，不得已而跳崖。作者的描写令人惊心动魄：

梁志清凝视着马全有，足有十几秒钟的工夫。然后，他向崖边走了几步，喊了声："排长！"一滚就下去了！……

宁二子突然抱起马全有的腰，说："排长，排长！咱们死活都要在一块，咱们一块……"

马全有把宁二子推了一把，没有理他。

宁二子抱住头，滚下绝崖！

这工夫，敌人射击着，呐喊着，扑来了。马全有把破枪朝敌人摔去，敌人一惊，忽地趴下了，马全有退到沟边，像投火一样，一纵身就跳下去了！……

按照一般的写法，到这里应该告一段落了，下面应该开始新的情节了。但是，没有，作者紧接着讲出了他自己的十分扣人心弦的话：

黑洞洞的夜里，枪声一阵阵响。大风顺沟刮下来，卷着壮烈的消息，飞过千山万岭，飞过大河平原，摇着每一户人家的门窗告诉人们：在这样漆黑的夜晚，祖国发生了什么事情！

有的人，把作者在这里所写的，仅仅看成一种一般性的艺术夸张，这是很不够的。祖国每时每刻都在发生着各种各样的事情，为什么单单只有马全有们跳崖的事情，要去摇撼每一户人家的门窗？非常显然，马全有们是祖国人民的优秀儿女，他们为自己父老兄弟的幸福，付出了生命的代价，祖国人民将以无限感念之情，来传颂他们的英雄行为和英雄事迹。在这里，作者这样的描写，正好表达了祖国人民对自己英雄儿女无限感怀的心意。作者的描写，含有艺术夸张的手法，但这种描写，多么符合人们的感情和心意啊！

《保卫延安》总是用它真正的生活激情和真正的思想力量，来打动人心。它有高度的政治思想性。这种政治思想性，表现在作品的字里行间，表现在它的人物们的行动中，也表现在他们的议论中。即使是议论，即使是宣扬某种政治大道理，其中也充满了生活的激情。作者善于把高度的政治思想性和高度凝练的诗意相结合。

有时，我们不免听到这样一种说法，说是文艺作品中不能够讲大道理，一讲大道理，作品就要变得苍白无力了，就显得干巴巴的了。

如果，作品中讲的是缺乏生命、缺乏血肉、缺乏和生活密切联系的空洞的大道理，那么，它的确是苍白无力的，的确会成为干巴巴的。

《保卫延安》中，曾讲了许多大道理。它的主人公们，不多都是喜欢讲大道理的人。陈兴允、李诚、张培、周大勇等人，都是这样。他们讲的都是有关中国革命的大道理，有关一个革命战士应该懂得、必须懂得的大道理，有关共产主义人生观的大道理。他们讲的这些大道理，都不是从书本上简单搬运过来的，而是从长期革命斗争中，从实际生活中体验出来和提炼出来的；是把书本上的大道理，经过实际斗争，同他们的思想感情密切结合，化成了他们的生活和血肉的一部分。这样的大道理，是常青树，它闪耀着生活和思想的光芒，它和真正的诗情境界相通。张培的富有诗情的议论，李诚的充满了真实感情的谈话，就都是这样的大道理。陈兴允旅长的许多议论，也是这样的大道理。他对旅部四科长讲的那段话，就非常有激情：

> "……我们的战士，把自己的全部生命、青春、血汗，都交给了人民事业。他们即使是赴汤蹈火粉身碎骨，也积极自主无怨言。一个人，望着他们就不知道什么叫艰难畏惧。一个人比比他们，就觉得自己贡献太少，就觉得自己站在任何岗位上都不应该有什么不满意……"

真正从革命斗争中，从实际生活中，提炼出来的大道理，总是很富有思想力量的。而真正的思想力量，又总是和革命的激情在一起的。革命的激情，是从对生活充满了美好的理想和信心，对革命事业和革命人民充满了热爱的感情这种精神状态下产生出来的，它是革命乐观主义和革命理想主义的表现。

作品中的英雄们，它的主人公们，对生活都抱有热烈、美好的理想，他们都可以算是真正革命的理想主义者。张培是革命的理想主义者，周大勇也是革命的理想主义者。理想，使他们能在日常生活中，看出远景，看出希望，看出光彩和诗恋，增加生活的情趣和勇气；理想，使他们在危急关头，产生力量和信心，从而战胜一切最严重的困难。当周大勇被围困在山洞中时，身旁是伤病的战友，洞外是强大敌人的火力包围，他们又饥饿又乏困，他甚至连站立起来，都很困难，但是，当他一想起党和毛主席，一想起他将来还有许多事情要做，想起他必须坚强地为自己的阶级事业战斗下去的时候，忽然，他身上一阵发热，明朗而崇高的思想在他开阔的胸怀中回荡，他觉得自己年轻、快活，有美好的将来，他是一个非常有力量的人。

生活中的这种理想主义的力量，反映在艺术创作上就表现为革命的浪漫主义。《保卫延安》中的革命浪漫主义色彩，是非常强烈非常浓厚的。简直可以说是字里行间充满了革命浪漫主义色彩和情趣。人们要生活，要生活得好，对生活充满了信心，对未来充满了美好的希望。就是这种信心和希望，给他们力量，使他们从困难境地中走出来，从死亡线上挣扎出来，已经死了又苏醒过来；因为他们不甘心死，不甘心被困难压服，他们随时随地和死亡和困难作斗争，毕竟是他们胜利了。王老虎、卫刚已经死去了，大家都相信他们死去了，但是他们又活过来了；马全有、李振德老汉，已经跳崖牺牲了，人们都传说他们牺牲了。但是他们没有牺牲，他们还很好地活着。

死了又活了，跳崖了又没有牺牲，这在生活当中，也许是偶然的，但并非不可能的。艺术作品表现了生活中的这种可能性，这就不仅是现实主义的，而且是浪漫主义的，是革命现实主义和革命浪漫主义相结合的。

作者在塑造李诚这个人物的时候，就采用了许多浪漫主义的手法。似乎李诚这个人物，在部队中，在战士中，他是无时不在、无处不在，他是千里眼，是顺风耳，任凭你是谁，发生了什么事情，都休想逃过他李诚这一关。晚上行军，他凭那种行进的步伐，就能断定是哪个连队；夜晚，伸手不见掌，他凭自己的感觉，也能判定前边走过的是什么人，他喊："周大勇！"而那个人果然就是周大勇。当新战士牛子才等在山坡树林间拉家常话，谈到好久没写家信了，担心让政治委员知道了，又要受批评的时候，果然，政治委员就知道了，李诚在他们的身旁出现了。

是的，这是浪漫主义。但这是什么样的浪漫主义呢？这是最大限度地反映了生活真实和集中了美好理想的浪漫主义。在李诚身上，体现了我们部队的灵魂，我们部队的心，我们部队的眼睛，他是我们部队政治工作人员的典型。李诚这个人物，是真实的，是理想的，他是真实和理想相结合的化身。

可以这样说：《保卫延安》中革命浪漫主义的色彩和激情，是革命生活和革命战士中那种发光思想的转化，是人们身上那种革命的理想主义的转化。其中，也包含作者本人的思想气质、艺术气质和艺术手法等。但杜鹏程的思想和艺术气质，是和革命部队中那种高度的英雄气质和理想主义的气质分不开的，作者自己就是在这种环境中，受过深深的熏陶而成长起来的。作品中浪漫主义的色彩和激情，正是革命部队中高度革命浪漫主义气质的再现。作者所使用的浪漫主义手法，不过是为充分表达这种生活气质服务的一种艺术手段而已。

《保卫延安》中，在写到有关毛主席的地方，曾很巧妙、很深刻地运用了革命现实主义和革命浪漫主义相结合的手法。毛主席在书中并未正面出场，却使人感到他时刻生活在部队中，生活在人民群众中。也许是在行军的时候，忽然，战士们传说开了，说是毛主席在前面什么地方出现了。于是队伍沸腾了，战士们欢跃起来了，每一个人心里头都喊起"毛主席万岁"来。战士们每每在情况最危急最困难的时候想到毛主席，一想到有毛主席和自己在一起，就感到有万千鼓舞，就能熬过最艰苦的时刻，就能战胜最凶恶的敌人。人民群众时常念叨毛主席，李振德老汉和他的家人们，时常念叨毛主席，一念叨起毛主席来，似乎一切也就有了希望，他们面前的苦难生活，就完全不算个什么了。毛主席在书中不正面出场，却使人们感到他的精神贯穿全书，感到他无时不在、无处不在。这种无时不在和无处不在的力量，是《保卫延安》艺术描写上的特殊成就。

《保卫延安》没有回避现实生活中的困难面。它真实地写出了解放战争的伟大胜利是怎样来的。我们的英雄战士们，有的流了血，为革命事业献出了自己宝贵的生命。有的，三番五次从死亡边缘爬出来，包扎好身上的伤，揩干脸上的血，继续战斗。他们，常常是饿了吃不上饭，渴了没有水喝；整日整夜、一连许多天，不能合眼；行军、打仗、疲困、熬累、伤痛、病苦等等，但是，所有这一切，都没有压倒他们，他们总是从这样的困难境地中走出来，一步一步地走向胜利。作者杜鹏程同志，忠实地描写了战争中的困难，非常大的困难，又忠实地生动地写出了英雄战士们如何战胜这些困难。当我们看到我们的英雄战士们，周大勇和王老虎们，战胜了一切困难、劳累，最后终于从死亡困境中走出来的时候，你不能不深深感到：站在你面前的是真正伟大的英雄形象。

作品中曾多次写到死亡，写到各种各样的死亡。有跳崖死的，有用手榴弹爆炸和敌人同归于尽的。炊事员老孙和战士黄尚清，是在周大勇的怀里，咽掉了他们最后一口气的。他们有的怀着凌云壮志和对党的无限忠诚而死去；有的，带着深深的遗憾死去，遗憾自己生前没有为党做更多的事情。老孙就是带着这样不甘心的情怀，最后离开了人间的。他一死，人们就再也听不见他的高贵的声音了："连长，我没啥能耐，吃点苦总还行……唉，我做的事情太少……"

人都有一死。同样是死，但这些人的死，给予人们的是多么伟大的激励啊！

《保卫延安》中也写到了别离。李振德老汉一家，实际上是东逃西散，有家归不得，父母、妻子、儿女，不能团圆。但是你看看他们，只要他们还活着，只要心不残废，就坚决为战争出力，即使在逃难的时候，也以最大的热情对待解放军。他们把一切仇恨，集中在国民党反动派身上。

写到别离而不觉其苦，写到死亡而不觉其哀。生离死别，只能激起人们更大的愤怒和复仇的烈火。生离死别，都是为了一个伟大的目的：战胜敌人，争取革命最后胜利。《保卫延安》是真正革命现实主义和革命乐观主义的作品。

为什么作者敢于接触生离死别这样不平常的主题？这不光是因为作者是个现实主义作家，他不能忽视现实生活中有这样生离死别的现象，更重要的是：作者对战争、对胜利的获得，有正确的认识。他没有把我们的胜利，写成是那样轻而易举得来的。我们的胜利，付出了极大的代价，付出了千万人流血牺牲的代价。应该让我们的人民，正确认识我们所取得的战争胜利。正是在这一点上，《保卫延安》作出了重要贡献。周扬同志在中国作家协会第二次理事会扩大会议上，曾论及《保卫延安》说："主人公们经受了革命的最严峻的考验，但这小说里没有流露一点个人感伤的情调，也没有表现那种一切都一帆风顺的廉价的'乐观'。"

《保卫延安》中，没有家庭生活的描写，没有爱情场面，所有的就是行军、打仗、打仗、行军；所有的就是战争、炮火，就是下达命令、接受指示，就是谈话、思考、研究问题。有人会说：这样写来，一定会是非常枯燥的。也有人曾说：写战争，写部队生活，就难免枯燥。怎样避免枯燥呢？于是，他们就节外添枝地硬写进各种各样的爱情生活场面去。爱情不是不可以写。爱情是人们精神生活的一部分，当然可以写，也应该写。但要说：只有写进去爱情或有关家庭生活，才能避免写部队、写战争题材的枯燥，这就是片面之词。《保卫延安》就证明了这一点。《保卫延安》没有依靠其他花花草草、枝枝叶叶，它主要的是深刻发掘了人民武装部队生活中那些闪光发亮的东西，那些真正激动人心的东西，它从多方面描写了战士们的生活、智慧、勇敢和忠诚，从各个不同的角度和侧面，揭示了英雄人物的美好的心灵，塑造了他们不朽的性格。

如果说，艺术作品必须克服某种特定题材的局限性，那么《保卫延安》就是沿着它为自己选定的创作道路，克服了和避免了战争题材的局限性和它可能带来的某种单调之感。纵然题材有单调和不单调之分，但革命人民的精神世界，总是异常丰富多彩的，真正的生活，总是很富于魅力的。揭示人的精神世界塑造英雄人物的光辉性格，描写出真正感人的生活力量，这应该是艺术作品的最主要的任务。

《保卫延安》没有特别重视某种成套的完整故事。它里面的某些章节，甚至连不成套的故事也是没有的。比如"陇东高原"这一章，就是这样的。但是在这一章中，它反映出多么深厚的部队生活，写出了人们身上多少闪光的思想和智慧，它塑造出李诚这个人物多么丰满的形象和美好的心灵。有了这一切，就把所有因为没有成套故事可能带来的空隙给补上了。

《保卫延安》没有蓄意追求那些所谓出奇制胜的情节。它也写了不少激动人心的战斗场面，不光写了大部队的战斗活动，而且写了孤军作战，写了王老虎单枪匹马和强大的敌人拼刺刀，写了周大勇和伤病员被围困山洞，写了不屈的战士会纵身跳，写了王老虎和卫刚的死而复生……。所有这些，都可以算是真正的惊险场面。但是，它和有些所谓"惊险小说"一味追求离奇、追求特殊效果、违反生活真实的描写，是多么不同啊！它是多么真实可信啊！它反映了生活的真实，根据生活进行了艺术创造。描写惊险场面，不是它的目的，描写惊险场面，是为了根据现实生活本身的发展，在更大更深的程度上，进一步揭示人的精神面貌，进一步凸显英雄人物的思想性格。

《保卫延安》的语言，也是很有特色的。炼，有生活气息有群众风格。生动，朴素，流畅易懂。吸收群众和战士们口头语的精华，又经过作者自己的提炼和加工，变成了真正的文学语言。它的这些语言特点，表现在人物对话中，也表现在叙述文字中。

但最大的特色，是它的语言富于微情的力量，富于性格描写的特征。它的语言的描写，符合于人物性格的要求，符合于典型环境的要求。

它的语言的激情，是和整个作品激情的调子相一致的。也可以这样说，正是由于语言的激情力量，更加充实了和发扬了作品中激情的因素。

我们常常能够读到像下面这样燃烧着诗情烈火的语言描述：

一个脚印一身汗，一片土地一片血，残酷猛烈的战斗，进行到夜里十点钟。

战士们看惯了流血时，血再不能感动人了！

战士们看惯了生命突然离开时，他们再没有悲痛了！

战士们只有一个念头：前进！战斗！报仇！

当然，语言的激情，首先是因为它反映了富于激情的生活内容，首先是因为它表达了充满涌动感情的作者的思想。生活内容的特点和作者思想感情的特点，决定了作品的语言艺术的特点。

《保卫延安》对生活发掘得深，对人的心灵揭示得深，全书中从始至终洋溢着动人的战斗的激情，这是它最大的光辉。我们读《保卫延安》，总是像生活在紧张的、有巨大冲击力量的战斗激流中。激流在汹涌前进，而你也不能不随着汹涌的激流前进。那些紧张的描写，常常使你也紧张得喘不过一口气来。如果说读文学作品，需要给读者咀嚼、消化、回味的时间和机会，那么在《保卫延安》的生活洪流冲击之下，在读者十分紧张的心情下，这样的时间和余地是很少有的。作者在书中的若干场合，也企图写进一些松缓的抒情场面去，但这种抒情，往往和作者的战斗激情凝结在一起，而且比起它的许多浪涛滚滚、气势磅礴的描写来，所占分量比较轻微。我们可以这样考虑一下：像《保卫延安》这样风驰电掣一样的艺术描写，是否算是最好的方法？这种方法包含什么弱点没有？我曾经和作者杜鹏程同志共同研究，觉得：这样的描写方法，包含一定的弱点。打个比方说：红色和绿色，在全部颜色中，是最鲜明、最强烈、最富于生命意义的。但要用来描绘丰富多彩的生活，就必须配备一些其他的颜色。《保卫延安》的基本色调和旋律是高昂的、鲜明的、强烈的，但它似乎显得多少有些单一。单一的、鲜明的、强烈的颜色，可以画出最明快最成功的某一画幅，但它往往难于充分画出最为丰富多彩生活的画幅。谱成复杂多变的乐章，需要有复杂多变的旋律。画出丰富多彩的画幅，也需要有丰富多彩的颜色。现实生活的脉搏，是复杂多样的，即使是战争时期的生活脉搏，也不总是完全按照一个速度在跳动。丰富多彩的生活，要求用多样化的艺术手法和多样化的艺术调色板去描画它。这样的作品，将不只是给人以思想上的冲击和战斗中的鼓舞，而且，它能够使人通过文学欣赏，获得美感享受。

1959年6月于西安

读《在和平的日子里》

一

我们经常谈论作家的艺术风格。我以为，杜鹏程同志就是一位具有独特风格的作家。

当我读罢了《保卫延安》和他的一些短篇之后，最近又反复地读了中篇小说《在和平的日子里》，就开始思考一个问题：什么是他艺术风格中最主要的特征？

他的作品，自始至终洋溢着一种夺人的诗情力量。他善于使用一种火辣辣的艺术语言，来赞颂人类最美好的心灵，习惯于把他的主人公们置于尖锐的矛盾冲突之中，来塑造新英雄人物的豪迈性格。无疑，这些都是他艺术风格中很突出的东西，但并不止于此。我以为，构成他的艺术风格的，还有一个重要方面，这就是，他的作品，对生活揭示得深，基调定得高，他经常在阐发某种重要的人生课题，阐发作者从生活中体会出来的某种人生哲理。把人生哲理和热烈诗情相结合，从而，使他的作品产生一种激动人心的力量，这是杜鹏程全部艺术特点的一个核心。

《在和平的日子里》就是这样一部作品。它使每一位读者读了以后，都不能不激动，不能不认真考虑这样一个问题：人到底应该怎样活着？是应该像阎兴那样活着，或者像刘子青那样虽死而青春常在呢，还是像梁建、常飞等那样活下去？

二

当我读《在和平的日子里》的时候，我一面读着，一面不断地给自己提问题：《在和平的日子里》和《保卫延安》之间，有什么联系吗？它的主人公们的思想性格和生活道路，有什么共同点吗？作者在他的新作里，从思想上和艺术上，提供了什么新的东西吗？

《保卫延安》的主人公们，周大勇和王老虎们，在解放战争中，度过了千难万苦，战胜了死亡的威胁，换取了伟大胜利。他们以自己的崇高行为表明，他们不愧是党和人民的优秀儿女。和平建设时期开始以后，他们之中，有的人仍旧留在部队上，继续坚守保卫祖国的神圣岗位，有的人开始转移到工农业建设战线上来，担当了党分配给他们的各种各样新的任务。其中有的人，就在铁路建设工地上，担任了工程队长、党委书记或施工组长。这就是《在和平的日子里》的主人公们，阎兴和刘子青们。《保卫延安》和《在和平的日子里》，反映了我们祖国在革命长河中的两个不同的时代。《保卫延安》中的主人公们，为了中国人民的解放，以自己对党对祖国的无限忠诚，以自己的智慧和血汗，以奋不顾身的勇敢，和帝国主义的代理人——蒋介石反动派打仗，以革命的武装，反对反革命的武装。在战争中，他们经受了最严峻的考验。《在和平的日子里》的主人公们，在祖国的社会主义建设事业中，同样是以对党对人民的无限忠诚，以自己的智慧和血汗，以崇高的自我牺牲精神，在和另一个强大的敌人打仗，和自然界打仗，和阻拦进行社会主义建设的高山大河打仗。在这另一形式的"战争"中，他们仍然要经受另一次更为深刻的考验。这另一形式的"战争"，虽然不像解放战争中那样流血，但仍然有不能完全避免的某些牺牲。曾经在战争年代受过炮火洗礼的施工组长刘子青，就在严重关头，勇敢地献出了自己年轻的生命。在社会主义建设中，当年的勇士们，现在的阎兴和刘子青们，再一次以他们的崇高行为表明：他们不愧是党和人民的优秀儿女。但是，其中也有那么一种人，在新的历史时期，在祖国的社会主义革命和建设时期，经不住考验，动摇了，跌倒了。

《在和平的日子里》，提出和描写了我们时代生活中一个极为重要而有深意的主题。通过书中所描写的事件，它向人们深刻地揭示了：一切革命的人民和革命的干部，其中也包括在炮火连天的战争年代受过严峻考验的人们，在社会主义革命和建设生活的激流中，他们不能不接受新的考验，考验他们对党对社会主义事业的忠心，考验他们革命意志坚强的程度，考验他们的思想和脚步是否能赶上这飞跃前进的时代！

三

《在和平的日子里》，是一本以满腔热情歌颂新英雄人物的书，是描写新英雄的高尚心灵和献身精神的书。在这一点上，它和《保卫延安》是一致的。不同的是：《保卫延安》是通过战争题材，通过枪林弹雨，通过战士形象，来表现这种高尚心灵和献身精神。《在和平的日子里》，是通过社会主义建设题材，通过和平劳动，通过工人形象，来表现这种高尚心灵和献身精神的。在《保卫延安》中，它的主人公们，穿的是军衣，拿的是枪杆子，面对的是全副武装的敌人；长期的革命战争生活，锻炼了他们，使他们取得了丰富的战斗经验。《在和平的日子里》，它的主人公们，刚刚脱下军衣，穿起工人服装，来到铁路建设工地，面对的是高山大河，是机器、材料和图纸，是崭新的生活和崭新的问题；以往的经验，有的已经用不成了，能用的，也很不够了；新的经验又没有，许多事情都得从头来；而一切从头来的东西，都不免要走弯路，碰钉子。《在和平的日子里》的主人公们，阎兴和刘子青们，在工作中曾遇到许多困难，而由于经验缺乏，增加了这些困难的严重程度和复杂性。

缺少工业建设方面的经验，这不仅是阎兴和刘子青等个人的问题，在社会主义建设初期，我们整个国家，在这方面的经验都是很不足的。经验不足，并不可怕，革命战士会在不断的实践中，学会一切，正像以往的斗争生活向我们所显示的那样。

如果说，在解放战争时期，我们能取得那样伟大辉煌的胜利，是因为我们有一支强大的、久经锻炼和考验的、有高度组织性和纪律性、被无产阶级思想所武装的中国人民解放军，就像杜鹏程同志在描写战争题材作品中所表现的那样；那么，在祖国社会主义建设时期，为了打好这新的一仗，我们也需要有一支坚强的工人群众队伍。这支队伍，随着社会主义建设事业的发展，正在迅速成长中。但是，在建设初期的建设工地里，却暂时还缺乏这样一支各方面都很坚强很健全的队伍。我们现有的这支队伍，虽然，有说的坚强领导，有很多久经锻炼的党的干部，有一批老工人可以依靠；虽然，大多数基本群众都是好的，但是，内部成分复杂，参差不齐，并且缺少锻炼。这就不能不呈现出某种复杂情况，就像《在和平的日子里》某些章节中所写到的那样。更为严重的是，有的人思想却开始蜕化，成了建设道路上的绊脚石。所有这些，就使得建设工地的原有困难情况，变得更为复杂起来。阎兴曾经激愤地对一个设计工程师这样说："在这工地里，要说和自然界作斗争很复杂，还不如说人为的关系更复杂。我想过一百次、一千次，如若没有各种各样可恶的坏思想作障碍，我们的建设速度会大大地加快！"

《在和平的日子里》，是一本反映建设工地生活的书，是写工人群众队伍经过斗争锻炼不断成长壮大的书，是塑造建设社会主义新英雄人物的书。这本书，没有回避现实生活中的真正困难和真正矛盾，而是正面描写了这些困难和矛盾；通过铁路建设题材，通过与自然界作斗争中所发生的事件，着重表现了阎兴所说的那种人为的复杂关系的斗争，表现了革命思想和坏思想的斗争，表现了在社会主义建设中两条路线的斗争。从而，《在和平的日子里》，又是一本突出反映人民内部矛盾的书。

若要问《在和平的日子里》到底和《保卫延安》在思想内容上有什么不同？它多了一些什么东西？主要的，就是多了：关于人民内部矛盾的描写，关于人民内部矛盾中两条路线和两种世界观斗争的描写。《在和平的日子里》，通过人民内部矛盾两条路线和两种世界观斗争的描写，反映了祖国社会主义建设激流的大动脉。

社会主义革命和社会主义建设胜利的过程，同时，也就是两条道路、两条路线和两种世界观斗争的过程，就是克服一切旧思想、旧意识、旧习惯、旧影响和旧势力的胜利过程。在人民内部进行这样的矛盾斗争，是不会没有痛苦的。但是，这一斗争是不能避免的。《在和平的日子里》，突出描写这种矛盾斗争，是有深远意义的。

四

反映和平建设时期两条路线和两种世界观的斗争，反映人民内部的矛盾斗争，在文艺创作上还是一个新课题。大家都在摸索，都在逐渐地积累经验；在没有多少经验可以借鉴的情况下，不能不说《在和平的日子里》所做的努力，已经有了重要收获。

我们现实生活中，积极的事物，积极的人，积极的思想，向上的、意气风发和斗志昂扬的情绪和思想，是主流；但是也存在消极现象、消极人物和消极思想，存在落后事物。概括说来，就是存在两条路线和两种世界观的斗争。

既然现实生活中存在这样的矛盾斗争，存在所谓消极面人物和消极面思想，那么，在文艺创作中，就应该加以描写，加以批判。通过批判，提高思想，推动革命事业前进。问题是如何描写与如何批判。

这里，有一个根本性的前提：你究竟站在什么立场上，用什么样的思想感情，来考虑和认识这些问题？

《在和平的日子里》的作者，坚定地站在党和社会主义的立场上，根据党的思想和意志，来批判那种开始脱离社会主义生活轨道的思想蜕化分子。他批判这样的人物和这样的思想，正是为了保卫党的健康和纯洁，为了巩固党的团结，增强党在人民群众中的威信。我们从《在和平的日子里》可以看到：党是正确的，以阎兴为核心的党组织和党的领导，是正确的，是团结一致的，是密切联系群众的，是忠心耿耿和满怀信心地在进行社会主义建设事业的；只有梁建，这个丧失了前进勇气、为个人主义纠缠、患得患失、眼看着就要被生活的洪流所淹没的人，才堕落到生活消极面的泥坑里去了。

在我们生活中和我们革命队伍中，还存在着像梁建这样的人和这样的思想，虽然并不奇怪，但这对每一个和党心连心、对革命有血肉感情的人来说，无疑是一件令人感到十分惋惜和痛心的事。阎兴就是这样的。刘子青也是这样的。阎兴和刘子青所透露出来的那种深深的惋惜和痛心之情，实际上，也就是作者的思想感情在作品中的反映。阎兴是梁建的老战友，是在长期革命斗争中同命运共生死的人，他对梁建的变化，感到分外惋惜和痛心，是可以理解的。梁建在部队上一直是小刘的老上级，因此，小刘对梁建也有着特别不同的感情。当他和梁建谈话决裂以后，他忍不住暗暗地哭了。虽然如此，他还是不愿意别人随便议论他的老上级。当他听了韦珍批评梁建"很浅薄"的话后，他甚至恼怒地对韦珍说：

"你怎么可以这样看他！你无论如何对他了解不深。不说了，不说了，不说这件事了。任凭谁这样议论他，我都不愿意，我都……"他转过身去，肩膀在抽动，脊背在起伏。

不应该把小刘这种感情，简单地理解为是替梁建护短。不，这不是护短。在小刘的感情中，包含着爱和尊敬，也包含着不满和痛心；他并且正在把往日的爱和尊敬，转变为目前的深深的不满和痛心。小刘的这种极其矛盾复杂的感情，是只有对党、对革命、对自己的战友和同志，充满了火热感情的人，才会有的。书中也写到张总工程师、韦珍等和梁建作斗争时的心情。他们当然和老阎、小刘等情况不同。但即使他们，也是有一种痛心和惋惜之情的。韦珍，曾经以尊敬父兄一样的感情来尊敬梁建。张总工程师，对老阎和梁建这一对生死之交的老战友之间所发生的严重分歧，深深感到烦恼，想设法调解，可又不知从何下手。这一老一少，无论是对梁建的关怀、不满或者斗争，都是出于一种热爱党、热爱革命的感情，出于一种维护党的利益的思想和立场。他们之所以能够认识到梁建的缺点和错误，并起来同他作斗争，这主要是因为他们坚决靠拢党，诚心诚意接受党的教育，从党那儿学会了辨别是非好坏的标准，加强和提升了为真理而斗争的信念与热情。特别是因为他们的心目中，有一个活生生的有血有肉的令人信服的共产党员形象。这个形象就是老阎。老阎的为人，他的革命精神，他全部的生活和工作，曾为他们树立了榜样，对他们的生活和斗争，起了直接的鼓舞作用。作者曾这样来描写张总工程师对老阎所怀抱的深厚感情：

> ……在他和老阎一个锅里搅稀稠的日子里，艰苦的战斗和深厚的友谊，让他认识了把大半辈子生命献给战斗生活的老阎。他时常通过老阎来揣摩新世界。直到如今，他虽然没有向谁承认过，可是他却把老阎奉为自己做人的榜样……

从张总工程师和韦珍身上显示出：给他们战斗力量的是党，帮助老一代人启示人生新意的是党，帮助新一代人成长壮大的还是党。

《在和平的日子里》，曾经写出了我们工作中的缺点和困难，并且深刻地揭示了我们生活中的某些消极现象，人们却不难看出：作者杜鹏程同志描写这些东西，完全是从积极的意义上来考虑的。他一方面真实地写出了我们生活中和工作中的缺点、困难和消极现象，但同时，他却更主要地深刻描写了我们生活的主流：革命不断前进，事业不断发展，新人不断涌现，工人群众队伍不断巩固扩大。而且，通过对缺点、困难和消极现象的描写，着重展现了我们是如何克服和战胜这些缺点、困难和消极现象的过程。在这个过程中，老阎、刘子青、张总工程师、韦珍等正面人物的形象，一步步鲜明地突显出来了。

生活向我们显示了这样的逻辑：很好地描写新英雄人物是很好地反映人民内部矛盾的重要前提之一。《在和平的日子里》的一个显著成就，是它突出地描写了党和人民的优秀儿女，成功地塑造了像阎兴、刘子青等这样坚强的新英雄人物。这些新英雄人物，对未来充满了理想和信心；不畏惧困难，勇于克服困难；对革命事业有高度责任心，事事能从党的整体利益出发；有缺点错误就改，改了，继续前进。他们没有任何个人主义的那种患得患失的心理。他们善于观察生活的主流：工作再困难，再复杂，但革命事业总是在不断前进。阎兴曾经对梁建说过一段十分恳挚的话，这段话，就充分表现了作为一个新英雄人物所具有的崇高的人生见地：

> 我有必要对你装虚作假？什么叫"得意"呢？这几年，我受的处分比你多，比你重。这就不去管它。拿眼前的工作来说，我们把劳动力拉上来了，没有图纸；千辛万苦把图纸弄来了，又是材料不够；赶到劳力、图纸和材料弄得快齐全了，一年过了大半。于是拼死拼活地赶工、抢工，接着卷起铺盖去接受另一个任务，临走还免不了检讨、扯皮。可你也看到了，我们的工作一年比一年有改进。没法子，我们不是神仙，只能摸索前进，只能边做边学，只能一点一滴地积累经验。说心里话，我们挑的是千斤重担！因为，我们要在很短的时期里，打扫去几千年堆起来的垃圾；要在很短的时期里，做好别人几百年才能做好的事情。老梁啊！过去我们以为战争是了不得的大事情。现在看来，南征北战算不了什么，在战争中我们只不过用刺刀劈开一条路，通过这条路再往前走，才真正碰到了艰难，正像目下你我亲身经历的一样。怎么办呢？碰到艰难就往回缩？看到贫困的现象无动于衷？离开这个战场让中国永远落后？你说，当初我们把老百姓衣服脱下来换上了军衣，后来又把军衣脱下来换上了工人服装，换来换去为了啥呢？说呀，老梁！为了啥？

五

现实生活中的人民内部矛盾斗争，反映在文艺作品中，终究是要通过人物思想性格的矛盾冲突和发展而体现出来。

《在和平的日子里》的矛盾斗争，主要表现在阎兴和梁建这两个人物身上，就是通过他们的思想性格的矛盾冲突和发展而表现出来。

除了阎兴和梁建以外，作者也写了其他人物的矛盾冲突。这种矛盾冲突，表现在小刘和梁建之间，表现在张总工程师、韦珍和梁建之间，表现在韦珍和常飞之间，以及常飞和小刘之间，表现在张总工程师和常飞之间，甚至也表现在常飞和梁建之间。通过常飞和梁建在便桥加固问题上所引起的一连串矛盾冲突，这两个卑下的心灵，便活现出来了。

把人物放在生活的矛盾冲突中，从生活的矛盾冲突和发展中，来刻画人物思想性格的矛盾冲突和发展，从作者的具体的创作经历来看，这是他在描写人物方面的一种新发展。

作者在《保卫延安》中，主要是从敌我之间的矛盾冲突这个角度，是从人民战士同生死、共患难，从共产主义的光辉品质，从思想性格的和谐发展中，来描写他的主人公们。从这里，他塑造了英雄的群像。英雄人物的崇高品质和美好心灵，有如夜空的众星，互相交辉。《在和平的日子里》，作者把他的主人公们，放在错综复杂的关系中，并特别着意从思想性格的矛盾冲突中来描写他们。他把老阎和梁建描写为曾经长期共过患难的老战友，这一对老战友，在新的革命时期，因为对许多根本问题认识上有分歧，而开始分道扬镳了。他把梁建描写成是小刘的救命恩人，是老上级，是入党介绍人，并且把这些旧情谊和新矛盾结合在一起来展示他们。把韦珍和常飞描写为同窗学友，常飞对韦珍有爱情要求，而韦珍的真正爱情，却是在刘子青身上；作者就从这些交错的关系中，来刻画他们思想性格的矛盾发展。作者把常飞和张总工程师描写为外孙和外爷的关系，他们不是一般的外孙和外爷的关系，而是外爷对幼年丧父、寡母养大的外孙充满了关怀和怜爱之情的那种关系，并且作者让他们中间发生一些深刻的可悲的冲突和演变。把老阎和张孔描写为在过去工作中有过嫌隙的人，并写出了他们在解决新的矛盾面前所表现的光明磊落的态度。可以看出：作者把人民内部性质的这些矛盾斗争，通过老战友、老伙伴、老同学等关系来表现，并且使这种斗争，同人们感情最深处的东西，同友谊、同爱情纠葛，同家人父子之情，同人间嫌隙等联系起来，这不但增加了故事的曲折性、复杂性，而且使这种矛盾冲突也变得更加深刻和更加动人了。

作者把阎兴和梁建描写为曾经长期共过患难的老战友，并通过这样一对老战友，来表现现实生活中两种思想和两种人生态度的矛盾斗争，是富有深意的。

阎兴，是我们革命队伍中久经锻炼的钢铁战士，对党对革命无限忠诚。在这一点上，他和描写战争题材作品中的英雄人物完全是一样的。但这种作品中的英雄人物，他们的党性，他们的忠心，主要通过对敌斗争表现出来。《在和平的日子里》的阎兴，面临的是社会主义建设，是人民内部矛盾斗争，他的党性和忠心，主要通过人民内部矛盾斗争表现出来。解决人民内部矛盾，既要斗争，又要团结；斗争是为了团结，通过斗争达到团结和进步。正是在这一点上，在这个大前提下，《在和平的日子里》的阎兴，比战争生活题材作品中的英雄人物，在思想性格方面，已经有了显著的发展。阎兴的性格中，有了许多新的东西。这种发展是革命生活发展的反映。作者着重刻画了阎兴身上这样一些美好的品德，勇于责己，宽厚待人，既有严本的原则性，又有委曲求全的精神。他在处理和老战友梁建的矛盾斗争中，就同时表现了这两种精神。他的严肃的原则性，是为了维护党的根本利益；在关于工期问题的争论上，在桥墩返工问题上，以及在其他一些重要问题上，他坚持原则，寸步不让；但是，在处理他和梁建之间的关系问题上，在处理有关日常生活问题上，又表现出高度耐心和委曲求全的精神，其目的是达到革命内部的团结，因此也是一种维护党的利益的表现。

阎兴在对待梁建问题上所表现的原则斗争和委曲求全的精神，是和他对自己老战友命运的深切关怀连在一起的。他批评梁建，他和他作斗争，他激励他，无非是为了一个目的：诚恳地希望他的老战友，从歧途中走出来，恢复革命的活力，重新站到党这方面来。阎兴非常重视他们在长期革命斗争中建立起来的亲密友谊，每当回忆起这种战斗友谊时，心头总是充满了温暖的感情。这就是为什么当他看到梁建一天天在向下沉，一天天变得更加麻木不仁、更加朝错误的方向发展时，内心是又愤慨，又惋惜，又特别感到痛心的原因。

从总的方面说，从思想性格的主要方面说，作者对阎兴的塑造，是成功的，是入情入理的，是令人信服的。

但是，作者在描写阎兴时也有不足之处。主要是：阎兴和梁建这两个人物的矛盾冲突，扣得不够紧，近乎平行发展，交锋不够。阎兴对梁建，一般性的说服多，而真正的思想和心灵直接交锋少，因而，便有损于突显人物的思想性格。阎兴和梁建的矛盾冲突，是全书的主线。如果能扣紧这一条矛盾冲突的主线来加强描写，就不仅可以使阎兴的性格更加丰满，而且有助于梁建这个人物思想性格的矛盾发展。

对革命作家来说，他们的共同任务，他们所遵循的基本原则是一致的。但各人具体的创作道路却不尽相同。塑造阎兴这样的人物，对作者杜鹏程同志来说，由于他的生活经历，由于他已经积累了不少这方面的实践经验，还不是多么困难的话；那么，像塑造梁建这样的人物，对于他，就是初次接触，没有多少经验可以遵循，就成为相当不容易的了。

本书初版的本子在读者当中流行之后，有一些读者对梁建提出了各种各样的问题。现在我们看到的这个本子，是作者花了相当长的时间修改过的新版本。关于梁建这个人物的描写，新版本和初版本比较起来，有很多不同；也就是说，新版本关于梁建和阎兴的思想和心灵的交锋有所加强；关于梁建的描写有不少改进。但是为了便于探讨问题，为了摸索创作经验，我们不妨从初版本中存在的问题讲起。

读者最关心的是：为什么梁建这样一个老干部，一个久经锻炼的人，在和平的日子里，竟然变坏了？他的变坏是合乎生活逻辑的吗？人们所关心和要问的，正是本书初版本中梁建这个人物身上所存在的问题。

不能否认：梁建这样的人物，在现实生活中是存在的。有过光荣历史，以后消极掉队的人，是有的；在民主革命时期，表现了某种革命性，而在社会主义革命时期过不了关的人，也是有的。尽管这样的人是很少数，尽管他们所代表的思想正在不断地被克服，但，这种思想是顽强的，在生活中仍然会反复出现，因而，它们还是具有一定的典型意义。现实生活中的梁建的思想的发展和变化，是有其本身的逻辑的。而《在和平的日子里》的梁建，作为艺术典型的梁建，却没有充分地体现出来。现实生活中的梁建，他的思想的发展和变化历程，比作品中的梁建，要复杂得多，曲折得多。

作者注意了梁建这种人的某些思想特征。比如说：他当初参加革命动机不纯，在社会主义建设时期，他个人主义发展了，患得患失，怕困难，怕负责任，等等。但是，任何思想，表现在具体人物身上，总是要通过具体的性格，带着有血有肉的性格特征表现出来。我感觉到：作者在初版的本子中，对梁建这个人物的描画，多多少少有以思想特征来代替性格特征的倾向。修改后的新版本中的梁建，较为复杂，较为可信，但还可以看出以上所说缺点的某些痕迹。

比起阎兴来，作者在梁建身上花费的笔墨并不算少，但是为什么会有上述的情形？而且写起来显得特别吃力？我想，可能有下列几种原因：

据我所知，作者开始动笔写《在和平的日子里》这个作品的时候，重点本来不是放在反映人民内部矛盾和两种思想、两种世界观的斗争上面。那时，他主要是想反映建设工地的生活，并从这里面刻画出一些英雄人物来。在写作过程中，他逐渐给自己的英雄人物树立了对立面。这个对立面形象，最初在他脑海中出现的时候，仅仅是一个普通的脱离群众、脱离实际的官僚主义者。但是，经过不断地修改、重写，慢慢地，主题思想和人物性格都有了很大发展；主题思想进一步深化了，人物性格也更加复杂了。终于，作者把梁建从一个普通的官僚主义者，最后处理成了思想衰退、革命人生观发生了根本变化的人。从这个特定的作品说，这后一种处理，显然比处理一个普通的官僚主义者，意义深刻多了，但同时也困难多了，复杂多了。作者的创作意图有所发展和丰富，但对梁建的许多描画，却没有完全跟上来。梁建的艺术形象，没有最后完成。对一个作者来说，即使他的创作思想，是从现实生活中提炼出来的，是深刻的和发光的，而表现在作品中，也必须通过鲜明的艺术形象。缺乏鲜明的艺术形象的作品，不可能完全令人信服。这是一种原因。

另一种原因：在初版本中，作者为了增强梁建变化前后的鲜明对比，为了突出在和平的日子里"并不和平"的意义，他作了两方面艺术夸张的描写：一是，他把过去的梁建，包括和平建设初期的梁建，写得很有办法，办事很果断，很能干；二是，把后期的梁建，写得很自私，很怯懦，表现得相当恶劣。梁建的变化，好比是万丈悬崖跌下来的瀑布，顷刻间便在深潭里迸发出巨大浪花。鲜明，强烈，给人印象甚深。不能认为作者这样的描写是无意的，而是寓意很深的。作者企图通过梁建着重说明：一个人的革命道路走得再长，也必须时刻努力挖掉个人主义的根子，时刻警惕在新的时期里跌跤，时刻用不断革命的精神武装自己。作者的这一思想，曾借老阎的口，在对梁建谈话中说了出来。老阎感慨地说：

> "当年，我们趴在战壕中多少回亲密地谈过：将来在和平的日子里要好好做一番事业。瞧！在残酷的战争中都没有后退的人，如今可就过不下去了，俗话说，'平地跌跟斗'，一点也不假啊！"

作者对梁建的描写，就是为了突出表现"平地跌跟斗"这个含义及其原因。

但问题也就发生在这里。梁建所跌的跟斗，不是一般的跟斗，而是带有毁灭性的跟斗。人们会自然地提出问题说：梁建既然以前那么好，怎么会突然变坏了？

这就是基本问题所在：或者，梁建以前就存在毛病，他并不是那么好，他以后变坏是有历史根源的；或者他从好变坏的原因和过程，比书中表现出来的要复杂和曲折，要表现出深刻的内在逻辑性。这两种情况无论属于哪一种，都应该充分描写出来。描写出来，才能使人完全信服。

第三，从《保卫延安》到《在和平的日子里》，以及作者的其他一些短篇中，我们都可以发现：作者在塑造新英雄人物方面，有一个显著特点，就是他善于通过一些并不连贯的事件和情节，描写出人物的高尚品质和美好心灵，就能够把一个新英雄人物的思想性格突显出来。在不连贯的事件和情节之间所留下的空隙，作者用他特有的思想和激情力量，把它们连贯起来。如果说，作者曾经用这样的方法，创造出许多成功的令人难忘的英雄形象，那么，用这同一的方法，来塑造像梁建这样的人物时，就立刻显示出它的缺点来了，至少，看来已经很不充分了。他必须在写作方面有所突破，而这种突破却并非容易。塑造新英雄人物，即使不写出他们成为英雄的历史过程，而读者也能根据他们的表现，根据人物思想性格的主要倾向，补充上自己的生活经验，按照自己的合理想象，对情节和事件的意义，对人物性格的发展，作出正确的判断。在我们这个时代，民众和英雄人物的思想心灵之间，总是比较容易沟通，比较容易互相呼应。而对梁建这样的衰退蜕化分子就不同了。人们从梁建身上，不是接受某种思想情绪的感染和冲击，而是通过他获取严峻的生活教训。作者对梁建的心灵，剖析得越深，人们所获得的教训也越深；作者对梁建思想变化的逻辑发展，描写得越透彻，人们对生活意义的领悟也就越透彻。描写得透彻与否的问题，也牵涉作者对梁建这类人物理解得透彻与否的问题。在这点上，对杜鹏程同志及和他的经历相类似的作者来说（他们的经历使他们易于了解正面人物和英雄人物），在深刻理解梁建及类似梁建这样的人物身上，都应做进一步努力。这是进行反映和平建设时期两条路线和两种世界观矛盾斗争问题的创作所必需的。当然，不用多说，作家的任务更需要大力了解正面人物，描写正面人物，塑造出真正的新时代的英雄来。

我之所以不厌其详地介绍塑造梁建这个人物的曲折过程，甚至于还把作者进一步纠正了的缺点拉出来再讲述一遍，是因为这里头有创作方面值得深思的问题。我们从革命战争年代跨入建设年代，在文学创作中出现了许多我们不熟悉的问题，正像脱下军衣从事建设的人所遇到的新问题一样。可是，从事建设的人克服重重困难，推动着我们的事业前进了，而从事创作的人，也需要克服重重困难，不断前进。《在和平的日子里》的作者，经过长时间的努力，经过创作方面的种种探索，经过数十次的修改和加工，终于使梁建这个人物形象，较为丰满、较为可信地站立在我们面前。你如果翻开面前摆着的《在和平的日子里》的新版本，便能看到梁建徘徊在"人生道路十字口"的那种"最隐秘的心灵世界"，看到"万恶之源的个人主义怎样像毒蛇一样咬住他的心"。梁建这个人物形象的创造，不仅是作为烘托英雄人物的对立面而存在，而且，通过他，能引人深思，有警世益人的效果。

六

有人提出：可以把《在和平的日子里》作为探讨创作社会主义的"新悲剧"来看待。

这种提法值得研究。

如实地说，《在和平的日子里》主要描写的，并不是社会主义时期的"新悲剧"。它主要描写的是社会主义建设时期人们的高尚心灵和献身精神。它写了人民内部矛盾冲突，写了和平建设时期两条路线斗争和两种世界观的斗争，通过描写这些矛盾斗争，也大力展示了新人的品质和新人的性格。即使对梁建，也不适于完全用悲剧的眼光看待。他丧失了前进的意志，脱离了社会主义的生活轨道，某种可悲的结局正在等待他。也可以说，梁建的生活思想，他不断向下滑的状况，含有一定的悲剧因素。但是，他到底是彻底把自己毁灭了，还是经历了一连串重大事变之后，有所悔悟而又开始新生了？这是存在两种可能性的。应该说，由于社会主义生活巨大力量的推动，由于党和同志们的批评帮助，也由于他毕竟受了党多年的教育，他新生的可能性，却是更多一些。在书的结尾部分，作者也没有完全杜绝梁建新生的可能性；他给他留了某种余地。这是合乎现实生活发展规律的。

1959年7月15日 于西安丹园

读短篇小说集《风雪之夜》

汶石同志要我为他的短篇小说集《风雪之夜》写个序言，我欣然答允了。汶石是我多年的老战友，我的文笔再拙，这篇序文也是非写不行的。我曾经用心阅读汶石的作品，并星星点点做了笔记。我想，既然要写，就多花上点时间吧。但是，忽然出版社来信了，说为了不影响出书时间，序文最好在最短期内交卷。这把我难住了。我还没有动笔啊！没办法，我开始翻阅我读书时写下的笔记。我重新发现：这些零碎散记，虽系片言只语，却记下了我最初的一些真实的感受。现在，我决定把它们稍加整理，分段写出，区区微文，算是代序。我想：现在还不能把汶石的创作比作海（因为他写的还不够多，更多更丰富的创作有待今后），而我的序文，却可以算是海滩拾贝。贝壳虽小，但它总是从海里来的，通过它，总会多多少少闻到一些海的气息。

一

《风雪之夜》是汶石的第一个短篇小说集。这是他数年来的心血结晶。他是一个严谨的作家。他从来不随便发表自己的作品，但发表出来，大都能保持较高的质量水平。因此，他的作品，受到读者广泛的好评，不是偶然的。汶石的作品，反映出他的创作态度：高质如果能和丰产结合，这当然最好；否则，他宁肯把刻苦的努力放在作品的质量方面。这不是说汶石的作品中，没有任何可指责可商榷的地方，而是说他的严谨的创作态度，值得提倡。

<h2 style="text-align:center">二</h2>

我前前后后读汶石的作品，印象并不完全一样。开头读时，我觉得作者描写得非常细腻，也很优美动人；但似乎缺少那种旺盛的摇撼读者心灵的激情力量。我心里曾这样想：汶石是一个善于讲故事的人，精细的描述，是他的特长。

但是，当我从头到尾读完了《风雪之夜》这个集子，又读了他最近发表的一些短篇之后，我的印象有了很大的改变。我认为：汶石不但是一个善于讲故事、善于作精细描述的小说家，而且是一位对我们的时代生活充满了内在激情的诗人。他的小说，是对我们新时代新生活的赞歌，是对我们祖国大地上不断涌现着和成长着的新人的赞歌。内在的激情和精细的艺术描写相结合，就产生了汶石作品中那种深刻动人的力量。

<h2 style="text-align:center">三</h2>

真正的赞歌，都是作品内在激情的表现。杜鹏程用赞歌的激情，写出了阎兴和刘子青，王汶石也用赞歌的激情，写出了张腊月和吴淑兰。我们尽管可以说杜鹏程和王汶石的艺术风格是不一样的，但是，他们都具有很深的内在激情，他们都把自己真正的热爱和感激之情，交给了他们作品中的主人公们。

<h2 style="text-align:center">四</h2>

汶石短篇小说的主要特点之一，就在于他的强烈的鲜明的时代特色。

什么是汶石小说的时代特色？

说他写出了鲜明的时代背景；说他抓取了我们时代生活中富有深意的题材；说他政治上很敏感，他的作品及时地反映了中国农村走上合作化道路以后的新人新事。这种种说法，当然都是不错的。但是，说得还不够透彻，不够明确。我以为，汶石小说中的时代特色，主要在于他深刻地写出了：在中国农村的社会主义大变革时期，农民生活的深刻变化，精神世界的变化，新旧思想的矛盾斗争，以及在这种矛盾斗争中，新人的不断涌现和不断成长。小说的时代特色，就是作品中反映的新时代新生活的特色，就是作者所塑造的新人物新品质的特色。

五

社会主义合作化的大变革浪潮，给予整个农村生活的冲击和震动，是深刻的、剧烈的。然而，它给予农民精神世界和观念形态的冲击和震动，却是更加深刻和更加剧烈的。广大的农民群众，特别是贫农和中农群众，热烈欢迎社会主义的新制度和新生活。他们以轰轰烈烈的生产热情和革命干劲，迎接农业合作化高潮的到来，显示出他们在走向社会主义革命道路上的积极主动精神。这是一方面。另一方面，在农民内部，在一定时期内，也还有相当一部分人，或者由于个人经济条件比较优越，因而对合作化运动持观望态度和怀疑态度；或者由于政治觉悟不高，传统的旧思想、旧意识、旧习惯根深蒂固，本人虽然参加了合作化，但对合作化运动所揭开的社会主义的新制度和新生活，却不能从思想感情到生活习惯各方面很快地与之相适应。不适应，或者不完全适应，就会产生矛盾。在社会主义变革时期，围绕着社会主义的新制度和新生活，所出现的适应不适应、主动不主动、积极拥护还是怀疑观望等情况，是形成农民内部相互间矛盾斗争的基本因素。社会主义革命，带来了新的矛盾斗争，也促进了新的矛盾斗争。它促进了农民内部新旧思想的矛盾斗争，集体主义思想和个人主义思想的矛盾斗争，资本主义思想和社会主义思想的矛盾斗争，传统的旧习惯、旧意识和社会主义的新思想、新的道德风尚之间的矛盾斗争。《风雪之夜》里面的每一篇作品，都不同程度地反映了这种矛盾斗争，通过不同的题材，从不同的角度，描写了这种矛盾斗争，反映了新时代新生活的大动脉。

六

新旧思想的矛盾冲突，渗透在生活的各个方面，反映在社会的各个成员之间，通过各种各样不同的人物关系表现出来。《井下》里面所表现的，是极端自私自利的个人主义思想和大公无私的社会主义思想之间的矛盾冲突；这种矛盾冲突，主要通过叔老子铁蛋老八和侄儿子李亚来两个人物体现出来。在《上屋里的生活》里面，把两种思想和两种生活道路的矛盾冲突，集中表现在一对青年知识分子朋友身上。新旧思想的矛盾冲突，甚至也发展到像《春节前后》中那样的年轻夫妇们的生活中来。

通过家人、朋友和夫妻生活中所展示的矛盾冲突，反映出在社会主义大变革时期，农民的精神世界和意识形态发生剧烈变化的深刻性和复杂性。

七

《春节前后》中所展示的先进思想和落后思想的矛盾冲突在社会主义变革时期，在大多数农民身上，有更为普遍的意义。《春节前后》中的大姐娃，并不想占别人的便宜，可也不愿特别吃亏。她不反对丈夫在社里好好干活，但不同意他当饲养员，更特别反对他住在饲养室。在她看来，他们夫妻过去受了很多苦，现在应该住在一起，好好过点称心如意的生活。因此她主张丈夫应当辞去饲养组长，另外干些别的活路。她的丈夫赵承绪没有满足她这个要求。在赵承绪看来：家当然应该照管，但不能因为照管家而撂下社里的工作不管，既然众人信任自己选自己当了饲养组长，就不应该辜负众人的希望，而应该把牲口喂好，把社里的工作做好。赵承绪更多考虑的是合作社这个大家庭的生活幸福。大姐娃更多考虑的是自己小家庭的生活幸福。在大姐娃身上有一种不愿自己吃亏的思想。而赵承绪的思想，却多了一点自我牺牲精神。这就是这一对青年夫妻吵嘴斗气的根子。

多了一点个人打算，少了一些自我牺牲精神，把小家庭生活看得比集体的大家庭生活更重要，这是一种生活态度。少了一点个人打算，多了一些自我牺牲精神，更多考虑一些大家庭生活方面的事情，或者把小家庭生活和大家庭生活统一起来考虑，这又是一种生活态度。这两种生活态度，在社会主义过渡时期，是区别先进思想和落后思想的主要标志。

八

新旧思想的矛盾冲突，在《卖菜者》里面，采取了更为复杂的形式。《卖菜者》主人公、红旗农业合作社卖菜组长王云河老汉，倒是真心想为红旗社这个大家庭谋些福利。他运用他在旧社会卖菜的老经验，给菜里湿水，囤积居奇，企图抬高市场价格。王云河老汉是用资本主义的经营方式，来做社会主义的买卖，用损人利己的办法，来为农业社的大家庭服务。这种想法和做法，当然很不对头，于是矛盾百出，到处碰壁。不但他的卖菜组员们反对他，而且整个市场上的社会舆论都反对他。《卖菜者》表现的是，传统的旧习惯、旧意识和新时代的新思想、新的道德风气之间的矛盾冲突。

九

《大木匠》中的大木匠和供销社干部李栓所进行的一次最不愉快的

谈话表明：他们之间的思想矛盾斗争，不仅反映了一般的先进思想和落后思想的分歧，而且也反映了两种根本不同的人生观。在李栓看来，大木匠那样热衷于搞农具改革，搞发明创造，一定是有所为，而且一定是为名为利。所以，他一开口就首先问大木匠在银行里有多少存款？当大木匠告诉他，自己不但没有丝毫存款，而且为了搞农具改革，甚至把"老婆在社里分回来的几个钱"，都花在这上面的时候，李栓就完全不相信地摇起了头。他不无奚落地进一步追问大木匠："那你赔上工夫又贴上本，可图个啥呢，啊哈？"

李栓的意思是明白的：人生在世，干个啥，都是有个图的。不是图名，就是图利。这是一种人生观。这种人生观，以往支配过很多人。现在还在继续支配着像李栓这样一些人。

但是，时代变了，社会条件不同了。在共产党领导教育下，人们的思想和人生观，也在发生变化。在李栓看来"将心比，同一理"的东西，在大木匠看来，就成了"将心比，未必同一理"了。大木匠本人的实际行为证明，他已经在奉行着一种新的人生观。这种新的人生观，就是为人民服务。

＋

从平凡的生活，看出不平凡的意义；通过平凡的题材，反映出深刻的思想。这是汶石创作的一个十分突出的特点。

《大木匠》和《春节前后》中所描写的，不过是儿女情和家务事。但你不难看出：作者就是通过这些儿女情和家务事，反映出多么深刻的思想内容，塑造了多么鲜明的人物性格。

作者不是为了写儿女情、家务事而写儿女情和家务事。他是通过写儿女情和家务事这种题材，表现出时代生活中新旧思想的矛盾冲突和新人的成长。他把儿女情和家务事引向广阔的社会生活，和社会生活中最现实的问题连接起来。《大木匠》连接了制造新农具，《春节前后》连接了当饲养员。而制造新农具和当饲养员问题，又只不过是一根导火线，它引发了桃叶妈和大姐娃家庭生活中的矛盾冲突。正是这种矛盾冲突，提高了和改变了儿女情和家务事题材的原有意义。

十一

相同的题材，经过不同的处理，可以大大改变作品的容量，我们常常看到：有不少以描写饲养室和饲养员生活为题材的作品。这些作品是有积极意义的，它们写出了饲养员的积极热情及其爱护牲畜，对牲畜关怀备至，知渴知饥。但看了总感到不够满足，感到作品反映的生活天地太小，容量不大。人们除了从作品中，从饲养员身上，得到的直接感受和印象以外，很难获得更多的东西。

《春节前后》和《套绳》，也写了饲养室和饲养员的生活，写了赵承绪和撞槐强烈关怀牲畜的情况。但读了这样的作品，给人的感受和印象却显然不同：深刻，有容量，并且引人深思为什么会这样。其实，说破了也很简单。作者虽然选择了喂牛的事件作题材，也描写了喂牛；但是醉翁之意不在酒，作者之意也不在喂牛，作者之所以选择喂牛，只不过是为了便于在现实的社会生活事件中，借助喂牛和其他具体的生活事件，来展开故事，描写人物，并由此而对生活作出自己的评判和借此阐发自己的生活理想罢了。文学创作的取材，本来也就应该是这样的。所以，作者没有把他的描写，仅仅停留在饲养室内，而是走出饲养室外，接触到更广阔的生活天地。《春节前后》从饲养室走到大姐娃的宅院中，她的卧室里，她被搅乱了的全部生活中。《套绳》甚至扩展到另外一个生活时代。人物的生活天地扩大了。这是第一。第二，这样处理和运用题材的结果，作品便突破了仅仅是表扬饲养员的积极性那种单一的思想内容。《春节前后》把主题思想引向先进思想和落后思想的矛盾冲突；《套绳》引向了新旧生活对比；从而提高了作品的意义。第三，通过对新旧生活和新旧思想矛盾冲突的描写，不仅人物性格鲜明突出了，而且，他们的精神世界也显得丰满起来了。

十二

什么是作品的容量？怎样看待容量的大小？长篇小说的容量当然大，也应该大。有的长篇，文章长，事件复杂，头绪多，但反映的真正的生活和思想内容却很少。相反，有的短篇，文章不长，事件也并不复杂，但写出了极其深厚的生活和思想内容，表现了人的异常丰富的精神世界，读了以后，给人的感受很深。杜鹏程的《在铁路工地的深夜》里，就是这样的短篇。王汶石的《新结识的伙伴》《大木匠》《春节前后》等，也是这样的短篇。

考察作品容量的大小，就是看它反映的真正的思想和生活内容，到底有多少。

十三

篇幅短，而能够反映深刻的和丰富的生活思想内容，这不是很矛盾吗？是很矛盾。作家解决这项矛盾，没有别的办法，唯一的办法、正当的办法是：第一，对生活的认识要深，要透；第二，将生活素材经过很好的提炼，在表现上要做到最大的概括和集中。

《新结识的伙伴》就是体现了作者对生活认识的深，对素材进行了很好的提炼，在表现上做了最大概括与集中的作品。

《新结识的伙伴》的事件背景，是棉田管理现场会议。就在这个现场会议上，它的主人公们相识了，结为亲密的伙伴。但是，作者差不多完全跳出了有关现场会议过程的描写，集中全力描绘了张腊月和吴淑兰的思想性格，写出了她们具有共产主义风格的新型女性的魅力。文章一开始，作者就把她们置身于生活的矛盾冲突中，对表现人物思想性格的矛盾发展，有作用的情节，作了突出描写，反之，一概舍弃。舍弃的过程，就是使作品趋于精炼的过程。

十四

汶石同志用他的主要力量，用他作品里的主要篇幅，描写了社会主义的新人，描写了具有共产主义风格的新人。新人是谁？他们是：《风雪之夜》中的杨明远和严克勤，《春节前后》中的赵承绪，《老人》中的北顺奶奶，《套绳》中的撞槐，《大木匠》中的大木匠，《井下》中的李亚来，《春夜》中的北顺，《土屋里的生活》中的青年知识分子江波，《米燕霞》中的米燕霞，《新结识的伙伴》中的张腊月、吴淑兰，等。他们，忠于党，忠于人民，吃苦在前，享福在后，忍辱负重，为公忘私，表现了高度的自我牺牲精神；他们，积极参加社会主义建设，密切联系群众；在生活和斗争中，年老的，重新获得青春活力，年轻的，得到壮大和成长；他们，富于理想，有顽强的进取心，敢想敢干，具有共产主义思想新人风格。正是他们，把你带进一个新的生活天地、一个崇高的精神境界，使你受到鼓舞，使你永远难忘。

十五

汶石作品中的新人，都是平平常常的人。在旧社会里面他们全是微不足道的。差不多每人都有一段痛苦难言的经历。《老人》里，北顺奶奶的一生，是最为辛酸的。只有在解放后，他们才翻了身，在农业合作化后，才开始过起了像样的生活。新的生活赋予他们新的生命。共产党用新的理想武装他们。新的理想，在一些平平常常的人身上，发出不平常的闪光。作者用他绚烂的笔，为这些平平常常的人，描绘出光彩焕发的生动的形象。

十六

读了《老人》，你才会深知"枯木逢春"的含义，才会真正理解：美好的理想怎样使一个衰枯的老人重新获得青春活力。读了《大木匠》，才会懂得一个人的忘我劳动是怎样出现的。读了《春节前后》，可以看出什么样的力量终于使一个人变得坚强起来。从《米燕霞》中，你能看到坚强的意志力意味着什么。从《新结识的伙伴》中，你会深深地感到新时代新人的气息，感受到他们从思想上和情绪上给予你的强烈的冲击。

十七

生活不断前进，新人不断成长。成长的过程，也就是人物的思想性格发展的过程。在汶石的作品中，人物的思想性格都有明显的发展。作者特别注意从矛盾冲突中，从思想交锋中描写人物思想性格的发展。《老人》中的北顺奶奶，有着丰硕而美好的心灵，但是，只有当她和雪儿妈为棉籽问题发生冲突以后，她的性格才有了进一步提高。把《春节前后》中的赵承绪，作为一个新人的性格来考察，是在他和大姐娃展开剧烈的思想斗争以后，才更加鲜明地突显出来的。在《土屋里的生活》中，青年知识分子江波和罗超最后一次谈话的决裂，表现出：这一个选择了正确生活道路的青年，不但是个善良的对老朋友充满了深切关怀的人，而且他是非分明、具有十分坚毅的性格。《米燕霞》中米燕霞的思想性格，她的有胆识、有毅力的精神面貌，是在和以李钟有为首的一伙落后、捣蛋的年轻人面对面的斗争中，一步步鲜明地显现出来的。

十八

汶石作品中的人物，大都有自己的对立面。李亚来的对立面是铁蛋老八，江波的对立面是罗超，北顺的对立面是青选，米燕霞的对立面是李钟有。有各种各样的对立面，有各种各样的矛盾斗争。在张腊月和吴淑兰之间所展开的斗争，是社会主义的生产竞赛。竞赛也是一种斗争，是争先进、赶先进、超先进的斗争。是谁也不甘于落后，不甘居中游的斗争。是一种关于共产主义风格高低的斗争。这种斗争，也有对立面。张腊月的对立面就是吴淑兰；吴淑兰的对立面就是张腊月。他们是惺惺惜惺惺，好汉识好汉，是新结识的伙伴，也是对立面。没有吴淑兰这个对立面也就没有张腊月更大的决心和干劲；有了张腊月的决心和干劲，才进一步激起吴淑兰更加努力的决心。张腊月对吴淑兰说："有张腊月标着你干，你想喘气也办不到！"作者就是紧紧抓住她们那种"标着干"的精神，一环套一环地描写她们的矛盾发展，从发展中，一步步展示她们英雄的性格。

十九

文艺作品描写人物性格的发展，可以有两种做法：一种是从生活出发，根据人物自身性格特点的必然趋势；另一种是脱离生活实际，按照作家的主观意图。按照作家主观意图描写的结果，人物性格的发展，往往违反真实的生活逻辑，简单生硬，缺乏内在的必然性，不能充分令人信服。概念化的人物大半是这样形成的。真正的艺术作品，必须反映生活的实际内容，根据人物自身的性格特点，描写出性格发展的必然趋势。这样的人物，才是真实可信的、入情入理的。

汶石同志所塑造的大木匠这个人物形象，就充分体现了作品人物自身的性格特点。

不妨这样设想一下，如果作者不像现在作品中那样处理而是处理成：大木匠到集市上，迅速地置办了礼品、食物，回到家来，欢欢乐乐地和新女婿举行了见面礼。这样描写的结果将会怎样？结果是：不但后面的一场矛盾冲突没有了，而且整个大木匠的思想性格也跟着变了，他将不再是真正的"这一个"大木匠了。

汶石同志笔下的大木匠，整个人物性格的发展，都是真正的大木匠式的。他完全迷恋于他正在从事的农具技术改革上。他在集市上东西没买一点，两手空空地回到家里，已经够叫人哭笑不得了，但他还是像没事人似的，按照他的老规程办事，还想教训一下别人。就连对待新女婿的态度，也是完全大木匠式的。如果说，大木匠这个人物写得高，那么，这些，就正是显示大木匠高的地方，正是作者对他的性格塑造成功的地方。

看了大木匠的全部处世为人，你也许会禁不住笑出声来：但你不能不对他怀有深深的敬意，被他富有魅力的独特性格所感动。

当然，作者对大木匠这个人物的内心世界，还可以描写得更加丰满、更加充分一些。那样，大木匠的形象，将会更加鲜明、更加有力地站立在读者面前。

二十

汶石同志善于描写人物的思想交锋。思想交锋是生活的矛盾冲突进一步发展的结果。作品中描写思想交锋，不是为了简单地解决某种思想问题，而是为了更深刻地展示人物的思想性格。《米燕霞》中的思想交锋，写得最为有声有色。通过思想交锋，米燕霞和李钟有的性格，两颗不同的心灵，惟妙惟肖地表露出来了。在《新结识的伙伴》中，也处处激荡起思想交锋的波澜。张腊月和吴淑兰的许多对话，不仅是思想交锋，而且是心灵交锋。从她们的谈话中，看到她们的性格，也看到她们的灵魂。其中有一段对话，写得淋漓尽致。通过这一段对话，"好媳妇"吴淑兰的形象和性格，得到了显著的发展和提高，而张腊月和吴淑兰矛盾冲突的意义，也最后揭示出来了。那是当吴淑兰到张腊月家中做客的时候。吴淑兰指着箱子上放的黄旗向张腊月问道：

"张姐，你为什么把旗放在这儿呀？"

腊月顺口答道："打算归还给人家哩！"

淑兰道："还给谁？"

腊月停顿了一忽儿，呵呵笑道："嗨，吴姐啊，你想，再能还给谁呢？难道我能要个黑旗不成！"

淑兰笑着说："这么说，你还是把这面旗挂起来吧！咱俩是好朋友，我的心，你知道。我绝对不跟你换！"

"由不得你啊！"腊月说。

"不由我再由谁？"淑兰自豪地说。

"你把我们这一堆人忘了！"腊月也很自豪地说。

吴淑兰拿起自己的行李，笑着问道：

"张姐，你们要怎样由你们想，我还得回去问问我那些女将们愿意不愿意。"

二十一

汶石同志喜欢采用对比的描写方法。鲜明的对比，有助于表现人物性格的矛盾冲突。在《大木匠》中，作者就用了许多对比的描写方法，来塑造大木匠和桃叶妈这两个人物性格。大木匠沉默寡言，爱好深思，常常是不到火烧眉毛话不出口，而桃叶妈却是生性爱唠叨，爱抱怨，有事没事，总是叨叨不休。非常深刻又非常有趣的描写是：正当桃叶妈在家里急得像热锅上的蚂蚁，走进走出，三番五次到村外探望，满心期待着大木匠买回粉条下锅时，而大木匠却正在集市的铁匠炉旁，专心致志地搞他的"第六号小把戏"试验，桃叶妈嘱咐他的话，早已忘到九霄云外去了。强烈的对比，映衬出十分鲜明的人物性格。在《新结识的伙伴》中，对张腊月和吴淑兰的性格描写，也大都采用了对比的方法：吴淑兰是公认的"好女人""好媳妇"，张腊月是有名的"闯将"；吴淑兰称呼自己的男人是"我那位"，张腊月则直呼她的男人是"死鬼"，是"这路货"。不仅如此，作者对许多具体情节的描写，也是对比式的。张腊月赞许吴淑兰长得秀气，吴淑兰笑着对张腊月说："张姐，你也很俏啊！"这时，作品中出现了这样一段描述：

"我？俏？"张腊月快活地挤挤眼，一本正经地说，"听我妈说，我刚生下来的时候倒很俏，俏得连哭出来的声音，她都听不见。……后来，给赵百万家当了几年粗丫头，……结婚以后，又一直跟我那死鬼男人牵牛、跟车，慢慢变得不俏罗。"说着，她一把将衣袖捋到齐肩胛处，露出粗粗的黑褐色的胳膊，伸到淑兰面前，自我打趣地说："你看这多俏？"

淑兰急忙按住她的胳膊，说："快把袖子拉下来吧。那边有人看咱们哪！"

腊月急忙理好袖子，同时向另一边的田塍望了一眼，回过头来，耸耸鼻梁，悄声说道："我才不怕他们哪！"

"你真行！"吴淑兰赞叹着说。

"从土改到现在，我已经闯惯了！"张腊月得意地说，"你看来还很嫩，头一回抛头露面吧？"

吴淑兰点点头。

二十二

在社会主义革命和社会主义建设时期，我们的事业犹如旭日东升，不断前进，生活欣欣向荣，不断提高，大量新人不断涌现。我们的生活和事业的主流是令人兴奋的、鼓舞的，是充满了欢乐和愉快的。这是一方面。

另一方面，在我们的前进路上，还有不少困难，在我们的生活中，还存在着各种各样的矛盾冲突，还存在不少从旧世界带来的坏思想和旧思想，还存在不少的"铁蛋老八"。概括地说，就是还存在着阶级矛盾和阶级斗争。当我们面对各种各样的"铁蛋老八"时，内心不总是常常愉快的，也有被深深激怒的时候；当我们和各种各样的困难作斗争时，也并不总是十分轻松的，也有感到沉重的时候。但是我们的人民，不会被任何困难所压服。我们的人民，总是不断地战胜各种各样的困难，沿着胜利的途程前进。

每一个真正革命的现实主义作家，都会忠实地深刻地反映我们的现实生活。有的作家，在有的作品中，偏重从展示困难和向困难作斗争一面，偏重从生活的重大冲突方面，来描写我们的生活和新人的成长。这些作品描写了困难，描写了生活的沉重的一面，它的主人公们，从困难中，从沉重的生活境地中走出来，身上披满了金色的光辉，思想和意志经受了很大的考验与锻炼，他们以自己的实际行动表明：他们是真正坚强的人，他们是征服困难的胜利者。有的作家和有的作品更多从生活的欣欣向荣一面，来描写我们的生活和新人的新品质。王汶石的作品，就大致上属于这一类。在他的作品中，总是洋溢着饱满的生活情趣，读着他的作品，往往禁不住笑出声来。他也写生活中的某种困难面，也写新旧思想的矛盾冲突；即便是写困难写矛盾冲突，也经常渗透着某种动人的生活情趣。他不特别着意去深挖生活中的困难。在反映生活中的困难方面，他常常是留有余地和适可而止。他也不特意描写重大的矛盾冲突，但他所选择的平平常常的生活题材，却能深刻揭示出矛盾冲突的尖锐性质。王汶石的创作特点是：取材平平常常，描写亲切近人；他的作品中，常常闪耀着一种来自真实生活，而又经过艺术加工、具有特殊风格的朴素的美。人们透过他的充满生活情趣的描写，可以明确感受到作者企图表达的某种严肃的生活主题。

二十三

　　每一个作家，都应该有自己的独特的艺术风格。王汶石的风格特点是：惯于作冷静的描述，他总是把自己的生活激情灌注到对人物对情节的精雕细刻中去；他的冷静的描画和剖析的力量，时常使他的作品，更接近戏剧；作品中的许多情节，带有引人入胜的戏剧冲突。他能够把严肃的思想主题，同充满生活情趣的描写相结合。在他的作品中，有激流，也有缓流，有严肃的思想斗争，也有令人笑出声来的幽默。汶石的艺术描写，给人以多样化的感觉。当人们读到他作品中某些意趣盎然的生活境界时，往往流连忘返，被书中的诗情画意深深陶醉。王汶石的作品，含蓄、朴素、明快，在艺术表现上留有余地，给人的感觉，很像素描。也许正因为如此，所以，有些人读王汶石的作品，觉得颇为耐人寻味。

二十四

　　作家们艺术风格上的显著不同，主要不是说明了别的什么，而是首先说明了我们的社会主义生活天地和艺术天地无限广阔，无限丰富多彩。如果说，从来的艺术作品，真正的艺术作品，都是能够体现一个作家的生活气质和艺术气质的特点的话，那么，只有在我们的时代，在我们的社会生活里面，作家的这些特点，才得到了如此充分的发挥。

　　在我们革命的文学队伍里面，有相当一部分作者，年龄相同，各人走过的道路，也大致相同；他们是革命的战友，也是写作上的亲密伙伴，他们经常在一起研究有关创作和现实生活方面的问题。他们对生活、对艺术的许多根本见解都是一致的。但，思想和艺术见解上的一致，表现在各人的作品中，却产生了艺术风格方面的显著不同。这又一次证明了：作家的思想和艺术见解，反映在艺术作品中，总是带着他个人的浓厚的性格特点；艺术作品是作家的特殊气质和特殊性格的集中表现。

二十五

冷静的描述和强烈的内在激情并不矛盾。喜悦是一种激情，愤怒也是一种激情；幽默是一种激情，紧张也是一种激情。在汶石的笔下，有关于喜悦和愤怒的描写，也有关于幽默和紧张心情的描写。这样复杂多变的情绪，他都是通过冷静的描述表达出来的。如果作者没有强烈的内在激情，他就不可能真实生动地描写出这样复杂多变的情绪。又有激情，又有冷静的描述，这就构成了汶石创作的艺术特点。当你读到《大木匠》中关于桃叶妈和大木匠的许多富有风趣的描写时，你也许忍不住笑出声来了，但你并不感觉到作者是在故意引你发笑。他是在严肃认真地描写生活和刻画人物性格。当你读到李亚来听了铁蛋老八背后讲的那些以富压穷的恶毒语言时，你也许已经听到李亚来因为愤怒而心脏抖动的声音了，甚至你自己也被激怒了，但你丝毫也不会感觉到作者是在这里故意渲染什么。在《春节前后》中，有不少关于人物紧张心情的描写。赵承绪在大姐娃盛怒之下，那么小心翼翼，简直像是捏着一把汗，生怕惹翻了，闹出事来。这时，你也许在为承绪的一举一动担心了。但是，越是在这种时候，越能显示出作者冷静描述的力量。他把读者带到紧张的境地中去，而作者自己却丝毫不动声色。每一位作家各有各的本领。而这正是王汶石的本领。

二十六

富于生活情趣，富于幽默感，富于多样化色调，这是汶石作品的特点，也是他的语言的特点。

汶石创造了许多"闻其声如见其人"的人物形象。他的性格化的语言，在这方面起了很大的作用。

汶石作品中描写的农村生活和农村景色，渗透着关中平原农村生活的情趣。他的具有地方特色而又经过锤炼和加工的文学语言，在这方面起了很大的作用。

二十七

看完了汶石的作品，有一个强烈的感觉，就是他经常不断地在艺术创作上做新的探求。根据不同的内容和不同的要求探求不同的表现形式和不同的表现方法。在《老人》《套绳》等作品中，他基本上采取的是有头有尾地讲述故事的方式。这些作品，有好处，也有缺点。好处是，亲切、平易近人。缺点是该突出描画的地方，突出描画不够，显得有些平铺直叙。和这一类作品不同，《新结识的伙伴》《大木匠》等，是采取了摄取生活横断面的形式，一开始就把人物置身于生活的矛盾冲突中，鲜明、强烈、富于艺术的立体感，便于集中地和突出地表现人物性格。在汶石的全部作品中，《蛮蛮》是一部别具风格的作品。它一反汶石创作的惯例，既没有成套故事，也没有重要情节；它只是通过一个五岁儿童蛮蛮的心理活动和生活经历的片段，通过一个幼小的心灵，反映出新中国农村在"大跃进"浪潮中的许多深刻变化。

汶石是这样一个作家：善于思考，善于发现新的东西，对新事物满怀情趣。不断地在艺术创造上作新的追求，一方面表现出在汶石的创作中，还存在一些不成熟的东西，但同时，也显示出他的刻苦钻研，他在创作方面的青春活力。经过艰苦的创作劳动和进一步地深入生活，我们将不难看到他会有更多更丰富更动人的作品出世。

1959年8月6日于西安丹园

读长诗《石牌坊的传说》

一

《石牌坊的传说》初次和人们见面，是在1959年7月；当它一开始在《延河》上出现，就引起了读者广泛的注意，赢得了它的爱好者们的赞赏。我也是喜爱它的许多人中间的一个。我清楚地记得，当时西安地区的诗人们，还专门为它举行了座谈会，进行了热烈讨论。讨论中主要是表扬，也有批评和建议，但是无论谁都从总的方面肯定地认为：长诗《石牌坊的传说》是近年来诗坛上所出现的好作品之一。

时间已经过去三年了。如今，摆在我们面前的《石牌坊的传说》，是经过了作者又一次修改与加工的。比起三年前《延河》上发表的稿子来，显而易见，经过再次修改与加工后的诗篇，思想上和艺术上都进一步有所提高，结构更完整了，情绪更饱满了，诗的感染力更强烈了。

长诗《石牌坊的传说》，从我国关于大海的古老民间传说中，选取了诗意葱茏的故事，经过冶炼和琢磨，使普通的生活情节，闪射出动人的艺术光辉；从某种现实生活境界出发，借助于艺术想象的力量，进入诗的境界，从而，在作品中出现引人入胜的情景，出现奇峰。作者从1947年起动手写这部长诗，1957年完成初稿，1959年首次和读者见面。前前后后持续达十二年之久。十二年中，他究竟翻改过多少次？大改、小改过多少次？修修补补又是多少次？恐怕连他本人也是很难说清楚的。最近三年来，又连续不断地进行了反复修改与加工。整个创作过程向人们雄辩地证明，"天才出于勤奋""天才离不开汗水"。这些话，是有很深刻的道理的。

二

最近，我又一次读完了修改后的《石牌坊的传说》，这使我有了一些比过去更深刻的感触。我这样想：从古至今，时代可以有更替，社会可以有新旧，生活可以有变化和发展，人们的思想和认识客观事物的水平，可以有高有低，斗争可以有这样或那样的特点。但是，不管是过去或现在，不管是古人或今人，在劳动人民的精神领域中，有一些基本的东西，却是相通的，这就是：他们对幸福生活的向往，对某种崇高理想的热烈追求，对恶势力的反抗，对劳苦人民的深厚同情心。这些崇高的精神事物，在现代，在共产党所领导的人民革命的时代，是通过朱老忠、董存瑞、刘胡兰等人体现出来，通过党和人民的一切优秀儿女为革命事业献身的精神体现出来；在过去，在古老的年代就是通过老石匠、小羊倌、绣花姑娘这样一些人体现出来，通过红缨军所代表的正义力量和英雄行为体现出来。正因为如此，所以，《石牌坊的传说》尽管是古老的传说，它所反映的尽管是古老年代的生活，他们的生活、思想和斗争尽管有那个时代的局限性，但是，老石匠、小羊倌、绣花姑娘等人的心灵，却是十分和我们靠近的；他们的命运，他们的遭遇，他们为追求理想和反抗恶势力的那种不屈不挠的精神，却是这样强烈地感染着我们和激励着我们。

反映现代生活题材的作品，能感染我们，反映古老年代生活题材的作品，也能感染我们。重要的问题是看写什么和怎样写。《石牌坊的传说》之所以具有深刻感人的力量，一方面固然是因为它选取了一个十分动人的生活题材，同时另一方面，也因为作者对这个生活题材，进行了一系列的思想上和艺术上的加工，通过这一特定题材，作者抒发了他自己的社会理想、美学见解和对生活的真情实感。描写现代生活题材，有这样的加工问题，描写历史生活题材，也有这样的加工问题。描写民间传说题材，同样有这样的加工问题，作家、艺术家在思想上和艺术上的加工创造，使流行在人民群众中的口头传说，上升为名副其实的艺术品。

<h1 style="text-align:center">三</h1>

作为艺术品的《石牌坊的传说》，究竟和原来口头上的传说有什么不同？它比它高了多少？高在哪里？作者是怎样对原材料进行改造和加工的？我不得而知。我不大熟悉传说中的这个悲苦而动人的故事。所以，很难对比。但是，我从摆在我们面前的诗篇中，却看到了《石牌坊的传说》所达到的思想和艺术境界，看到了它的一些突出而鲜明的艺术特色。

首先，我认为作者相当明确地从某种思想高度，处理了和提炼了作品的主题思想，从而避免了类似这种传说故事中可能包含的某些消极因素。

《石牌坊的传说》中，曾描写了一连串的苦人苦事、苦瓜苦蔓。如果说，作品中的这些描写，是在本质上反映了旧社会贫苦人民的实际生活情况，那么，《石牌坊的传说》的可贵之处，就在于它没有把这部长诗处理成仅仅是记述苦人苦事、苦瓜苦蔓的内容，仅仅是描写旧社会穷人生活苦情的内容。显然，仅仅做这样的处理，作品的主题思想是没有多大力量的，是缺乏更积极的意义的。《石牌坊的传说》是通过某些苦人苦事、苦瓜苦蔓的描述，着重揭露了旧社会生活的不合理，揭露了以大财主、伪善人等为代表的反动统治阶级的残暴恶毒和假仁假义；特别重要的是，作者从孕育在他脑海中的活的人物形象出发，通过对老石匠、小羊倌、绣花姑娘的性格创造，通过红缨军的战斗生活故事，深刻表现了劳动人民那种可贵的敢于反抗命运，敢于反抗恶势力，敢于坚持真理、坚持斗争，在强敌面前，始终威武不屈、贫贱不移、至死而不低头的真正不屈不挠的精神。

这样，就使《石牌坊的传说》，不但具有了更深刻的现实教育意义，而且，也使作品中所反映的生活内容、所表达的思想感情和人物的精神面貌，更符合于历史的最本质意义的真实。

当然，作品所歌颂和描写的，主要不是红缨军的战斗故事，不是枪对枪、刀对刀，而是从红缨军的战斗故事演变下来，体现在老石匠、小羊倌、绣花姑娘等人身上的那种老一辈、少一辈世代相传、燃烧不熄的反抗精神。正像诗中所歌颂的：

> 一代接着一代绣，
>
> 把世代的冤仇传子孙！

读了诗，人们能明确地意识到：红缨军的义举虽然暂时被镇压下去了，但红缨军的精神却留在人间，人们没有忘记他们；他们的亲人还把他们的英雄故事绣成影像，以教育自己的后代；影像被破坏了，老石匠更进一步刻成石牌坊；石牌坊被捣毁了，绣花姑娘又接续绣影像；老石匠被害后，小羊倌挺身担负起他未完成的事业……。整个事情的过程，就是这样：老一辈人在斗争中倒下去了，少一辈人赶上来；前人撒下的火种，后人借以照亮自己前进的道路；冤仇一旦在人民群众的心上生根，终有一天会爆发出炽烈的复仇火焰来。

《石牌坊的传说》所描写的，一方面是劳动人民对反动统治阶级的深仇大恨，另一方面是劳动人民之间的患难与共、生死同心的阶级友爱。这种阶级友爱，是以他们在斗争中所获得的朴素的阶级觉悟为基础的，这是反动统治阶级长期对他们进行残酷迫害所产生的结果。《石牌坊的传说》写出了这种阶级友爱和朴素的阶级觉悟，也是它在处理古老民间传说题材方面所达到的思想高度之一。老石匠、老磨工、小羊倌、绣花姑娘等人，互相间非亲非故，远隔异乡，但他们却能够同生死、共患难地在一起。为什么他们能够结合在一起？是什么力量促成这种结合的？除了他们共同的命运和共同的遭遇可以说明以外，还有一些更积极的因素，是不容忽视的，这就是：他们在斗争中的相互支援，对未来所抱的共同理想，以及在他们思想中逐渐生长、逐渐明确起来的朴素的阶级觉悟。关于这些情况，在长诗的不少地方，是描写得很深刻很动人的。老石匠受伤以后，被小羊倌救护，背到破磨坊养息的时候，老磨倌所讲的一段肺腑之言，就生动地表明了在他们中间所出现的那种新的人和人的关系，以及对生活所持的新的见地：

> 劳苦人民走的千条路，
> 到头来命运总相同；
> 穷人心里千般苦，
> 用不着说话也相通。

> 此恨不是你一人恨，
> 仇恨记在众人心！
> 世代的冤仇成江海，
> 一代更比一代深！

> 患难之交情不尽，
> 不是客人是亲人，
> 糠菜豆渣待知心，
> 藏在磨坊养病身。

> 风还不静浪不平，
> 切莫声张多当心！
> 只要留得青山在，
> 卧虎藏龙都由人！

读了这些诗句，人们将会说：这里所描写的，不仅是老磨倌、老石匠等人的思想和心声，而且也是诗人自己的思想和心声，是诗人借着老磨倌等人的思想感情，抒发他自己的思想感情和对生活的信念。我看，这样的说法是有道理的。我甚至认为：诗人在不少章节中显示出，他是有意识地把《石牌坊的传说》当作生活和斗争的教科书来写的。他在描述老石匠这个人物形象的社会意义时，就曾经这样揭示过：

> 人世间多少辛苦事，
>
> 这粗大的双手是证见；
>
> 古今上下几千年，
>
> 这皱茧的老手就是书万卷。

《石牌坊的传说》中，曾写出了许多富有哲理思想意义的诗句，感人至深。是不是只要写出了这些，就是好诗？并不一定。有些所谓哲理诗，貌似艰深，实际上却很浅薄，并且矫揉造作，不近情理，缺乏对生活的真情实感和真知灼见，使人看了，很难感动，但是，像在这部长诗中，从作品所反映的具体生活矛盾冲突出发，从主人公的生活经历、思想性格、感情特点出发，把要阐述的某种哲理思想和深刻动人的生活真情结合起来，而一旦有了这种结合，情况就大为不同，生发出内在的感人力量，从而能深深叩击人们的心弦。当我们读到老石匠临终给小羊倌所讲的一些人生哲理时，实在不能不为之心动：

> 孩子，你看山连连！
>
> 孩子，你看路悠悠！
>
> 这副刻石头的家具你要多珍爱，
>
> 以后的道路要你自己走！
>
>
> 学手艺就是学走路。
>
> 做人的道路没尽头！
>
> 深山黑夜要辨方向，
>
> 道路艰险要把心留！
>
>
> 多少人的血，

都在这路上流，

多少后来人，

沿着往前走！

倒下一个多了一汪血，

多一滴鲜血添十分仇！

你顺着这些血印向前走，

就是遇上刀山也莫回头！

　　说《石牌坊的传说》含有生活教科书的意义，不光是说它写出了劳动人民中那些传统的生活知识和生活见解，而且是说它用新的观点和新的精神，写出了劳动人民中那些具有革命意义的生活知识和生活见解，那些闪耀着斗争火花和智慧之光的生活知识和生活见解。从这个角度来理解老石匠对小羊倌、绣花姑娘二人所做的关于"眼"和"骨气"的议论，是能够发人深省的。那时，老石匠的眼已经瞎了。伪善人提出为他治眼，条件是眼好后，必须无代价地替伪善人刻石牌坊。小羊倌、绣花姑娘为解除师父的痛苦着想，好心劝老石匠答应伪善人的条件。就在这个当儿，老石匠说话了：

识人贵在识人心，

哪能单单看脸面！

羔羊豺狼都不分，

生着两眼也不稀罕！

药料不算贵，

要咱师徒三人血汗换！

药价不算高，

要咱忘掉根本把心变！

眼瞎还属自己有，

眼亮反被别人赚。

任他灵丹和妙药，

难买师父一双眼！

休说人凭衣裳马凭鞍，

排场体面转眼间！

有道是人凭志气马凭腿，

没有骨气泥一滩！

在老石匠看来，答应替伪善人刻石牌坊，就等于是"忘掉根本"，就等于是变心。因此，他宁肯让自己的眼瞎着，也不愿干这样"没有骨气"的事情。这是一方面的情况。另一方面，当他听了关于红缨军的壮烈故事以后，却忍不住心情激荡，夜不成眠，反复谋虑，一心要为红缨军刻下最好的石牌坊，以使这千秋壮举与日月同辉，永世流传，砥砺来者。《石牌坊的传说》把人们关于能工巧匠的传说，加以提炼和改造，经过艺术上的概括与加工，通过老石匠这个人物形象，深刻体现出这样一个道理：一个人的艺术生命，只有同人民斗争相结合，同某种崇高理想相结合，才能发挥出真正灼人的光与热。作品中所揭示的这方面的主题思想，是这部长诗所达到的另一个思想高度。老石匠用他切身的行动所坚持的和说明的，实际上，也就是我们通常所说的：艺术究竟为什么人服务的问题。用老石匠自己的说法，就是：

你知道鸟儿为谁唱？

你知道花儿为谁开？

老石匠的意思是：石牌坊上的鸟儿要为红缨军唱，石牌坊上的花儿要为红缨军开。而他老石匠的全部心血，都要献给不朽的红缨军。他为红缨军刻石牌坊，不仅是用他手里拿的刀錾，而且是用他一颗火红的心；手里刻的是石头，心里想的是劳动人民的硬骨头；不是刻的普通意义上的花鸟、故事，而是刻的革命人民的崇高理想和不屈的灵魂。这一具有神圣意义的工作，不但重新唤起了老石匠的青春生命，开启了他的智慧的闸门，开发了无穷的艺术创造潜力，而且，似乎对诗人的创作灵感，也是一种很大的启示与鼓舞，因为，就在这个时候，我们看到了作者笔下所出现的真正感人肺腑和沁人心脾的好诗。让我们在如下的诗句面前，暂且留步：

　　山前溪水日夜流，
　　老石匠天天刻石头；
　　心意好比长流水，
　　一锤一錾石头上留！

　　林里百鸟飞又还，
　　老石匠从早刻到晚；
　　鸟儿无心自鸣唱，
　　石头上的曲儿弹不完！

　　山里野花谢又开，
　　石头上的花样巧安排；
　　山花自开还自谢，
　　心上的花儿开不败！

　　头上滴下千滴汗，
　　落在石上成水波；
　　手上滴下千滴血，
　　变成石花千万朵！

　　多少心思变血丝，
　　条条浸在石头里！
　　身影天天在石头上照，

全部生命浸进了石心里！

杨柳又绿了，

桃花又红了，

一座石牌坊，

终于刻成了！

四

就题材的基本故事情节来看，《石牌坊的传说》所描写的，应该算是一个悲剧。但不是一般传统概念上所说的悲剧，而是用新的观点和新的方法所处理的、具有了某种新的意义的悲剧。一方面，它没有完全采取传统悲剧那种主要是暴露和控诉的方法，而是把更多力量和更主要的方面，放在歌颂正面人物的英雄形象、崇高品质和不屈不挠的斗争精神上面；另一方面，它的结尾，也不是旧现实主义的传统悲剧式的，而是采取了理想主义的团圆形式。关于结尾，长诗是这样处理的：过了若干年以后，小羊倌终于继承老石匠遗志，刻完了他们理想中的石牌坊。而当石牌坊正要完工之际，忽然，平地起雷声，山下人马动，山崖到处响回声，石人石马也要奔腾。就在这人海马潮、红旗招展之中，有一个全身穿红的姑娘，英风飒飒，出现在一面绣金凤的彩旗旁边。这人是谁？不是别人，她正是身陷牢笼的绣花姑娘，在这紧要关头，也冲出伪善人的重围，前来和小羊倌会合来了。

这样的结尾怎么样？好不好？也许有人会设想出另外的结尾来。革命的理想主义，并不完全决定于怎样结尾上。但我以为，对《石牌坊的传说》这个特定故事题材来说，现在这个结尾，就很有力量，很得体。它满足了作品所反映的生活内在情绪的要求。这是把不朽的红缨军精神加以活写，把革命人民心目中的石牌坊的力量加以活写，把广大劳动人民的理想、希望和心愿加以活写的结果，是一种浪漫主义的表现方法。这样写，不但符合民间传说的丰富想象力的艺术特点，而且，也符合这部长诗所要宣扬的不屈不挠的根本精神。

如果说，《石牌坊的传说》中的许多描写，突出地发挥了革命浪漫主义的精神，那么，这种描写所以有力量，就因为它是建立在真实地反映现实生活的基础上面的。

我们不妨这样设想一下：在老石匠、小羊倌、绣花姑娘及红缨军所处的时代，在他们那种社会条件下面，像他们这样一些人所进行的那种性质的斗争，结果会怎么样？等待他们的将是一种什么样的结局？是胜利？是失败？是欢乐？是悲剧？……应当说，有更多和更大的可能是悲剧的结局，成功的希望，最后胜利的希望，事实上是很小的。这是没有什么奇怪的，这是具体的历史条件和时代条件所决定了的。作品中所描写的以老石匠、老磨倌、小羊倌、绣花姑娘等为代表的人，深刻表现了广大贫苦人民的颠沛流离、受苦、受难、流血牺牲、死亡、被侮辱、被陷害等等，正是在本质上对旧社会生活的忠实写照，而作者在安排具体情节时，把老石匠、老磨倌处理为死亡，把小羊倌处理成临近死亡的边缘，把绣花姑娘处理成身陷牢笼，以加重长诗的悲剧成分，所有这些，不但是在艺术创作考虑上所允许的和需要的，而且是符合作品所反映的社会生活实际的。正因为长诗没有回避写出这方面的情况，才使它具有了深刻的现实主义的基础。但是，正像生活本身所反复证明的那样：某一次具体的斗争，可以失败，可以暂时被镇压下去，但是，只要有人压迫人、人剥削人的现象存在，斗争就永远不会平息，反抗的河流就永远不会完全中断；某一个具体的人在斗争中可能死亡，但广大劳动人民所怀抱的美好理想、希望、心愿，却永远不会死亡；反动统治者永远也扑灭不了革命人民心上的火焰。无疑，所有这些，也是一种生活真实。而艺术作品，也应当反映出这种生活真实，也必须反映出这种生活真实。反映不出这方面的生活真实，就不但谈不到什么革命现实主义和革命浪漫主义相结合的精神，而且实实在在也很难说是很好地体现了现实主义的全面观点。若问：在《石牌坊的传说》中，究竟写出了什么？它写出了红缨军的失败，写出了老石匠的死亡，写出了生活斗争中的某些悲剧性的演变，但是同时，也可以说更主要的是，它写出了和有力地歌颂了：不息的革命斗争河流，扑不灭的革命人民心上的火焰，永远不会死亡的美好理想、希望和心愿。正因为写出了这些，才使作品中所反映的本来是属于生活悲剧的故事情节和思想主题，从根本性质上改变了面貌。如果说，长诗中比较突出地显示了革命浪漫主义和革命理想主义的精神力量，那么，以上这些，正是产生这种精神力量的根源和基础。绣花姑娘本来已经身陷绝地了，已经被伪善人的魔爪给牢牢地抓住了，已经很少有可能逃出来了，但是，她却终于又逃了出来，作者终于又让她和小羊倌汇合在一起了。作品这样处理能说是合乎情理吗？应当说是合乎情理。反之，不这样处理，就可能不那么合乎情理。绣花姑娘是谁？你以为她仅仅是一个普通贫苦人家的小姑娘吗？不完全这样。她是这样一个小姑娘，同时，又象征着希望、理想和不灭的火焰。作者所描写的，正是人们心上这种希望、理想和不灭的火焰。而且，也正是绣花姑娘自己内心所怀抱的这种希望、理想和不灭的火焰，支持她，引导她，给她力量，使她终于能够从那种绝望的困境中逃脱了出来。同样的情理，作品中对小羊倌死而复生的描写，也是很有说服力和感召力的，是更加显示了革命理想主义的力量的。小羊倌本来也和师父一样，因喝了伪善人的药酒被毒死了，死了，死了，然而又活了。为什么又活了？是否他比师父的毒酒喝得少些？中毒轻些？有这种可能。但是长诗所描写的，是透过这种可能，着重表明他不能够死，他不应当死，他死不得。他死了，谁来继承师父的遗志？谁来继续完成他们理想中的未竟的事业？是死亡毁灭理想？还是理想战胜死亡？这就是《石牌坊的传说》中通过小羊倌死而复生的描写，所要表达的一个重要思想。就在这个场合，我们看到了作品中所出现的真正大悲剧的手笔而又富于理想主义力量的描写。诗是从老石匠刚刚倒在荒野路旁开始的：

小徒弟要喊人，

茫茫无人影！

小徒弟要呼天，

天高不回应！

山，倒了，

地，陷了！

天边的雷声响了！

世界的颜色变了！

小徒弟放声哭号啕！

自己的肚子也疼了！

伪善人除草要断根！

斩尽杀绝不留苗！

诗写到这里一顿，然后下面紧接着写了对小羊倌的死所带来的严重后果的深深忧虑：

肩上的褡裢落了地，

有谁再背起刻石头？

地上的道路千万条，

有谁接着往前走？

诗里面所流露的那种深深忧虑和遗憾之情，那种担心今后的褡裢谁来背？石牌坊谁来刻？今后的斗争道路谁来接着往前走的心情，不但是诗人的，而且是广大劳动人民群众的，它甚至也是小羊倌自己的，是使他虽死而不能瞑目的。应当说，正是那种接着往前走的理想力量和事业未成心不死的永生精神，在小羊倌身上发生了非凡的作用，他虽死了，但又活过来了。

　　作品中所显示的理想主义的力量，是和诗人高度发扬了的革命浪漫主义精神连在一起的。和这种精神相呼应的是，诗里面有许多具体描写和具体手法，它们也是浪漫主义的。这种浪漫主义的描写手法，不但增加了作品的生动性和深刻性，并且有助于诗中的某些情节，经过艺术处理而达到较高的境界。就是说，通过具体的浪漫主义手法，丰富了和扩展了作品的浪漫主义精神。浪漫主义的手法之一，是艺术的夸张。用夸张的艺术手法进行描写，在某种情况下，显然能增加描写对象的生动性。比如说，老石匠的手艺再高，他还是刻不出石花的香气来。但是，作者竟然描写他刻出石花的香气来了。不但石花香了，而且引来无数蝴蝶，在石花间飞舞，飞着，飞着，就落在上面，再也不飞走了，就永远长在石花上面了。这样的描写，无疑是很大的夸张。但是，人们不难看出，这种夸张，不但符合民间传说的特点，而且用于形容老石匠的技艺高强，实在是既真实又无比生动。把静物活写，把描写对象活写，实际上是把老石匠的艺术和精神面貌活写。这种活写的笔法，很能增加描写对象的神韵。比如：

> 云彩刻了千万层，
>
> 云彩里刻了九条龙，
>
> 石龙游在石云里，
>
> 隔着石云还能看见龙。

> 石头上刻的长流水，
>
> 水波涟涟清泠泠；
>
> 水边刻的垂杨柳，
>
> 柳条儿飘飘随风动。

看了这些描写，你不能不说这实在是把石牌坊写活了。而且这些动人的好诗，更加引起人们对老石匠的关怀，对石牌坊的关怀。但是，不幸得很，石牌坊却被大财主所率领的一帮恶人给抢走了。作者对被抢后的石牌坊，也是活写的：

> 石头花啊，不香了！

石头鸟啊，不唱了！

石头上的水波不漾了！

石头上的日月星辰也不亮了！

为什么花不香了？为什么鸟不唱了？因为石牌坊上的花本来就不是为大财主香的，鸟也不是为大财主唱的。大财主凭着自己的势力，可以抢走石牌坊，可以砸坏它，但是他却不能对石牌坊上的花、鸟、水波、日月星辰等有任何作为，他玷污不了以石牌坊为象征的劳动人民的美好理想和不屈的心灵。就在这儿，诗的意境，一下给升高了。

类似的手法，类似的描写，在《石牌坊的传说》中，还可以举出很多来。限于篇幅，现在只好省略了。

五

读完了《石牌坊的传说》，我向自己提出一个问题：这部长诗究竟算是叙事诗，还是抒情诗？人们会说："当然是叙事诗，像这样长的诗篇，既有人物，又有故事、情节，并且反映了生活的重大矛盾冲突，不是叙事诗，还能说是抒情诗吗？"我也是这样想的。单就这方面来说，我没有异议。但是另一方面，我却觉得：这部长诗不完全相同于目前有些长诗的那种写法，它有自己的特点，它的抒情气氛比较浓重。或者可以这样说：它是以抒情的方式来叙事，在叙事中又不忘抒情，因而是比较好地实现了叙事和抒情相结合的作品。

人们根据诗的题材、体裁、风格、样式、写法等的不同特点，把彼一类诗叫作抒情诗，把此一类诗叫作叙事诗。这种分法是必要的，也是符合实际的。但不能把这种分法绝对化。不能认为凡是抒情诗，就一定不带任何叙事的成分，更不能说只要是叙事诗，就不能抒情，或者说没有必要抒情。叙事诗是诗，而诗，不管是属于哪一种类型，都不能没有感情。感情是诗具有感人力量的基础。诗而无情，那就很难说是诗了。通过叙事达到抒情，以抒情方式完成叙事，因而做到了叙事和抒情相结合，不但我国的古典诗词中有这个传统，在我们的新诗园地中，也有许多优秀范例，如《王贵与李香香》《漳河水》等。目前有些叙事诗，就所反映的题材看，本来也是很动人、很富有诗意的。但是经过作者创作，作为成品摆在我们面前来读时，反而觉得缺乏诗意，不大动人，甚至显得有些干巴巴的了。为什么会这样？要找原因，原因可能不止一条。我想，除了诗人对自己所描写的题材琢磨不够、感情酝酿不成熟、没有达到必要的升华以外，似乎也存在写法问题，即在有些诗中，太偏重交代故事情节的发展过程，过多地描绘那些生活中的琐碎细节，再加上生拼硬凑地追求那种表面上的字句押韵，因此，诗显得既烦冗又匆忙，显得那样缺乏内在的蕴蓄，以致使人读后，几乎感受不到作者究竟打算用点什么比较深刻动人的思想感情，来触动一下读者的心灵。

我之所以肯定和赞许《石牌坊的传说》，不是因为它各方面都已经达到理想的地步，已经没有什么缺点了。不。缺点还是有的。思想感情不深刻，缺乏诗意的地方，还是有的，而且不能说是很个别的。但是，从总的方面看，这部作品却不失为一部别开生面、在很大程度上发挥了诗的抒情魅力的长篇叙事诗。

叙事诗究竟如何抒情？如何把叙事同抒情很好地结合起来？从这个角度着眼，我们从《石牌坊的传说》中，可以看到这样一些写作方面的特点或者苗头：

首先，作者在进行艺术构思、安排故事情节的时候，就开始注意到了如何便于抒情及如何能够更好地抒情。情从哪里来？情从人们的内心深处来，即所谓情动于衷。但人们内心深处的情，并不是无缘无故地就动起来，它往往要借助于外界的激发，借助于人和人之间的感情交流，借助于特定时间、特定场合和特定条件下面的客观事物的触媒。人们最生动最深刻的感情，往往是在最生动最令人难忘的时刻和情况下面涌现出来的。在《石牌坊的传说》中，老石匠一生漂泊，到处流浪，走过千山和万水，但是只有来到这"俊秀的树苑山"才使他特别动情，只有听了红缨军的故事，才特别激起他强烈的艺术创作冲动。在这里，树苑山这个场地的设计，有关红缨军事件的安排，就成为这部抒情的叙事长诗中所不能缺少的了。事实上，也正是在这些地方，诗人所抒发的感情，才是最动人、最令人难忘的。诗人似乎很善于在作品中制造悬念，老石匠死后，引起人们对小羊倌今后命运的深切关怀，就是悬念所产生的显著效果。事实也证明：作品中围绕着老石匠的死和小羊倌的命运问题所展开的那些描写，所作的那些抒情的议论，也是最动人、最令人难忘的。深刻的悬念，是引起抒情的动机。长诗中关于老石匠和绣花姑娘之间的某些描写，是特别富于悬念的意味的。自从他们两人在万人冢前相识，以后各自的生活都发生了重大变故，但双方却一直再未见面，互相间的思念与关怀，只是在悬念的形式中出现。等到绣花姑娘千里寻师，最后在伪善人家中患难相遇时，已经是接近悲剧的尾声了。就在这种长期的颠沛流离和互相悬念中，通过老石匠或绣花姑娘的感怀，诗人曾抒发了多少动人而美好的情思啊！

此外，我们还可以看到另一个特点，即诗人并不特意追求故事的复杂性，却很重视情节的生动与真实，重视情节的感情容量。似乎是，虽然单纯些但是却生动真实、富于感情容量的故事情节，更便于诗人作意味深长的抒情。而长诗的这一特点，又是和作者在写作上有意地避开对事件过程作详细的交代，使自己腾出手来，抓紧进行抒情描写的方法相一致的。如果说，诗中不能完全避免对某些事件过程做必要的描写，其目的也是从这种描写中引发出动人的感情来。这就是说，某些过程的描写，是为了下面更好地为抒情铺设桥梁，某些事件的交代是为了进一步引起抒情的动机。作品中，一旦写出了动人的思想感情和动人的形象，一旦感情和形象被突显出来，那些关于过程的描写，就不但显得并不妨碍抒情，而且有助于抒情，变成和抒情紧密不可分了。当我们读了诗中关于老石匠死后，小羊倌背着师父尸体逃奔他乡的那些描写，就很难说清究竟哪些诗句算是抒情，哪些诗句算是叙事，而哪些诗句又是属于交代过程的。在这里，似乎这一切都已经溶解在浑然一体之中了。请看：

心又烧，口又干！

头又疼，骨又酸！

夜又深，天又暗！

山又险，石又尖！

不顾筋骨疼又软，

不顾眼黑脚深浅，

背着师父就有千斤力，

一连翻过了几架山！

脚下的云雾都踏破，

头上的星星都甩落，

天透青光山透蓝，

高山顶上停停脚。

向北望，泰山岳，

向西望，梁山泊，

大小汶河东西流，

微山湖水扬洪波。

哪里走？哪里歇？

天也远！地也阔！

哪里飞起一群鸟？

哦，晨雾里一座石崖好巍峨！

东望故土千万里，

云烟迷漫关山隔!

莫非故乡的石山崖,

千里飞来把老师接?

飞身扑到石崖下,

吸口山水解心渴!

亲娘的怀抱久别儿,

一口长气出心窝!

不陷入烦琐的事件过程的描写,集中力量进行抒情,这是长篇叙事诗能够获得感人力量的重要步骤。但作品中的感情,究竟动人与否,决定的因素,并不在于作者是否已经注意了抒情,而是在于究竟抒了什么样的情,在于你对某种特定的生活事物,是否真正动情;对引起你抒情动机的客观对象,在认识上,是否深刻,是否怀有新意。从这个角度考虑,应当肯定:《石牌坊的传说》中的抒情,在许多地方是深刻的,是有新意的,因而也是动人的。但也有不深刻不动人的地方,也有缺乏新意的地方。举例说,如像长诗第九节中关于群众争看石牌坊那样的场面描写,就不能说是很动人、很有新意的,一般过场的描写多于深刻的抒情,形象也不够新颖有力,作者的构思,实际上没有上升到一个较高的境界,没有能够通过看石牌坊这一事件,进一步揭示出人民群众对红缨军所怀抱的深情来。

我们还可以看到:作品中真正动人感情的来源,是在于诗人能够设身处地地置身于诗的斗争生活中,以诗人自己特有的生活真情,来和他的主人公们,和老石匠、小羊倌、绣花姑娘等人同命运、共呼吸。这种同命运、共呼吸的感情,在大多数场合下,是通过作品中人物互相间的真挚关怀表现出来的。但也有诗人借题发挥的地方。即使是借题发挥,也能让人明确感觉到,那不是局外人的,而是他们的兄弟或伙伴的。常常有这样的情况,在某些诗句中,诗人的感情和诗中人的感情交织在一起,难解难分。比如:

肩上的褡裢落了地，
有谁再背起刻石头？
地上的道路千万条，
有谁接着往前走？

老人家，慢慢走！
你的女儿赶来了！
姑娘啊，快快跑！
善人后边撵来了！

姑娘逃出善人堂，
恨不得两脚生翅膀；
望见桥上双人影，
多少高兴叫人狂！

姑娘赶到桥头上，
无情霹雳当头响！
眼前天地一时黑，
脚下石桥顺水淌！

咳咳咳，嘻嘻嘻！
如今再跑哪里去？
死了心，塌了地，
还不乖乖随我善人回府去？

泗水流，水流长！
兖州塔影影徬（彷）徨？

石算盘啊，几时算清这笔账？

画眉鸟啊，何日冲出牢笼高飞翔？

以上所举，写的是老石匠刚死，小羊倌也中毒昏迷倒地，绣花姑娘逃奔前来，被伪善人紧紧追赶的情况。除了第五段是以伪善人自己的口气，来揭露这个带笑的豺狼以外，其他几段，都是借诗人的感怀，展示作品中不幸人们的千古恨事。其中第二段的写法是别具风格的，前头两句："老人家，慢慢走！你的女儿赶来了！"既像是置身于事件之中的诗人提醒老石匠的口气，又像是绣花姑娘自己发出的强烈呼声。下面两句："姑娘啊，快快跑！善人后边撵来了！"对姑娘所流露的急切关怀之情，就不仅是诗人自己的，而且是一切身临其境的人们，甚至还包括热情的读者在内，所发出的共同的心声了。

《石牌坊的传说》，用抒情的手笔，塑造了几个正面人物，写出了人物在斗争中的成长。特别突出地表现了老石匠这个人物的思想和精神面貌在斗争中的成长过程。但是，不难看出，即使在塑造人物方面，这部长诗，也不是没有自己的特点的。什么样的人物适于入诗，什么样的人物不适于入诗？什么样的人物在诗里面有比较大的思想容量和感情容量，而什么样的人物容量则比较小？看来，作者在这些问题上，也是有他自己的选择和考虑的。诗不但要注意人物形象的真实性和典型性，而且要重视人物的思想容量和感情容量，重视通过人物形象和性格的描绘，可能达到的抒情的深度。要是说诗和小说在塑造人物方面各有特点，这些，也应当算是特点之一吧。

六

从《石牌坊的传说》中可以看到，作者在向中国古典诗词和传统民歌学习方面，在致力于新诗同古诗、民歌等相结合，以求得新诗朝着更好更健康的方向发展方面，也是做过一番努力的，体现了他在这方面的探索与追求。他既注意到了古典诗词的简练、含蓄和形象的坚实，也注意到了传统民歌的生动、善于比喻和感情奔放等特点，并尝试着把这两方面的特点，结合起来，运用到他的创作实践中去。当作者沿着这个正确方向迈出第一步的时候，我们还可以看到在长诗的某些地方，所受到的古典诗词的影响和约束的痕迹。这是没有什么奇怪的。这也是事物发展的一种辩证的过程。新的民族诗歌在自己的历史发展长河中特别是在初期发展阶段，不可避免地会保留某些传统诗歌形式的特点。重要的是，这些形式特点，在表现新的生活内容和新的思想感情当中，会不断地引起变化，会按照作品所反映的特定生活内容的要求起变化，会根据故事的发展和人物思想情绪的发展起变化。在《石牌坊的传说》中，我们就能够明显地看到这种变化。经过变化以后的诗歌形式，已经不再是那种传统的五七言律诗或其他固定形式，而是朝着不是那样严格限制的比较自由的方向发展了，成为一种大体上整齐和大致上押韵，并有时是长短句相间的东西了。即使是在明显地受到某些传统诗词影响的地方，也可以看出经过作者特殊的努力，而使诗的形式能够适应作品所反映的生活内在情绪的要求。让我们以描写小羊倌从昏迷中苏醒过来的那些段落为例，来看：

更深、夜半，
桥头、路畔，
河水叮当响，
鬼火忽悠悠转。

咕噜噜，
肚里叫，
小徒弟，
苏醒了！
这是啥地方？
这是啥时光？

侧耳听，风声和水声，

　　睁眼望，天黑夜苍茫。

　　像以上这样根据生活的内在情绪，所采取的形式多变的手法，在长诗的其他地方，还可以举出许多例子来。如描写老石匠在心情激荡之下开始刻石牌坊的那些段落：

　　听听风，风已停，

　　看看天，天不明；

　　背起褡裢，出古庙，

　　摸黑爬上了悬崖顶。

　　飞泉里接水洗洗手，

　　山顶上点起一炷香，

　　双手捧着锤和錾，

　　拜了天地拜四方。

　　铁锤打下第一錾，

　　千山万壑响雷声！

　　铁锤打下第二錾，

　　无边松林起大风！

　　铁锤打下第三錾，

　　彩云映得满天红！

　　铁锤打下第四錾，

　　万花开放百鸟鸣！

五鳌六鳌鳌连鳌，

山水草木齐开颜！

千轮滚动震大地，

万马奔腾过长天！

从以上这些例子，可以看出，特定的生活情绪，要求特定的表现形式；而形式的变化，反过来，又有助于增强诗里面所表达的那种巨大的气势和昂扬的情绪。

古典诗词和民歌的形式，也是多种多样的，每一种形式，都有自己特殊的韵美。《石牌坊的传说》的作者，从这部长诗的具体内容出发，不把自己局限于某一种特定形式，并且根据生活的内在情绪的要求，采取了形式上多变的手法，而又注意了大体上的整齐一致和大致上的音韵铿锵，不致因形式多变而产生松散杂乱现象。这样的努力，我看是应当受到鼓励的。

此外，作者在作品的若干章节中，所做的某些有关生活知识、艺术知识以及社会风习等方面的描写，对长篇叙事诗来说，这样的努力，也是很有益处的，这可以从另一方面显示内容的丰富多样和艺术的绚烂多彩。但是，做这样的描写，也要和作品所反映的生活内容结合起来，和故事情节的发展结合起来，和作品的抒情结合起来，使有关知识的描写，成为作品的有机组成部分，这样既有助于扩展和丰富作品的主题思想，又有助于作品的抒情，至少不违反作品的抒情。注意避免冗长累赘。在《石牌坊的传说》中，通过老石匠教小羊倌学习石刻的情节，所做的关于石刻艺术知识的插叙，是得体的；在香火庙会一节中，对某些乡土生活风习的描写，也基本上是得体的。而在老石匠刻石牌坊的过程中，所作的那些有关花的知识的描写，也是有助于增强作品的抒情气氛的。如：

鸡冠花开红簇簇，

牵牛花开喇叭长，

蒲公英花开金盏盏，

荠菜花开白如霜。

李子开花压海棠，
芍药喜春菊耐霜，
松竹腊梅耐岁寒，
月季花儿四时香。

《石牌坊的传说》作为一部长篇叙事诗，既注意了生活内容的丰富性，又基本上做到了艺术上的谐和与统一。它所达到的思想上的深刻性，在许多地方是能够引起人们深思的。这部长诗的创作实践证明：即使是描写民间传说题材，也离不开作者自己的生活经验。据说，《石牌坊的传说》的作者马萧萧同志，在少年时代，也有过一段苦难的经历，为追求某种生活而到处漂泊过。在创作的过程中，他曾经把自己这方面的一些真实生动的生活感受，交给了他作品中的主人公们。而这些，也许就是《石牌坊的传说》，所以具有深刻感人力量的一个重要原因吧。

生活，这是常青的大树，是一切艺术创作、一切诗情画意和美好灵感的源泉。

1962年7月于西安丹园

从作家的生活创作道路谈起

我是抱着向同志们汇报和学习的心情，从我们这个地区的创作实践出发，想了几个问题，提出来向诸位老师请教。汶石、鹏程同志他们都讲过了。他们是作家，有很多创作实践经验。他们从自己的创作实践讲起，讲切身体会，一定会对我们大家很有启发。说起来，我虽然算是搞评论工作的，实际上读书很少，懂得的东西很少，所以，讲的怕是对同志们没有多大帮助。讲出来，无非是请大家批评、指教。

一

下面，我想首先向同志们介绍一下我们陕西地区几个作家的生活和创作情况，主要是关于柳青、王汶石、杜鹏程、李若冰、魏钢焰等几个人。这几个同志，我们从他们的生活、思想和作品看，各有特点。柳青的思想和作品，有他的特点。杜鹏程、王汶石、李若冰、魏钢焰等人的作品和思想，也各有自己的特点。但从走过的生活道路来看，有一个基本点，他们几位是一致的。他们全是从青年时代就参加革命，是在党培养下成长的。对他们来说，首先是为党工作，作为普通一兵，参加战争、土改、革命和建设；他们分别当过县委书记、工作团团长、建设工地宣传部部长、石油勘探大队长、公社书记等。这几个人都是从实际斗争生活中走过来的。柳青1942年前后就在陕北米脂县，当了三年乡文书，他的第一个长篇《种谷记》，就是反映他这个时期的生活感受。李若冰当过好几年的石油勘探大队长，现为礼泉县的县委书记；至今他还保持着同石油系统广大职工的亲密关系，这方面的实际生活，提供给他创作上的题材是最多、最丰富、最富有深情的。王汶石当过咸阳市委书记，杜鹏程当过铁路局的宣传部副部长，魏钢焰做了多年的部队宣传工作。还有《智取华山》《惠嫂》的作者王宗元，曾在青藏公路建设工地做过政治工作。他们长期生活在人民群众中间，和人民群众同甘苦，共命运，受过人民群众的哺育。从事文艺工作时间不完全一样，有长有短，有先有后，但是，真正自觉地作为党的作家和党的文艺工作，从事生活和创作，应该说，都是从"延安文艺座谈会"以后正式开始。柳青比较早一些，他从1936年开始写作，但真正作为一个生活创作的新阶段，也是从"延安文艺座谈会"开始的。这几个作家，都是千里迢迢通过重重封锁线到延安的。他们首先是革命工作者、革命的职业家，党叫到哪里就到哪里，叫干什么工作，就干什么工作；其次才是从革命工作出发，从党的宣传工作需要出发，开始了文艺活动。而且最初都不是从写长篇小说开头，大多数是先写些快板、秧歌剧、歌词、通讯报告等等，后来，慢慢地从写短篇发展到写长篇。1951年春，我看过杜鹏程的《保卫延安》第二稿，那还只能算是报告文学，或者更像长篇文艺通讯。他是按一个一个战役的顺序写下来的。我们现在看到的《保卫延安》曾大改过许多次。杜鹏程，解放战争时期，他一直生活在部队中，没有离开过一天。有时在连队，有时在团部，有时也在王震同志领导的纵队司令部，但最多的时间是生活在一个连队上，生活在火线前沿。《保卫延安》的主人公周大勇这个英雄形象的基础，就来自他生活过的连队。作者和战士们一块往战壕里趴，一块吃饭睡觉，一块饿肚子，一块受苦受累，一块走遍大西北。如果没有这种丰富充实的生活，他的《保卫延安》是搞不出来的。这些作家同志们，都用自己的心血和汗水浇灌过革命之花，浇灌过社会主义之花。社会主义现在被"四人帮"弄成这个样子，他们是十分痛心的。痛心、愤怒，基点是爱，爱革命，爱人民，爱社会主义。我之所以要特别介绍这一段生活经历，是因为他们创作上的某些基本点，就是从这里开始的。当然，他们的生活和创作，也不断有发展，不断有成长，不断有突变，不断有升华，有提高，但出发点是从这儿开始。从革命到艺术，从革命的职业家到专业作家，从快板、唱词、秧歌剧到《保卫延安》《风雪之夜》《创业史》等等。柳青在写《创作史》时，还写了一个《牲畜饲养管理三字经》，我还专门为这个三字经写过一篇评论文章。当时有人觉得奇怪，长篇巨著《创业史》的作者，怎么还写三字经？实际生活就是这样。托尔斯泰老人写过三字经一类的东西没有？我不了解。新中国的作家柳青写三字经，这里面大概也有时代问题吧！也有作家的生活道路问题吧！也有思想感情问题吧！大概是有。当然，托尔斯泰老人的高深艺术成就，咱们是必须好好继承和学习的。

我们这些作家走过的生活道路，他们的实际生活经历、生活实践，使他们比较容易理解和接受毛泽东同志《在延安文艺座谈会上的讲话》（以下简称《讲话》）提出的究竟为什么人服务的问题。我说比较容易，并不是说没有任何矛盾和阻力。为什么呢？也许原因很多，其中有两个突出的原因：之一，这些人多多少少受过过去的教育，受过资产阶级教育，受过封建主义的思想影响；之二，受过去文艺作品的影响，特别是19世纪外国文艺作品的影响，他们看了这些作品，学到了很多好东西，但，也不会不受到某些思想影响。这些，就会在他们思想上、世界观上及对文艺的看法上，起一定的作用。这也就形成在接受究竟为什么人服务的方针问题时，并不是那么一帆风顺的。就是说，也是有一定的思想斗争的。但是，生活道路决定了他们在处理和解决这个问题上是比较容易的。就当前来说，似乎觉得为什么人服务的问题，很容易理解，很平常了。可是刚开始时，并不是很平常，并不是那么容易真正理解的。我个人觉得关于为什么人服务的问题，对我们不少人来说，在《讲话》发表以前，要想把它说清楚，要想把社会上为什么需要文艺？把文艺的作用究竟是什么说清楚，并不是很容易的。当时，延安的《解放日报》上，曾发表过一些同志所写的"我对于目前文艺问题的意见"一类文章，但是，几乎没有人明确提出根本问题是为什么人服务的问题。就我个人来说，那时如果有人问我为什么想干文艺工作？我也只能说：我就是想搞文艺嘛，我爱好文艺嘛，文艺美嘛，文艺作品看了很吸引人嘛。提出文艺究竟为什么人服务的问题，我过去从来没有认真想过，只是在参加了延安文艺座谈会后，对这个问题才算是初步开了点窍。过去不是早就发生过文艺为人生和为艺术而艺术的争论嘛，鲁迅先生、郭老、茅盾先生，都参加了嘛。所谓为人生而艺术，再讲得明确集中一点，再往前推进一步，自然就涉及为什么人服务的问题了。

为什么人服务的问题，是个根本的、总的问题，它关联了好多问题、一系列问题。先不说方法问题，它关联着如文艺和生活、文艺和政治的关系问题，关联着用什么思想来理解、看待、认识生活和反映生活的问题？关联着一个作家究竟想替什么人说话？想讲点什么关于生活的感受和见解？说点什么带倾向性的东西？无论什么人的什么作品，无论怎么个说法和写法，都逃脱不了这个倾向性问题。《伤痕》的倾向性是很明确的，它就是要揭露"四人帮"。很显然，它是替王晓华，替王晓华的母亲，替她们一家说话，替一切类似王晓华家庭遭遇的人说话。这就存在着作品为谁说话的问题。你再怎么样把它搞得曲折、含蓄、隐晦，再怎么艺术化，归根到底，还是有一个为什么人说话的问题。用现在常见的术语来说，就是做什么人的代言人的问题。如果再前进一步，说得再明确具体一点，实际上就必然归结到作品中究竟是关怀什么人的命运、写什么人的命运的问题。最近，有一篇作品《我应当怎么办》，引起很多人的兴趣。这个作品究竟怎么样？怎么估计？或者还会有这样那样的不同意见，或者提倡我们大家都这么写，那倒不一定，题材多样化、风格多样化嘛。但是，这个作品，为什么受到很多人欢迎？这就有必要找找原因。我看最突出的是它提出了关于人的命运的问题，作品中表达了对人的命运的深切关怀。而这种关怀对不少人是能够引起共鸣的。大家喜欢看《我应该怎么办》，无非是这个作品提出了一个众所关心的问题，即牵涉到现实生活中人的命运的问题。

任何深刻作品都不能不写人的命运。《创业史》也是写了梁三老汉一家人及其他人的命运。差别只在有的作品所写的个人命运，和社会主义的命运紧密相连，和大多数人的命运联系紧密；有的所写个人命运和社会主义的命运、和大多数人的命运联系不是那么紧密。实际上，凡是真正写社会主义时代的人的命运，往往不能不涉及社会主义时代生活究竟怎么样？它是如何发展的？现在所谓的"暴露文学"，实际上也是从另外一面写我们社会主义的命运，写革命干部和人民群众的命运，所以才引起大家的关心。写人的命运的问题，就是做什么人的代言人的问题，其中也包括暴露什么和歌颂什么的问题，这和做什么人的代言人终归是一致的。做什么人的代言人，这首先是一个政治问题，是个思想感情问题。但是最关键最根本的还是生活问题。也就是作者的生活经历和生活道路问题。作者在生活中喜欢什么？恨什么？爱什么？憎什么？宣扬什么？反对什么？和什么人思想感情打成一片？和什么人同过命运、共过患难？对什么样的生活充满激情？对什么事物感受最深？如果没有这些，作品的生活、思想、感情、人物形象从哪里来？能虚假地编吗？没有对生活的真实的思想感情，能构成真实的文艺作品吗？真实的思想感情是在现实生活中形成的。为什么多数老同志对党，对革命，对社会主义，对人民群众充满了深情？因为他们在过去艰苦的战争年代里，为党为革命流血牺牲，和人民群众同生死共患难，相依为命。峻青的《黎明的河边》中所写的陈老爹、陈大娘和他们两个儿子，都为保护我们的干部牺牲了。作者为什么含着激动的眼泪要替这个英雄的家庭唱赞歌？就因为他和人民群众，和作品中的主人公们，曾经长期相依为命过。我们的一些作家对党和人民充满深厚感情是和他们的切身生活经历分不开的。当然也有蜕化变质的，《在和平的日子里》就写了一个开始蜕化变质的人物，梁建。生活中有这种人。作品中还写到小刘对梁建思想蜕化的复杂心情。梁建是小刘当年的入党介绍人，是他的老上级，两个人同过生死，共过患难。现在梁建变了，小刘对梁建既不满又痛心，既惋惜又恨。这种复杂的感情，就连倾心于小刘的韦珍姑娘，也是不理解的。所以当韦珍批评梁建这个人"太浅薄"时，小刘竟忍不住责怪起她来了。这表现了人物思想感情的复杂性和丰富性。生活经历不同，思想感情及其深度不可能完全一样。所以，思想感情问题，首先是生活问题。他在生活中真正感受到的是什么？只有对生活本质的深刻认识，才能够有真正深刻的思想倾向性。首先是在生活实践中形成的思想倾向性，反映在创作中，才会有作品的思想倾向性。作品的倾向性，不可能是任意外加的，随便贴标签是不行的。作者的思想倾向性，和他对生活的真知灼见是一致的。所以，从生活到艺术，实际上是作者自己的生活经历、生活实践，以及他在生活实践中获得深刻感受的结果、记录、加工创造。杜鹏程的《保卫延安》、王汶石的《风雪之夜》、李若冰的《柴达木手记》、柳青的《创业史》、魏钢焰的长诗《六公里》和最近出版的散文集《绿叶赞》、王宗元的《惠嫂》等等，都是这样。

"艺术要反映生活的真实"这个口号，是正确的。没有真实就没有艺术。但我们所说的生活真实，是多种多样的。《伤痕》中王晓华的生活思想，是一种真实，是我们现实生活中一部分人的生活和思想真实，说它不真实是不对的。但是，她和另外一些同志，特别是许多老同志的生活道路、思想感情有区别，这也是一种客观实际。对这种不同，我们也不能说那些革命老同志的生活、思想感情是不真实的，不能说刘胡兰、董存瑞的生活思想感情，是不真实的。这样说，无疑会损害英雄人物的真正的光辉品质和形象。所以，不能认为只写某一种题材、某一种类型人物、某一种人物生活经历和思想性格，才是真实的。这是一种形而上学的观点。生活在同一时代、同一环境中的人们，都会受到这同一时代、环境的影响，这是实在的；但这同一时代、环境的影响，在不同人们的身上，会产生不同的反映和不同的效果，这也是实实在在的。最近，《延河》编辑部抽出三天，搞了一个短篇小说稿情汇报，共九十篇。大家看后，属于《伤痕》一类的占第二位，最大量的是写爱情的。爱情，当然是完全应当写的。但是，现在存在着一个带普遍性的生活的真情实感问题。写爱情题材的数量很大，真正深刻动人的却很少。第一个写《伤痕》一类作品的，人家是有真情实感的，第二个、第三个……也或多或少，是有真情实感的。而凡是有真情实感的作品，即使艺术上还不能说多么成熟，但是真切动人。后来，有的人，自己并没有真情实感，只是因为别人那么写，他也就跟着照猫画虎那么写，当然就不行啦！现在的写爱情的不少来稿，也是这样。模仿，不真实，不是从生活出发，而是主观编造，这就从原来搞的那套框框里跳到另一个框框里去了。题材多样化和人物多样化，就办不到了。生活题材、人物，不能单一。太单一了，既违反生活实际，也违反艺术规律和创作要求。搞创作，必须从自己的切身生活感受和生活实践出发，必须有自己的真情实感，光靠赶"风"头，是不行的。这一点，我们一定要向有些青年朋友讲清楚。只要把道理说清说透，问题是可以逐渐得到纠正的。

文学创作中有不少问题需要我们好好研究。我们曾说过，搞文艺创作，存在一个从生活出发的真情实感的问题。所谓真情，具体表现就是喜怒哀乐。在"四人帮"时期，是不能随便写真正的喜怒哀乐的。一写，棍子就打上去了。喜怒哀乐，本是人之常情，差别无非是为什么喜、为什么怒、为什么哀、为什么乐，无非是有深刻不深刻、动人不动人的分别就是了。差别无非是通过写真情，把人引到什么地方去，产生什么样的艺术效果就是了。生离死别也是生活中的常事。"文化大革命"中"四人帮"把人们祸害得一家子一家子家破人亡，这些为什么不能写？可以写嘛！问题在于怎么写，怎么处理。总的要求应当是：我们要既能写出这种复杂曲折的生活实际，又能表现出人民斗争的洪流，终于能够不断地滚滚向前。至于具体作品，当然要从具体生活题材出发，千万不能一般化、简单化。不要以为一写生离死别，就会把人引到什么不好的方向去，就打棍子，戴帽子。坚决反对这样干。歌颂和暴露，拥护什么和反对什么，都和上面说的这个前提分不开。歌颂和暴露等等，这是社会主义文学战斗手段的两个方面。因为生活本身就是这样要求的，歌颂那些应当歌颂的，暴露那些应当暴露的。要真实地反映生活，不能不这么做。创作灵感、创作冲动，也都是来自生活。作品能否深刻感人，和作者对生活的真情实感密切相关。

二

前几天，我们在讨论创作问题时，有的人提出作品的基调问题。意思是不同意把作品的基调定得很高，结果上不去，弄得声嘶力竭。特别是"四人帮"时期，把基调绝对化，看起来似乎很高，实际上不过是豪言壮语成堆，最后变成空洞的口号。我们科学地研究关于所谓作品的基调，它究竟是怎么形成的？真实的作品的基调是谁定的？是怎么定的？这也与拉提琴定调子是一样的嘛。作品的基调，首先是作品中所反映的生活内容的需要，是作品所描写的某种特定题材的需要，其中也包括作家的思想感情和他对生活题材的理解在内，包括他在艺术创作中企图表达什么和追求什么在内。但不管怎样，都要服从生活本身，服从特定的生活题材。离开这些，抽象地在那里定什么调子，这就可能变成是勉强外加的。在这方面，"四人帮"给我们的教训是够惨痛的。说大话，吹牛，千篇一律。生活是多种多样的，题材是多种多样的，作家的风格和爱好也是多种多样的，所以，作品的基调也应该是多种多样的。作品的基调问题，无非是说，作家从生活出发，如何更好更充分地抒发他对生活的感受，该愤怒的怎么愤怒，该愉快的怎么愉快，该大浪滔滔的就大浪滔滔，该小河流水的就小河流水，各有各的调子，各有各的美，各有各的动人之处，所以，不能一律定一种调子。当然，也不排除会有人在写大浪滔滔时，夹杂着部分标语口号，或者在写小河流水的鸣唱时，混合着某些过于缠绵的哀怨之音。形成这种现象，离不开作者个人的思想感情问题。但思想感情再高、再好、再健康，也必须通过你所写的特定的生活题材，不能离开这个特定题材的实际需要，随意乱加、乱添。作品的调子，必须服从生活的实际，必须反映作者个人的真情实感，该高就高，该低就低，该怎么办就怎么办。这样做了，那就是好，那就是美，那就是艺术。所以，离开生活，离开特定生活题材需要，去定那种所谓高昂调子，往往是虚假的、造作的。这怎么能叫艺术？怎么能感动人？不可能嘛。

《保卫延安》的调子该怎么说？依我看，《保卫延安》就艺术调子来讲，突出的特点是比较高昂，充满了战斗激情，在艺术描写上也是大浪滔滔。作者没有离开当时解放战争生活的湍湍激流，去细致地描写小河流水。有人会问：在战争情况下，能不能写小河流水？我个人认为：能。问题是看怎么写。《保卫延安》没有这么写，对这点，你要说成是作家自己的艺术气质，当然也可以。所谓作家的艺术气质，是在作家长期生活实践和艺术实践中逐渐形成的，是性格化了的；把这种性格化了的特点，通过艺术作品反映出来，就显示出作家特殊的艺术气质来。《保卫延安》中反映出来的作家的艺术气质，和他长期生活在英雄的人民解放军指战员中间有关，和他写的《保卫延安》这一特定的生活题材分不开。当时，我们在西北战场的处境非常困难。杜鹏程同志曾亲自参加了这场处境十分困难而终于取得了胜利的战争。在战争中，他对指挥员的智慧和老区人民群众的热情支援，特别是对广大解放军战士战无不胜的革命英雄主义和勇敢献身精神，是深有所感的。所以，要具体分析《保卫延安》这部作品的高昂基调和充满战斗激情的艺术风格，归根到底，仍然和作者自己的长期生活实践和深切的生活感受有关。

不光是以歌颂为主的作品是这样，同样，所谓揭露的作品也存在基调问题。因为题材内容不同，作者自己的生活感受、生活经历不同，创作的着重点不同，反映在作品中，也就不可能完全一样。比如，《伤痕》揭露"四人帮"给人们造成的灾难，作者从这方面着眼多；《于无声处》在揭露中多了一些斗争，多了对人物在斗争中发展变化的描写。这就形成了两者的基调也不完全相同。当然大方向还是一致的。就当前来说，生活本身十分丰富、复杂，有战斗的，有哀伤的，也有十分令人痛心的。当然，反映这种生活题材，也会多种多样，作品描写的重点，也会各有不同。十几年来，我们这段生活历史虽然出现了这么多的曲折，但仍然可以看出：马列主义、毛泽东思想，社会主义、共产主义的伟大理想和方向，通过周总理为代表的这么一大部分人，包括老的少的在内，在斗争实践中设法加以贯彻，始终坚持着共产党人的战斗传统和思想作风。看得很明显，粉碎"四人帮"后，在党中央领导下，经过全党全国人民的努力，我们的生活正在一步一步地朝着向上的健康的方向前进。所谓主流，所谓主导方向，就是指的这种力量。而这种力量，是和许多错综复杂的生活矛盾冲突纠结在一起的。我们不是常说生活的主流吗？实际生活是，既有主流，也有支流。实际生活是，即使千回百转，支流也与主流相通。《在和平的日子里》主要描写的是工程队长、党委书记阎兴和副队长梁建之间的斗争，两种思想和两种世界观之间的斗争。其他矛盾冲突都围绕着这条主线来写。尽管作品中也写了哀伤，写了死亡，但基调是乐观的、向上的。所以，关于所谓歌颂和暴露问题，首先是对生活的深切感受、理解和认识。歌颂和暴露，归根到底，是属于一种手段，都是根据生活创作的需要，加以具体运用。中心问题是要搞准确，适当。歌颂和暴露不光是个功利主义问题，功利主义当然要，但功利主义也必须建立在真正的现实生活基础上。离开了现实生活这个基础，一切都会成为无源之水、无本之木，开不了花结不了果，到头来，只能枯萎。"暴露文学"现在有，历史上更多，这是客观生活决定的，或者叫批判现实主义文学，中心思想无非是暴露，是批判。鲁迅的《祝福》就是暴露文学。果戈理的《死魂灵》也是暴露文学。托尔斯泰老人是伟大的现实主义者，他作品的主要方面是批判的。在那种时代，一个伟大的现实主义作家，要在实际生活中，找出什么是应当肯定和歌颂的东西来，那是困难的。就连车尔尼雪夫斯基的《怎么办》，里面所写的女主人公，也是作者个人的理想成分多，现实生活成分不那么充分。文学创作应当从生活实际出发，坚持文艺对现实生活的反映论。

目前，社会主义文学中出现了一些暴露、批判"四人帮"的作品。这些作品到底是叫"暴露文学"合适，还是把它说成是社会主义文学中写了暴露生活阴暗面一类题材的作品合适，大家可以研究。也不一定非争论不休不可。只要把基本意思说清楚就可以了。我个人认为，我们的社会主义文学，就应当是既歌颂又暴露，歌颂和暴露是社会主义文学战斗任务的两个方面，是对立统一的。在一篇作品中，可以偏重写暴露，也可以偏重写歌颂，或者两者交错穿插起来写，都无不可。基本点是从特定生活题材的需要出发，该怎么写就怎么写。有人说：革命现实主义作品主要是歌颂。这样说，有一点值得考虑，如果只是歌颂，而没有根据现实生活的需要，揭露那些应该揭露的，这能叫作全面的革命现实主义吗？我觉得革命现实主义既包括歌颂，也包括暴露和批判，这是不可分割的两个方面。没有这个，那还有什么革命现实主义文学的战斗性！社会主义文学可以通过各种各样的方式、方法或手段来反映生活，但不管怎么样，总方向是推动整个革命事业、社会主义事业、人民革命的洪流，不断前进。

三

即使生活基调、艺术基调比较一致，或者基本一致，但作家的个人风格却不会完全相同，不可能完全相同，仍然是各有各的风格特点。这就是说，走过同样生活道路的作家，当他们通过自己的若干作品，给人家造成一种印象，说这个作家是这个风格，那个作家是那个风格。风格不是一篇作品形成的，不是偶然形成的，是比较长时间形成的，而且也不是完全一成不变的。我觉得对年轻作者来讲，他正在发展和探索时期，既要鼓励，又要引导，不要一下就绝对肯定说他是什么什么风格，说他这种风格如何如何好，等等。过早这么做，不一定有利于他创作的发展。当然，要说茅公、巴金老、曹禺同志、老舍同志的风格是怎么怎么样，那就比较容易说清楚，说准。

现在，我想多说几句关于陕西几个作家的风格。所谓风格的独特性，实际上是说某个作家在长期的生活实践和创作实践中形成的性格化了的特点，在艺术上的反映和表现。"文化革命"前，在讨论王汶石和杜鹏程的艺术风格时，曾有人说过两句在当时很有名的话，说王汶石是"含着微笑看生活"，说杜鹏程是"皱着眉头看生活"。我没有直接听过这两位作家对此评论持何态度。但客观反映还是有的。就在这种评论出现不久，王汶石很快地就写了一个短篇《严重的时刻》发表在当时的《人民文学》上。王汶石还有另外一些篇章，如《井下》等，里面也是充满了愤怒之火的。从根本上说，王汶石是从他的切身生活感受出发写出所看到的生活里的矛盾冲突；这种矛盾冲突是复杂多样的，所以，反映在他作品中的情绪和色调，也是多种多样的。至于杜鹏程，他是特别欣赏他的两个短篇的：一个叫作《夜走灵官峡》，另一个叫作《工地深夜》。而这两个短篇中，不但丝毫看不见什么"皱着眉头看生活"的影子，而且洋溢着无限令人喜悦和鼓舞的情趣。如果较深入地探讨杜鹏程的创作特点，通过《保卫延安》和《在和平的日子里》可以看出，他是偏重写生活中比较重大的矛盾冲突，他常常把他的主人公，放在矛盾斗争的尖端，放在最困难的境地，甚至置身于死亡的边缘，然后写他们如何战胜困难，战胜死亡，走向胜利。《保卫延安》中的周大勇、王老虎等人，就是这样的。也有的直接写了英雄人物为革命事业英勇牺牲，如《在和平的日子里》的刘子青。但所有这些，似乎和"皱着眉头看生活"连不起来。王汶石较多地写生活中欣欣向荣的一面，写社会主义新人的不断成长，作品中充满了生活的情趣；即使写矛盾冲突，也不大接触类似生离死别这种题材，而是千千万万人生活中所经常碰到和发生的，如短篇《春节前后》《大木匠》中所表现的。作者写的虽是日常生活题材，但写出来却富有深意。对这种情况，用"含着微笑看生活"来全面性地概括一个作家的生活思想和艺术特点，未必准确。

作家们在艺术描写上也是各有特点的。杜鹏程在描写人物时，喜欢用粗线条，线条虽粗，却很能突显人物的思想性格特点。有时，作者还站出来在作品中发几句议论，抒发点感怀之情。作者在作品中发议论，以往有人这样做过没有，我没研究。从杜鹏程作品中可以看到，在关键地方，在某种耐人寻味的场合或情节后面，作者站出来发那么几句抒情议论，却别有意味，不但不使人觉得是多余的，而且能引人深思。在《保卫延安》中写到马全有、梁志清、宁二子三个战士，因掩护部队转移，任务刚刚完成，就被敌人包围，弹尽粮绝、冲不出去，为避免被俘，三人一起跳崖，壮烈牺牲。写到这里，本来可以告一段落了，应当开始新的情节了。但是，没有。作者紧接着描述了他自己一段十分扣人心弦的话："黑洞洞的夜里，枪声一阵阵响。大风顺沟刮下来，卷着壮烈的消息，飞过千山万岭，飞过大河平原，摇着每一户人家的门窗告诉人们：在这样漆黑的夜晚，祖国发生了什么事情！"有了这样一段夹叙夹议的抒情描写，一下子就把我们人民军队和千百万群众的血肉关系，把英雄战士为了解放祖国而英勇献身的感召力量，生动地描画出来了。此外，作者对旅长陈兴先、教导员张培等人的描写，也是别具一格的。这些人物，都是跟随我们党多年闹革命的老战士、老干部，他们对党、对同志、对战士有深厚的阶级感情。他们往往针对当时当地出现的一些情况，向自己的干部和战士同志们，讲述一些革命的大道理，把这些大道理讲得非常生活化，既深刻生动，又充满激情，使人一点也不感觉枯燥。反倒让人觉得在那种场合和情况下，有些道理，从这样一些人口里讲出来，非常得体，非常符合人物的身份、思想、性格，如果不那样讲，还可能显得是缺陷呢。所以关于在文艺作品中能不能讲道理的问题，在理解上不能绝对化，关键问题是看怎么写。对比起来，王汶石的特点是他在作品中不怎么多发议论，他习惯于把对生活的满怀激情，渗透到对作品的情节和人物性格的精雕细刻中去。从柳青的《创业史》第一部看，他是把王汶石和杜鹏程的特点，兼而有之，构成了他自己的深沉的和富于激情的独特风格。作家风格的多样化，是我们文学园地中出现百花竞放、多姿多彩局面的重要前提。

我们这几位作家都把他们在实际工作中、在战斗生活中，和人民群众同呼吸、共命运的感情，熔铸在作品中的主人公们身上。作家在创作时，往往近似于第二次体验生活。在写作过程中，他们通过生活回忆和联想，经常想起以往和战友们一起生活战斗、相依为命的日子，从而产生创作的真情实感，当写到动人之处，往往不禁使自己流下泪来。这种感情，不是偶然产生的，而是在长期生活斗争实践中形成的。有人曾把这种创作感情叫作作者和作品中的人物之间"不隔"。"不隔"，就是心连心的意思。这种说法是有道理的。这里也涉及创作方法的"两结合"问题。现在，我们大家讨论创作方法的科学概念及其意义，这是很重要的。同时，要尽可能密切联系生活实际和创作实际来讨论，这个问题才可能比较容易说得透一些。评判任何一种创作方法的好坏，标准是看它能否使得我们的作品更充分地反映生活和提高艺术质量，而不是造成某种框框和套子。现实生活是创作方法的基础。所以对任何创作方法来说，都不能离开这个基础。至于定义如何下，我也说不确切。就创作方法和生活的关系来说，生活是基础。就"两结合"来说，现实主义是基础。离开了现实生活和现实主义的基础，浪漫主义往往是无力的、虚无缥缈的。典型的、标准的浪漫主义作品，我一下子举不出来。人们往往把毛主席的《蝶恋花·答李淑一》做例子，无非是说它一下子就跑到天上去了，还把吴刚请了出来，一起喝桂花酒。但作品的出发点，仍然是因为人间有一个姓杨的和姓柳的这两个为革命牺牲的烈士，他们死得非常壮烈，精神非常崇高，请他们到"重霄九"去喝吴刚的桂花酒，符合革命人民的心愿。这就是基础。如果没有这个基础，即便有很大的想象力，也不行，人们思想上通不过，觉得不合理。另外，诗最后写到"曾伏虎"，无非是说革命人民终于打了胜仗，大家都高兴激动得流了泪，只是把流泪夸张了一点，写成像"倾盆雨"，算是用了一些浪漫主义手法，但并未脱离现实生活和现实主义这个基础。既然是"两结合"，就不能取消革命现实主义这个基础。有人说，革命现实主义和革命浪漫主义是两个性质完全不同的东西，怎么能把它们硬往一块连。还有人说，"革命"这两个字也可以去掉，叫现实主义或浪漫主义就行了。我个人认为，标准的典型化的"两结合"作品，特别是小说、话剧一类东西，一下还难以确切地列举出来。但是我想在这个问题上，不应当绝对化，要辩证地来理解。实际与可能的关系，现实与理想的关系，科学与幻想的关系，都是辩证的嘛。一个口号只要大方向站得住，就应当允许存在，就有存在的理由，我们就不要轻易否定它，而是用科学的概念，根据实践，根据生活实际来解释它、充实它，把那些荒谬的东西去掉，使它变得更加合理，更有利于我们的文艺创作。标准化的"两结合"作品，虽然一下找不到，但是在革命现实主义的基础上，或多或少具有革命浪漫主义色彩和因素的作品，我看还是有的。我个人认为：《保卫延安》，就应当算是这样的作品之一。辩证地来理解，现实主义和浪漫主义之间，未必是绝对矛盾的。从这个意义出发，我觉得"两结合"的创作方法，不应当取消，让它和革命现实主义或革命浪漫主义同时并存，它们各有各的意义、各有各的特点和着重点。至于在现实主义或浪漫主义前面是否有必要加上"革命"两字，我认为还是加上为好，以示同历史上这样或那样的现实主义、浪漫主义有所区别。这不能算是贴标签，而是显示其时代精神特点和思想境界特点的意义。但归根到底，创作方法的意义，只是为了引导人们更好地反映生活，更好地进行艺术创造，而不是按照某种框框和定义，去编造"形象化"的讲义。

作家的风格、特色、表现手法，也是有发展的。虽然有发展，但有连续性。作家魏钢焰同志，既写诗又写散文，其特点是浪漫主义色彩比较浓。这是一方面。另一方面，他自己主观上并不那么重视，也不认为是自己最有代表性的作品，有时读者却很喜欢，大多数人说好。如他的长诗《六公里》，就是这样。又如他的散文《宝人、宝事、宝地》也是这样。大家认为好，他自己觉得并不满意。这里有矛盾。这是什么问题呢？问题的实质是：像《宝人、宝事、宝地》这类作品，实际生活多一些，现实主义多一些。而从钢焰同志本人来说，他所追求的，他个人的爱好，却更多的是在浪漫主义特色这方面，他的《船夫曲》就是这方面的代表作。作家的主观追求和爱好，同读者的主观追求和爱好出现的差别，也是要通过实践来检验的。作家的艺术风格是在长期的生活和创作实践中形成的，即使他意识到想要改变，也未必是一下子能改变得了的。去年《人民日报》发表了魏钢焰的《忆铁人》，大家感到这篇东西，比他过去的作品，包括大多数报告文学在内，都写得好，既奔放、高昂，又结结实实，不但思想结实，而且形象也结实。这是他和铁人同志长期生活战斗在一起，长期深刻感受的结果，是把真实的生活感受，进行艺术加工和艺术概括的结果。

一个豪情满怀的作家或诗人，他在创作过程中，有时可能出现那种上天入地的激越的情绪。但是，这种情绪也不是凭空来的，这仍然是诗人从复杂万端的现实生活和现实人物身上感受到的。这是他上天入地的想象力的现实基础。只有把他的创作植根于这个深厚的基础之上，他作品中的那种浪漫主义气势和色彩，才会真正发出有血有肉、有真情实感的动人的光彩来。

四

现实生活非常广阔。生活，是有发展的，但生活的发展有连续性。一个时代的人物，也是有发展的，人物的发展也有连续性。作家自己的生活、思想，当然也是有发展的，这种发展也有连续性。作家的某一思想、某一创作主题的形成和出现，包括作家对生活的认识，都有一个发展和深化的过程。这种深化的认识过程，主题思想的形成过程，往往不是很短时间的，不是偶然的；特别是一个巨大主题思想的形成，一个概括了一定时代历史阶段的主题思想的形成，更不是很短期的，是逐渐发展、逐渐明确、逐渐形成的，因此也是有连续性的。我们以《创业史》为例来说，它的思想主题，是巨大的和明确的，是写以梁生宝为代表的我们这一代劳动人民，坚持社会主义道路，发愤图强，自力更生，创立社会主义家业的历史。《创业史》的主题、故事、人物，对柳青同志来说，也是有发展的。用创业史这个思想主题，把他要写的既丰富又复杂的全部生活内容、全部故事、全部人物及人和人的关系，一下子概括起来，作为纲提起来，从生活的表面突显出来，是有个过程的。从《创业史》本身形成的过程来讲，作者最初的思想，要写社会主义合作化这是肯定的，但是，把写合作化的发展，写发展中的斗争，一下集中到写劳动人民在社会主义条件下自己兴家立业的创业史，却不是一开始思想上就是很明确的。当这部作品最初在《延河》上发表的时候，书的名字叫作《稻地风波》。连续发表了几章之后，才改为《创业史》。经过这一改动，看得出来作品的主题不但更明确了，而且更开阔更巨大了，思想上更高了，更有深度了。作者所写的，实际上是通过写劳动人民新的创业题材，深刻揭示我们这一代人的理想、抱负、走什么道路的问题，它描写了在社会主义这个新的历史时期，农村各个社会阶层及其代表人物的思想面貌、内心世界的矛盾冲突和发展变化的复杂过程。为了对照，作者还写了梁生宝的父辈梁三老汉他们那一代人的创业理想。梁三老汉曾经是地无一垄、房无一间的穷老汉，穷了一辈子，土改以后，才分到了土地、房屋，这曾经激发出梁三老汉多年梦想过的发家理想。他最大的理想，就是要在属于自己的土地上劳动，要有一头耕牛、一座四合院、一个能够和和美美过日子的小家庭。但这个理想刚一出现，就遇上了互助合作运动的来临。围绕着创什么业、走什么路问题，形成了梁三老汉和养子梁生宝两代人之间的尖锐的思想矛盾冲突。梁生宝成天跑的是合作化事情，为蛤蟆滩的整个穷兄弟们操劳，这在他爸爸梁三老汉眼里，当然是通不过的，怎么能扔下自己家里的事情不顾，专门去为别人奔忙呢？因此，意见很大，气得他经常把儿子叫作"梁伟人"，讽刺他。家庭中发生了很多矛盾冲突。随着合作化事业的发展，社会主义开始在农村中显示出它的优越性。人们从尊敬梁生宝的事业和革命精神出发，也开始用另外的眼光和尊敬的感情来对待梁三老汉；而梁三老汉过去一向是被人瞧不起的；现在受到大家的另眼看待，所以心里也是乐滋滋的，他明白现在这种境况，是儿子梁生宝带给他的。作者通过梁三老汉和梁生宝之间思想感情的冲突和变化，通过现实生活中两种思想、两条道路的矛盾冲突，写出了小农经济的个人单干的最"美好"的理想，在社会主义合作化优越性浪潮的冲击之下，逐渐瓦解和破灭的过程。此外，还写了同富裕中农的斗争，同富农姚世杰的斗争都写得很入情入理。就是说，劳动人民的创业史，在前进道路上，有许许多多的矛盾斗争，困难重重。在整个《创业史》的主题、人物、故事等形成过程中，柳青的生活发展是有连续性的，他的思想发展也是有连续性的。他的第一个长篇《种谷记》，写的是陕北老区变工队（即互助组）的生活，通过变工种谷，写出了两种思想、两条道路的斗争。《种谷记》中写的那个贫农变工组长，实际上就是《创业史》中梁生宝的雏形；那个富裕中农，也多少可以照见郭世富的身影；那个富农，无疑也是《创业史》中姚世杰的胚胎。不过，显然这些在《创业史》中都大大发展了，几乎已经发展到近乎面目全非了。这种发展，既是时代生活发展的结果，也是作者柳青本人生活思想和艺术实践发展的结果。只是说，从发展中仍然可以看出它们的脉络、它们的连续性。柳青，从20世纪40年代初在米脂老区担任三年乡文书，经过了抗日战争和解放战争的胜利，到新中国成立后的50年代，在长安县担任县委副书记，在皇甫村安家落户。这十几年来，我们国家的变化，是巨大的、深刻的，作家柳青的变化，也是巨大的、深刻的。归结起来，还是那句老话，现实生活是发展的，发展中有连续性；作者的思想、生活、艺术，是有发展的，发展中也有连续性。正是这种既有发展，又有连续性，以及在发展中所出现的质的变化，使柳青从《种谷记》发展到了《创业史》。《创业史》的主人公梁生宝和梁生宝的生活原型人物王家斌（柳青生活根据地皇甫乡的党支部书记），显然，比《种谷记》中的主人公变工组长和变工组长的生活原型人物，无论从时代生活内容和艺术典型意义的深刻性哪方面讲，都已经是前进发展得无法计量了。

作家从生活中形成某种思想，深刻地理解某种问题，并不是很容易的。有时看起来似乎容易，实际上是不容易的。真正理解一个问题，把它摸深、摸透，需要有一个过程。这个过程，实际上就是认识上的从量变发展到质变。关于这一点，杜鹏程同志亲自讲过他的体会。在整整四年解放战争中，他从头到尾跟着部队，与战士一块打仗，一块蹲战壕，一块熬夜，一块饿肚子。当时，在西北战场上，敌人二十多万人，武器装备也先进得多；我们只有两万多人，不过是小米加步枪。就是这样在仅仅一年多的时间里，国民党就开始走下坡路了。这表明解放军是不可战胜的。为什么不可战胜？在很长时间内，杜鹏程同志对这个问题，思想上并不很清楚。有人说，是因为我们的战士作战勇敢。但为什么勇敢？勇敢是怎么来的？认识上也还是比较笼统。说不清，弄不明，怎么能写文艺作品？当时，我们有个整军运动，主要内容是通过战士的生活回忆对比。文艺作品上当时有《白毛女》《穷人恨》《血泪仇》等。战士看了演出，引发回忆了自己苦难的生活遭遇，痛哭流涕，纷纷提出"为喜儿报仇！""为王东才报仇！"等口号。有些国民党官兵，两三天之后，就把枪口调转，对准蒋胡军队，勇敢杀敌，当了战斗英雄。杜鹏程同志通过这些事实，反复思考，最后认识到，战士们之所以能够这样，主要是因为从思想上解决了"为谁打仗"这个根本问题。过去被国民党抓壮丁，只知道是"当兵吃粮"，吃粮就要打仗，根本不考虑打仗究竟是为了什么。现在明白了被压迫的人民打仗，是为了解放自己，为了解放与自己同样命运的广大阶级兄弟。战士们一想通了这些问题，思想上一下子就起了质的变化。杜鹏程同志是经过很长时间，经过实践，研究思考了很多问题之后，才从感性到理性上明确解决了这个认识问题的。党中央正确的战略方针，战士的革命英雄主义加上指挥员的英明指挥，人民群众的积极支援，所有这些集中到一起就解释了我们人民军队为什么是不可战胜的。正是这样的认识成为杜鹏程同志写作《保卫延安》的总的指导思想和创作主题。这个主题，就比他原来所设想的写战争的过程、写战士的艰苦勇敢等等，显得广阔多了，深刻多了，也高多了。魏钢焰同志写作长诗《六公里》，也有这样一个过程。当时他深入广西的铁路建设工地生活。刚去，觉得还挺新鲜，但一月两月之后，天天如此，就感到生活有些单调，缺乏诗情，他曾考虑是不是再换个地方走走。但想到自己刚来不久，人家接待很热情，怎么能随便走呢？这样一想，他便在原地坚持下来。时间长了，慢慢地生活和思想都深入了，他逐渐体会到铁路工地的铺轨工作，就等于是我们伟大祖国这个巨人的前进步伐，象征着我们整个建设事业的大动脉。当他把修路铺轨与祖国这个巨人的前进步伐联系起来思考时，马上自己的头脑就亮堂起来了，整个建设工地上的人和事都活起来了，一切都变得十分感人了。也正是这种思想感情和生活感受上的变化，成为钢焰同志写作长诗《六公里》的引线和基础。把以上情况概括到一起，可以看出，作者对生活的深刻感受和深刻认识，需要长期的积累，并不是很容易做到的，不是一帆风顺的，而是很曲折的，既需要耐心和毅力，也需要多动动脑子、多思考思考。

五

在创作过程中，究竟是形成主题思想在先，还是孕育人物形象在先？究竟谁先谁后？作家的创作实践证明：这两者往往是同时出现的，即使有些先后，但差距不大。当一个活生生的令人感动的、给人深刻印象的形象，深深印在作家脑子里，并且引起他的创作动机时，几乎就在这同时，某种主题思想也就开始萌发。当然，情况不可能完全一样，要做具体分析。有时作者被某种人物的思想行为所感动，想动手写，但究竟写啥，表现个啥意思，作者并不一定一下子就很明确，特别是不一定很深刻，这要有一个思考的过程。形象来了，感动你了，也并不等于思想就很明确了。也有另一种情况，作家看了很多类似的生活和人物，积累很多，感受也深，凝成了一种思想，觉得很值得注意研究或加以表现。像这样的思想或概念，与从书本上来的概念不同，它是在生活中形成的，是有血有肉的，而且会有许多生活中的具体的人物、事件伴随着。所以，主题思想在先也不一定非形成创作上的概念化不可。任何事物，都不会如此绝对。总之，思想和形象的出现，在一般情况下，是一致的，但情况并不完全一样，谁先谁后，有时参差不齐。最根本的是要有深厚的生活基础。他的思想、见解及作品中的人物、故事，是从现实生活来的。有一段时间，对刘心武同志的作品曾展开讨论，有同志讲，他的作品是从概念出发。我认为《班主任》这个作品，是比较完整的，不但人物形象是活生生的，而且和作品的主题思想扣得很紧。《爱情的位置》，说道理的地方是多了些。文艺作品并不是绝对不能讲道理，问题是看怎么讲。从概念出发的痕迹比较明显的是《醒来吧，弟弟！》。很可能，在作者的年轻的朋友当中，像作品中出现的这样的生活、思想、人物，曾经给了他深刻的印象。包括类似《爱情的位置》这样议论性比重大的题目，也可能较长时间在他的脑海中占据着比较重要的位置。虽然有些人有意见，但作品中的有些人物还是活的，思想是深刻的，是否定不了的。在《醒来吧，弟弟！》中，弟弟的恋爱对象、那个年轻姑娘的性格还是很突出的、很有特点的。显然，这是作者对生活中的这类人物比较了解、比较熟悉的结果。刘心武同志接触这方面的人物和思想多，他本人从自己的政治责任感出发，总是想方设法，希望把"弟弟"这样的年轻人引向人生的正道。无论如何，一个作者，有这样的创作动机，是很可贵的。至于在创作过程中出现这样那样的问题，是难免的，重要的是要很好地总结经验。我仍然觉得，关键问题，不在于先有个什么样的主题思想，而是在于这个主题思想是怎么产生的，是来自生活呢，还是来自抽象的政治概念。关键问题，是在于作者的生活积累，在于围绕着他的主题思想的出现，有血有肉的生活故事和人物形象是否跟上来了。任何事物都不可能是一刀切的，也不应当是一刀切的。实际情况经常是处于参差不齐、犬牙交错状态。对此应做具体分析。只要有生活，生活的形象能跟上来，即使先出现主题思想，也不一定非形成概念化不可。在这点上，作家的生活本领和艺术创作本领，往往起很大的作用。只要作者生活底子厚，对事物理解得透，当主题思想在头脑中一闪现，有血有肉的生活和人物就马上跟上来了。我们常讲作家要有丰富的生活积累，在生活方面应当成为"百万富翁"，这个"百万富翁"，主要的就是指积累活的人物形象、积累活的生活知识讲的。谁都知道，像巴尔扎克和托尔斯泰老人，他们熟悉多少人物啊！可以说不是几十个、几百个，简直是成千上万个。至于这些人怎样出现在作品中，是不是每个人都原样写进去？那倒不是。要进行概括，要典型化。但必须先了解熟悉许多活人。杜鹏程同志在这方面也是做得比较好的，过去在战场上、工地上接触的人，差不多他都很熟悉。他还习惯于做点材料笔记。作家记材料这个工作有积极意义，但真正做起来，也很艰苦，够烦琐的。作者在进行创作准备的过程中，翻翻过去的生活笔记，会有助于你重新回忆当时的生活情景，把你带到当时的现实生活境地中去，从而引发出你对生活的真情实感来。即使是几行、几个字，有时对作者也能起引火作用，火光一闪，作者的思想闸门和灵感一类的东西，就打开了，就活起来了。所以，对搞创作的人来说，广泛地深入生活，积累各种各样的活的人物形象和活的生活知识，就好比"百万富翁"积累财富是一样的道理。当然，不是说有了这些东西，作家的任务就完成了，不，这只是给作家提供塑造艺术典型的素材。不进行典型化的艺术创造工作，就会走上琐碎的自然主义的道路。我们有些人的创作，就存在这种毛病。他们不是从生活出发，经过提炼加工，创造有血有肉的艺术典型，而是从概念出发，照搬现成的生活素材，拿去演绎某种抽象道理。在这类作品中，概念化和自然主义往往同时存在。我们主张长期地深入生活，深刻地理解生活，广泛地概括生活，把深刻的有血有肉的主题思想同鲜明的活灵活现的艺术形象结合起来，这才是作家应该具备的实实在在的本领。

在我们所面对的现实生活的多种多样的人物当中，有一些人是经常遇到的，不但今天经常遇到，过去也经常遇到。对他们，我们比较熟悉，比较了解，他们表露得比较充分，因此，描写起来也比较容易掌握。举例说，人们常说的所谓中间状态的人物或处于落后状态的人物，就是这样的。而对新生的、新出现的人物，对闪耀着共产主义思想光辉的人物，理解和掌握起来，就比较难。这是因为他们在生活中的出现，还不是大量的，表露得也往往还不是很充分，所以也就不容易掌握，描写起来，难度也就比较大。当然，这里所说的难易，都是就比较而言。我们不能知难而退，而应知难而进。在《创业史》中，柳青用了很大的力量，花了很多笔墨写梁生宝，这是有重要意义的。梁生宝是我们时代生活前进方向的代表者。但是，看得出来，就艺术形象的生动性和性格化的程度来说，梁生宝未必能超过他的养父梁三老汉。另外，关于姚世态、郭世富，还有王二长杠等人的描写，着墨不能算是最多的，但给人的印象却十分鲜明。这除了作家本人所付出的艺术劳动外，客观实际所提供给作家的生活感受的深刻程度和认识上的准确程度，也是有很大关系的。有一段时间，我们对先进人物的描写，习惯于赋予某种理想主义的色彩。在新人身上写出某种理想主义的光彩，当然是可以的。但归根结底，理想主义仍然必须建立在深厚的现实生活基础上。《创业史》中高增福这个人物，是个有坚定理想信念的人。但这个人物给读者的印象，是写得多么扎扎实实、多么可信、多么亲切感人，又多么富有生活的魅力！当年我曾经向柳青建议，一方面坚持皇甫村这个生活根据地，同时，在八百里秦川多走些地方，多了解一些农民中各种各样的先进人物和他们的思想性格特点，这对塑造以王家斌为模特儿的梁生宝这个新人的形象是有好处的，是会起到一定的充实和丰富作用的。以后，柳青尽可能这样做了。《创业史》在艺术上的巨大成就，它所达到的深刻感人的程度，是大家公认的。它的最主要的成就，应当说是伟大的革命现实主义的胜利。它不是以理想主义的色彩取胜的。真正现实主义的高手、巨匠，当然不会是纯客观主义者，他当然有自己对客观生活的看法，但他们不会使自己主观的爱憎成为接触和理解客观生活的墙。有些人对自己不喜欢的人，就不愿接近。作家能这样吗？柳青在《创业史》中如此深刻地写了郭振山、郭世富、姚士杰、白占魁等人，这能说是因为柳青特别喜爱他们吗？不。他们是客观存在的。这是生活。没有他们，就构不成那个小小蛤蟆滩的矛盾交错的社会生活。当然，也就构不成《创业史》所反映的生活天地，也就失去了我们的主人公梁生宝等人的用武之地。作为客观生活，不管柳青喜欢不喜欢，他都得接近他们，而且必须耐心地了解研究和分析他们的灵魂和内心世界。只有这样，才有可能把他们写得那么形象生动，揭示得那么深。而把这方面的生活和人物写好，也就从反面衬托了以梁生宝、高增福等人为代表的先进人物，在创业征途中所遇到的斗争的复杂性和艰苦性。

六

不久以前，我们召开了个青年作者创作座谈会。这是一次思想解放的会议。青年作者各抒己见、畅所欲言，提出了许多很值得思考讨论的问题。其中，有的是直接涉及这些年来我们的文学创作的。他们说："我们常说我们的社会制度优越性如何如何大，思想理论水平如何如何高，但建国三十年来究竟产生了多少令人难忘的好作品？"他们还说："巴尔扎克、托尔斯泰的世界观怎么样？思想水平、思想方法怎么样？但人家写出了世界文艺宝库中最丰富多彩的作品。"他们提出："这是为什么？该怎么理解？"

这里面有理论问题，也有实际问题。

每一个时代的作家、艺术家的思想、生活、艺术作品，既有其成就和特点，也有其局限性。这种局限性，无论谁，无论哪个时代，都避免不了。因为生活是在永远不停地发展着、前进着。不同的时代有相通的东西，所以有继承性；但每个时代又都有特定的历史内容。我们的子孙后代一定会如实地指出我们的局限性来，正如我们会发现我们的前辈们（包括曹雪芹、托尔斯泰、巴尔扎克等）所存在的局限性一样。同时，每个时代的文学艺术，又有自己的珠穆朗玛峰。对具体的作者来说，达到达不到是一回事，但人们主观上还是在朝着自己的巅峰努力。当然，客观实际会证明谁达到了，谁没有达到。我们时代的思想巅峰，是伟大的马克思主义，是共产主义。这是巴尔扎克和托尔斯泰老人们那个时代所无法比拟的。这是一方面。另一方面，毋庸讳言，在艺术上，我们至今还没有完全达到或超过前辈们所达到的成就水平。这是一个值得认真思考和研究的问题。构成政治思想理论水平、科学技术和经济发展水平、文艺成就水平的因素是错综复杂的，它们互相之间，并不是沿着一条平衡线，直线上升和发展的。这也不光是中国现象。美国当前的文艺成就水平，是否已经超过马克·吐温？超过多少？俄国是否已经超过托尔斯泰？超过多少？当然，各国具体情况不同，不能一概而论。就我们自己来说，新中国成立已经三十年了，文艺创作的艺术成就水平究竟怎么样？如果说还不够高、不够理想，甚至可以说很不理想，原因到底在哪里，应当多问几个为什么。

从总结经验教训出发，想了几个问题，提出来，共同研究。

第一个问题，是如何正确处理文艺创作与社会生活的关系。作家所面对的，应当是整个时代、整个社会，是整个时代广阔的社会生活。毛泽东同志也说过，要"观察、体验、研究、分析一切人，一切阶级，一切群众，一切生动的生活形式和斗争形式，一切文学和艺术的原始材料……"。而我们在这个问题上的实际情况，却是到处画框框、挖壕壕、建墙堡、设禁区。禁区这个东西，直接涉及的是文艺和生活的关系问题，但实际上最根本的还是不能正确处理文艺和政治之间的关系。禁区的设置，是对马列主义认识论和实践论的一种反动，是思想上和理论上衰退的表现。它等于说：马列主义不是普遍真理，马列主义解决不了它的问题，马列主义应当被排斥在禁区的大门之外。这种思想和做法，反映在文艺上，不但把作家的广阔的写作领域给堵死了，而且首先是把作家生活实践和生活视野的广阔领域给堵死了。禁区这个东西，在托尔斯泰他们那个时代，究竟有没有？也许存在叫作时代局限或阶级局限性的东西，存在社会思想或艺术思想上的个人爱好和个人偏见性的东西，但从人家作品所反映的生活深度和广度看，似乎托尔斯泰老人思想上不存在禁区这种东西，人家的条条框框很少。他所着眼的是广阔的社会生活，所描写的是广阔的社会生活，从广阔的社会生活的描写中反映出他企图表达的某种社会意义来，而不是局限在被挤压、被隔离成的那种狭小的天地里面。前些年，特别是在"四人帮"破坏时期，我们的生活和创作活动，实际上是在这样一种狭小的天地里面进行的。严重的问题是在于：我们这样搞法，还是在"革命"的名义下进行的。举例说，文艺为工农兵服务的方针，本来是很正确的。但是，竟然有人把这一方针，同文艺创作可以反映和描写知识分子生活对立起来，认为一描写知识分子，就是反对文艺为工农兵服务，就是轻视工农兵，就是为知识分子树碑立传和涂脂抹粉，而且必然会宣扬所谓人性论和小资产阶级的思想感情，等等。在相当一段时期内，小说《青春之歌》、电影《早春二月》的命运和遭遇，不就是这样的吗？在《青春之歌》里面，写出了20世纪30年代广大青年知识分子，以林道静为代表，在中国共产党领导下，经历了革命斗争的风风雨雨，而终于走上为伟大共产主义事业奋斗的道路，并且终于加入了工人农民革命队伍，成为工农联盟队伍中的重要成员。这样的思想认识，这样的描写，有什么不好？这不正是当年"一二·九"前后，中国广大青年学生和知识分子真实的生活写照吗？对知识分子生活的描写，遭遇尚且如此，其他阶层人物在文艺作品中出现，其命运如何，就可想而知了。《上海的早晨》的坎坷遭遇，就很能说明问题。当然，禁区的问题，不仅以上这些，在社会生活的各个方面都有，多得很，有待于我们去一个一个地加以清理和破除。粉碎"四人帮"三年来，我们做了不少清理和破除的工作。今后还要继续深入地做。比起以往来，目前的文艺创作活动，已经是活跃多了。这个清理和破除禁区的工作，实际上就是解放思想和解放文艺创作生产力的工作，是扩大社会主义文艺创作领域的工作。

第二个是关于继承遗产方面的问题，是文化知识和文学艺术修养方面的问题。在这方面，我们存在的问题更多更大。毛泽东同志把文艺创作同生活的关系叫作源，同继承的关系叫作流。毛泽东同志的说法是对的。一个作家文学修养再高，如果没有生活，他也搞不成创作，因为他缺少作

117

为加工对象的东西，缺少从现实生活中所获得的真情实感，他的创作来源中断了。所以说，源是重要的。但是，同时也不能忽视或轻视流。我们的前辈先人们已经在文化知识和文学艺术修养方面，在创作的成就方面，为我们积累成了大江大河，我们已经能够在上面漂洋过海，扬帆万里，而我们却偏要从头开始，偏要跑回到源头的小河沟上去涉水步行。能学拉普那一套吗？当然不能。所以，需要继承。原始人可以继承的东西不多，但也不是没什么东西可继承。如果根本没有继承，人类就不会有今天。人类对整个历史长河的文化知识贡献，是接力赛嘛。我们朝珠穆朗玛峰顶峰爬，当然是从下面一千米一千米地向上爬，到五六千米处搞个大本营，休整休整再继续往最顶上爬。从大本营开始，而不是回到地面从头开始，这里面就包含着继承关系嘛！在文学艺术遗产的继承方面，我们受害最大的，是莫过于轻易把前人的文艺宝藏一律给戴上"封资修"的帽子，骂它毒大得很，谁只要看上一眼，就会被毒死。青年人不能看，老的文学艺术家也不能看。谁要是替这些遗产说几句公道话，谁就会被骂成是"封资修"的辩护士。在"文化大革命"中，在林彪、"四人帮"这伙人的操纵下，情况不就是这样的吗？大批大批的书，被封存了，被烧掉了，被当成烂纸处理了。这可真是彻头彻尾的"空白论"。这些年来，在对待遗产问题上，我们已经不是尊重不尊重的问题，已经不是尊重不够的问题，而是一律作为糟粕处理，是把一切曾对文化艺术作出了巨大贡献的大师和巨匠，都作为反动偶像对待。有一个时期，在柳青的书桌旁边，挂了一张托尔斯泰像，有的人看了，就说柳青的思想如何如何。有的人还讽刺说柳青想当中国的托尔斯泰。我想，在这件事情上，无非反映出柳青很重视托尔斯泰的艺术成就和创作精神，他想学习这些成就和精神，坚定信念，树立恒心，来为社会主义文学事业多作贡献。这有什么不好？有什么值得那么大惊小怪的！显然，这不光是柳青个人对待托尔斯泰如何如何的问题，而是整个对待遗产的态度问题，是个社会风气问题。如果我们不认真把这个问题纠正过来，不好好学习，不尊重前辈先人们的艺术创作劳动，不把他们优秀的遗产继承下来，不丰富自己多方面的社会知识和文学艺术修养，我们的创作现状就很难改变，我们社会主义文学事业，也很难获得真正的繁荣与发展。我们当然要学习马列主义，学习毛泽东思想，要用马列主义、毛泽东思想来指导我们对遗产的学习，对其他文化知识的学习。学习马列主义是重要的，但它代替不了其他方面的学习，代替不了文学艺术的学习。

第三个问题是要繁荣创作，也应当适当地协助作家解决和改善目前的生活条件和写作方面的条件。一提到改善条件，就会有人说："在战争年代，我们的条件不是更艰苦吗？那时的写作还不是照常进行，应当发扬这个光荣传统嘛。"我认为应当继承和发扬当年的光荣传统。但在目前情况下，光是这么说，不够实事求是，多少有些片面性。现在的作家，特别是专业作家，大部分都是五六十岁以上的人了，身体又被"四人帮"迫害得病弱交加；而当年，战争年代，他们全是身强力壮的小伙子，所写的东西，也大多数是比较短小的，是适应当时当地的需要，便于在群众中流传说唱和演出的东西。现在，党和人民需要他们写的，虽然是多种多样多品种的，但是，却欢迎、鼓励他们写出大量的能反映我们某一历史时代的文学巨著来。我们九亿人民国家的社会主义文学宝库，是需要这样的著作的。否则，我们对人民对伟大的时代，对历史，都是交代不过去的。从这样的实际出发，提出改善一下作家的生活条件和写作条件，应当说是合乎情理的。目前的实际状况是，我们有相当多的作家原有的住房被别人占去了，现在全家人挤在一两间房子里，吃饭、睡觉、会客、写作，都在一起。长期这样下去，能行吗？这不利于创作嘛。我以为，这里面仍有个社会风气问题。请让我再举柳青的一个例子。大家都知道，从20世纪50年代初，柳青就在长安县皇甫村安家落户，他很少进西安城，更很少看戏看电影，整天把心血用在他如何写好长篇巨著《创业史》和如何进一步深入群众生活上面。既然是长期安家落户，也就不能不多少经营一下他那个从旧庙改成的居住点，在他作为卧室和写作室的一间房子里面，放了两个旧沙发，在另外一间小房里面，放了个大洗澡盆；他身体不好，又坚持写作，有时也免不了炖只鸡吃。这样一来，就有人开始议论了，说柳青生活如何如何特殊化了。主要议论来自当时身居领导岗位、生活条件优越的某些人中间。这对于下乡落户的柳青，可是个不小的压力啊。有一天，我和另一个同志一起去看他。他面对着汹涌而来的舆论压力，联想起自己巨大的创作计划和身体状况，说着说着，不禁流下泪来。一个作家，在自己漫长曲折的生活道路上，也确实难免有落泪的时候。但像柳青，为目前面临的这样一类事情而落泪，这对巴尔扎克和托尔斯泰老人们来说，大概是不会发生的。我之所以一再提起巴尔扎克和托尔斯泰的名字，不是因为别的，只是为了人们往往说巴尔扎克、托尔斯泰的创作如何如何丰富，艺术水平如何如何高，等等。我是想补充说，作家的创作成就，当然首先决定于他个人的生活、思想、艺术修养和他的创造性劳动，但是，其他方面的条件，包括社会舆论和社会风气，究竟是支持、提倡、鼓励，还是压抑、打击、泼冷水？这也是有很大关系的。我在这里提出的要帮助作家解决一下生活条件和创作条件方面的问题，便是以上所说的其他方面条件的一种。

第四，前不久，党中央有个明确规定：要保证有六分之五的时间，让科研人员去从事他们的业务活动。我想，专业创作人员，也完全应当如此。一谈起这方面的问题，作家同志们的意见是最多的，而且是合理的。我们习惯于说某个人做了什么不合适的事情是不务正业。业余作者，当然有自身的岗位工作，但利用业余时间搞创作，是好事，不能说是不务正业，应当受到重视和支持。同时，还应该扩大专业创作队伍，对专业作家来说，什么是他的正业？他的名正言顺的正业，就是写作，写出好作品来。为了搞好写作，生活和学习，也包括在他的正业之中。实际上，长期以来，我们许多作家，花在这些正业上的活动，是不多的，往最好的方面估计，也超不过全部时间的一半，更说不上是六分之五了。多种多样的社会活动，特别是参加大小会议，占去的时间最多，对创作的干扰也最大。对有的同志来说，开会本身就是一种工作，会开完了，他们的工作任务也就告一段落了。作家能这样吗？当人家问他最近有什么新作品问世时，他能够以开了多少多少次会来回答吗？特别是当有人把开会当成是一种政治热情的表现加以评论时，开会对创作的干扰尤其大。对一个革命作家来说，完全避免开会或其他重要社会活动，是不可能的，也是不应该的。但归根到底：他的最根本最主要的活动，是创作，是写东西，是深入生活、研究生活，是加强学习。对我们这一代中国作家来说，最大最多最不能容忍的破坏和干扰，是在"文化大革命"中，在林彪、"四人帮"统治下，所经历的那种灾难深重的黑暗年月。整天让你写检查、交代材料，写请罪书，写思想汇报，等等。有人在这方面统计说，所花费的心血和绞出的脑汁不算，单单就写出的字数来说，足够一部厚厚的长篇。真正是天大的生命浪费啊！至于什么轮番批斗、喷气式、早请示晚汇报、一日三餐请罪等等，就不必说了。大多数同志在这些问题上，都是在劫难逃啊！现在，有人提问说，新中国成立三十年了，我们究竟产生了多少好作品？为什么在社会主义制度下面，反倒不如巴尔扎克、托尔斯泰等人的作品产量多、质量高？这让我们怎么说呢？但这个问题提得好。我们是得认真想想，是得作出严肃的回答。现在是到了应当好好清理清理，认真总结一下经验教训，彻底改进对文艺创作的领导和如何进行正确管理的时候了。我认为搞创作最主要的一条就是：我们的大方向是搞社会主义、共产主义文学，是为工农兵和广大人民群众服务；大方向确定了，摆对头了，至于题材、体裁、风格、形式、艺术特色等，路子宽得很，生活广阔得很，让作家艺术家们自己去闯吧！去努力开辟吧！我们一定要坚持贯彻领导上的民主作风和艺术上的群众路线，坚持"双百"方针，尊重作家艺术家的创作劳动，尊重艺术规律和特点，反对在艺术问题上的胡乱干涉和瞎指挥。

第五，前辈大师们在创作上的那种坚强的毅力、巨大的抱负、旺盛的事业心、对艺术创造的热烈追求和精益求精的精神等等，都是值得我们很好学习的。而我们，往往刚写出一本书来，就开始觉得差不多了，或者有可能被人说成是"一本书主义"了，从此就撒手不再写了。试问，这种状况，怎么能攻下当代文艺上的珠穆朗玛峰？造成这种状况的，不仅是作者主观上的原因，也有客观方面的原因，有属于社会风气不正方面的原因。不问事实真相，不问社会实践效果，随便给人家扣上"一本书主义"的帽子，这就是社会风气不正方面的现象之一，基本上都是属于打棍子、扣帽子、抓辫子一类货色，是前进路上的绊脚石，必须除掉。除掉了，我们才能一扫心灵上的乌云，才能壮志满怀地朝着我们伟大的共产主义方向前进，才能真正把我们社会主义文学事业搞上去。一本书，十本八本书，算个什么？我们所需要的，人民和社会主义所需要的，是千百本好书，是千万本优秀作品。任重道远，让我们共同努力去攻取！

七

每个时代的真正的作家、艺术家，都会为自己的理想奋斗，为他自己认为美好的事物唱赞歌。曹雪芹也好，其他人也好，都是这样。他们那个时代，有他们生活思想的局限性。他们的创作，大都是重在揭露，但揭露当中也渗透着为他们自以为美好事物唱赞歌的感情。这样，他才能够无情地鞭打他认为丑恶的事物。托尔斯泰鞭打俄国的上流社会，巴尔扎克鞭打了整个资本主义。人家写的是整个社会生活的巨大的河流。而我们往往只抓生活中的某一个具体问题，或者只摄取生活的某一个片段，反映不出生活河流的重重叠叠的巨大浪涛来。对我们文艺上存在的问题，需要大家一起认真思考，一起来总结经验。目前，确实是问题成堆、矛盾重重，阻力很大。"两个凡是"的问题，思想僵化和"官僚主义者"的问题，以及其他一些问题，不能不引起我们的重视。对大多数人来说，主要是解放思想的问题。要消除一切脱离实际、禁锢人们思想的条条框框。消除前进路上的阻力。我们一定要无情地揭露打击那些反动的丑恶的事物。揭露与歌颂，是我们伟大共产主义文学的两个方面。要描写出我们滚滚向前的时代生活洪流。一切为社会主义、为人民革命事业贡献过力量、流过汗、浇过心血的人，对这些年来我们党和国家所遭受的重大破坏和灾难，都是既愤慨，又痛心的。党内有些人在某个历史阶段，也可能为党立过功，但在另一个历史阶段，也可能变坏。《在和平的日子里》的梁建，不就是这样的吗？现实生活中的马天水一类人物，不也是如此吗？但这只能代表他们个人。绝不能因为出了某些坏人，而动摇、怀疑我们对伟大共产主义事业的信心。人总是有生、有死、有前进的，也有落伍的。这是生活规律。我们老一辈无产阶级革命家毛主席、周总理、朱总司令及彭老总、陈老总、贺老总等人，已经离开我们而去了，他们为我们党所建立的伟大功勋，为我们所开辟的革命道路，我们应当永远遵循，铭记在心。我们要忠于人民。我们的共产主义事业还要前进，还要继续发展。我们要坚定地热烈地为伟大的共产主义唱赞歌！这是因为在我们看来，只有共产主义才是最美好的。这是确定无疑的，是不能丝毫动摇的。在文艺领域中，以往有些提法或口号，由于生活发展了，可能有变动。符合实际的变动，是为了更好地指引我们前进，少走弯路。但有些提法和口号，从大方向上看，没有什么问题，是正确的。但对这些口号的理解和解释，确实存在着片面的、形而上学的、庸俗社会学的现象。以"为工农兵服务"为例来说，在《讲话》中，明明讲的是：第一是为工人的，第二是为农民的，第三是为武装起来的工农，即八路军新四军的，第四是为城市小资产阶级劳动群众和知识分子的。可是，后来不知怎么的，一下子就不让提第四方面的内容了，并且开始批判起来了。小资产阶级、知识分子，人家愿意革命，愿意跟党走，愿意听党的话，愿意和工农群众打成一片，这有什么不对，为什么一定要排挤人家？周扬同志在1962年5月曾经为《人民日报》写过一篇社论《为最广大的人民群众服务》。这篇社论长期遭受批判，甚至在"四人帮"被打倒以后，还有人把这篇社论说成是有问题的，是犯了什么右的错误。所谓右，就是指为"最广大的人民群众服务"这句话。真是岂有此理！最广大的人民群众不就是工农兵嘛！这有什么问题？我们要正确解释和处理文艺与无产阶级政治的关系，坚决反对所谓政治可以冲击一切。我们所说的无产阶级的政治，从根本上说，就是伟大的共产主义和社会主义事业。我们的艺术，当然不能脱离无产阶级政治。但艺术不是政治的简单的附庸。艺术是有它自己的特点、特殊性和特殊规律的，是有自己独特的生命力的。不能用政治代替艺术，不能任意冲击艺术。

在艺术创作上，除了别的口号外，从总的方面说，是不是有这样三个口号，需要我们认真坚持：（1）坚持辩证唯物主义的生活反映论。反对脱离生活实际，乱搞条条框框，反对虚假。文艺创作必须从生活出发，一定要正确地真实地反映生活，反过来又给生活以影响。（2）坚持文学的党性原则。这是由我们阶级的和时代的生活思想所决定的。歌颂生活的积极面和积极因素，歌颂老一辈无产阶级革命家和各种各样的先进人物、英雄人物，包括五四运动涌现的青年一代为真理而献身的高尚精神；揭露生活中的阴暗面和消极因素，揭露"四人帮"等一类人。而这些正是文学党性原则的具体表现。无产阶级党性是当代人民性的集中表现。不能把无产阶级党性同深刻的人民性对立起来。不能把党性原则任意做狭隘的解释。（3）坚持典型化原则。艺术嘛，正是要典型化。集中概括是达到典型化的重要手段。艺术来自生活，但不经过典型化，不经过提炼、概括、集中和加工创造，就构不成艺术作品。

对文学艺术无论提出什么正确的口号，说到头，还是应当首先做到从生活出发，必须通过生活实践和艺术创作实践来检验。我们的生活是无限广阔的。任何正确的原则和正确的方针口号，都应该渗透、体现、包含在丰富的生活之中，同时，又对文艺正确地反映生活起积极的作用，起活跃人们创作思想的作用。任何口号都不应变成死框框、死条条，像唐僧的紧箍咒一样，只起束缚人、让人头痛的作用。

我要说的就完了。错误一定不少。是向诸位老师汇报，衷心地愿意得到大家的批评、指正！

本文系1979年6月5日在西安召开的全国大专院校关于社会主义创作方法讨论会上的发言

《陕西新诗选》序

　　《陕西新诗选》，是为祝贺我们社会主义祖国成立三十周年大庆而编选的。其中，也有检阅我们陕西地区三十年来新诗创作成果的意思。

　　我没有参加具体的编选工作。负责编辑出版这一选集的同志们要我写篇序。此刻，我正在阅读摆在我面前的选集清样。我不会写诗，也不大懂诗，只能说是爱诗，爱读别人的诗。由于种种原因，我已经是很长时间没有比较集中地读过诗了。这次阅读选集清样，多少有点像会见久违了的老朋友的心情。

　　这次编入选集的诗篇，有不少是我20世纪50年代或60年代初就反复读过的，今天重读，还保留着熟悉而清晰的印象。这部分作品，大都出于老的或比较老的诗人的手笔。其中有的诗人，十多年前就已经离开我们了，如革命老诗人柯仲平同志，卓越的农民诗人王老九同志。读他们的诗，就好像又见到了他们本人，引起我深深的怀念之情。但选集中有相当多的作品，是我第一次才读到的。无论过去读过的，或者没有读过的，对我来说，这次阅读，既感到亲切，又富有新意。

　　我一面读着，一面做了个小小的统计。这个诗集共收入六十八位诗人的一百五十二篇作品。当然，限于篇幅，会有更多的诗人和更多的诗篇，没有选进来。而选进来的诗篇，也不一定是最能够代表某一诗人的艺术成就和艺术特色的。比如，曾经传诵一时、给广大读者留下较深印象的王老九的《进西安》，这次编选时，就没有包括进来。类似的情况，对其他诗人来说，也不会完全没有。既然叫选集，就会有所取舍，取了这个，就免不掉舍去那个。这是能够被人们所理解的。从整体看，从主要方面看，这个选集所收入的六十八位诗人的一百五十二篇作品，基本上能反映出我们陕西地区三十年来诗歌队伍的发展和诗歌创作成果的一般状况来。

我们的诗歌队伍成员情况，也和整个文学队伍成员情况一样，大致说来，是由这样三部分人组成的：第一部分是在全国解放以前，包括抗日战争前后到解放战争这个阶段，就已经开始了诗歌创作的；第二部分，是新中国成立后到"文化大革命"前这个阶段跨入诗歌创作领域的；第三部分，是"文化大革命"期间和以后才开始诗歌创作的。三部分人组成在一起，自然而然地形成了老中青相结合的战斗团结的新局面。诗歌创作领域的实际阵容向人们展示，老一辈诗人继续焕发青春，坚持战斗，新中国成立后涌现出来的这一代诗人，说老不老，经验不少，是当前诗歌创作的主力；而"文化大革命"中生长起来的新的一代年轻诗人，在经历了一段时间的踌躇、思索、自我清理之后，也紧紧地追赶上来了。从《陕西新诗选》的六十八位诗人身上，也能看出上面所说的这三部分人的组成情况来。

三部分人的生活经历不同，每个人的生活道路和创作道路不同，长期形成的生活素养、艺术趣味和艺术风格，包括熟悉什么，对什么具有真情实感，爱好写什么，怎么写，也就有了差别。这些差别，具体表现在《陕西新诗选》的六十八家一百五十二篇作品中，就形成了题材、体裁多样化，内容、形式多样化，诗的风格、韵味、情趣多样化。在多样化之中，也包含着一致的地方，这就是在延安老区延续下来，而在社会主义时代得到新发展了的诗的战斗传统、革命风格和浓厚的生活气息。

我们的诗人们，生活、工作、战斗在陕西这个地区的土地上，但他们的视野、情趣、心所向往和关怀的，却是整个祖国！祖国的四面八方，四面八方的欣欣向荣的风土、人物、广阔的社会生活，从诗中你可以看到：荒凉的青藏高原已经发生了什么样的变化；长年久月生活战斗在深山老林中的地质勘探人员在人民群众协助下，是如何战胜风雪严寒和重重困难，为祖国寻找宝藏的；我们伟大祖国的边疆，在中国人民子弟兵的守卫下，是怎样成为钢铁长城的。

我们的诗人们，把自己的生活视野和创作情趣，扩展到祖国沸腾生活的各个方面。当然，选集中反映和描写最多的，还是陕西地区革命人民在社会主义革命和建设中的动人情景。歌颂党，歌颂老一辈无产阶级革命家，歌颂人们心上的丰碑——延安和延安人民的战斗生活题材的，在选集中占有比较突出的地位。老诗人柯仲平的《永远跟着毛泽东》、戈壁舟的《延河照样流》、王老九的《想起毛主席》等，是这方面有代表性的作品。年轻的或比较年轻的诗人们所写的《宝塔》《延安抒情》《毛毯歌》《紧握》《心窝里飞出信天游》《枣林行》等，读起来，也是令人难忘的。在《永远跟着毛泽东》中，把领袖和人民群众的关系，作了这样科学的概括描写：

> 人民跟着毛泽东，
>
> 人民力量大无穷，
>
> 无穷力量集中起，
>
> 集中成了毛泽东。

《延河照样流》一诗，生动地写出了诗人自己的，同时也是他同代人的对哺育自己的延河——延安，所怀有的深厚感情：

> 离别延河久，
>
> 延河照样流，
>
> 流入黄河流入海，
>
> 千年万年永不休。
>
> ……………
>
> 吃过十年延河水，
>
> 走尽天下不忘本。
>
> 蹚过千遍延河水，

一辈子埋头为革命。

我认为：在《毛毯歌》《紧握》等诗中，所表达的以周总理、朱老总等为代表的老一辈无产阶级革命家相互间的深厚革命情谊，是我们革命队伍中同志关系的光辉榜样。

在歌颂我们时代的英雄人物的诗中，诗人魏钢焰的《你，浪花里最清的一滴》，是我所喜欢的作品之一。这是歌颂共产主义战士雷锋的。歌颂雷锋的诗，何止千百首？它们各有各的优点、长处，各有各的动人心弦的地方。而《你，浪花里最清的一滴》的突出特点，是诗人把这首诗写成了像诗的题目一样，在读后感的浪花里，给人们一种特别清新的印象。我想把这种印象再说透点，用四句话加以概括，这就是：诗意浓，语言洗练，构思巧，有思想深度。我是想说：把这四方面因素凝聚在一首诗中，是很不容易的。但是，如果不这样，又怎么会出来好诗。我是想说：有的诗，包括这次选集中的某些诗，也包括魏钢焰同志大量诗篇中的有一些诗，没有完全达到这样凝练程度。就是说，有的诗，诗意不浓；或者，有些诗意，但构思不巧，写得有些臃肿和拖沓；或者，是有一定构思的，但缺乏思想深度，语言不够洗练，诗的感染力不强。

在《你，浪花里最清的一滴》中，诗人描写雷锋不是将军，却立下了无数功勋；不是文豪，却写了不朽诗文。诗人写他如此平凡，如此年轻，像一滴小小的春雨。但这滴春雨啊，——

却渗透

亿万人的心！

诗人又把雷锋比喻为大海中的一滴水。但这滴水啊，——

却能够

反映出整个太阳的光辉！

在整个诗中，诗人魏钢焰是沿着"平凡而又伟大"这一思想脉络，来歌唱雷锋的。这样的描写，既真实又概括。说他平凡，就好比是花丛中的红花瓣和浪花中的清水一滴。说他伟大，是因为从这一滴清水中能照见整个太阳的光辉。他伟大的作用，就像是"《国际歌》里的一个音符"，就像是"红旗上的一根纤维"。

我为什么要特别提出"构思巧"这个问题来？因为从生活到艺术整个过程的一个重要之点，是在于诗人必须巧妙地而又概括地进行艺术构思。没有优美的和恰到好处的艺术构思，即使有非常动人的生活题材，也往往产生不出深刻感人的美好诗篇来。至于究竟怎么样才能达到"构思巧"这种艺术境界？这不单是个理论问题，主要是个创作实践问题。通过创作实践，不断地总结经验，从中找出和体会出艺术构思的妙处来。

读了诗人玉杲同志的《我赞美你的眼睛》，我有很深的感触，这是一首赞美民间说唱艺术家、盲人韩起祥的诗篇。诗是这样开头的：

> 我不赞美你的歌喉，
>
> 我要赞美你的眼睛。

让我们想一想：韩起祥同志是著名的说唱家，而在赞美他的诗篇中，竟然一开始就说不赞美他的歌喉，这是多么不一般啊！让我们再想一想：韩起祥同志是人所共知的"韩瞎子"，而诗人却偏偏要赞美他的眼睛，这更是多么不一般啊！这究竟是为什么？难道这仅仅是诗人为了达到出奇制胜的目的吗？不。这是真正的艺术构思的需要。是为了从这里开始，而引发出诗人怎样才能出色地而不是一般化地完成赞美韩起祥的深刻用意来。下面，诗人是这样描写的：

> 你的眼睛在你的灵魂深处，
>
> 是党用星光给你制成；
>
> 它明亮得如同火炬，
>
> 凭着它，你开始了庄严的行程。

看得出来，诗人玉杲是通过赞美老韩的眼睛，来歌颂党给了老韩新的生命，新的灵魂，给了他明亮得如同火炬一样的一颗战斗的心。正是这颗战斗的心，指引他走上了自己艺术征途中的一个新阶段。从此，老韩的作品，他的说唱，开始爆发出新的生命的火光：

一支翻身曲震撼人心，

　　千万人的悲愤在琴弦上轰鸣，

　　血泪在你的心窝里汹涌，

　　冲出口来，化成了暴雨雷霆……

　　通过艺术构思，安排好作品中的层次、起伏、峰峦叠嶂的问题，处理好山外有山和天外有天的诗的意境问题。说得通俗些，就是考虑好先写什么，后写什么；写了什么，又引发出什么。这个往出引的问题，是艺术构思中经常会碰到而且不能不好好加以思索的问题。诗的艺术构思，总是应当从某一特定情节或某一生活现象的描写，进一步引出生动的故事来，引出美好的情思来，引出深刻动人的思想感情来。就像玉杲诗中通过赞美韩起祥的眼睛，所引发出来的那些动人的描写和深刻的诗意那样。在《陕西新诗选》中，有不少诗篇是构思得很好的，写得是很动人的，体现了诗作者的艺术匠心。这里，无法一一列举。我只能选其中比较明显，易于说明问题的若干篇章来稍加论述。从构思巧、层次清晰、诗意新颖这一角度着眼，我感到像《我家门前两树槐》《红桃熟了》《请带上姑娘的心》等抒情短诗，就体现了诗作者在进行创作构思时的某些艺术匠心。

　　长篇抒情诗《试马》，艺术构思是不错的，从买马、试马这一特定情节写起，所引发出来的诗人的高昂情绪和丰富联想，气势雄浑，滚动着时代的声貌。但这首诗如果能写得再精炼、简括些，那就好了。说到这里，我联想到：诗，从某一特定情节写起，而引发出诗人的某种抒情议论时，应注意情节和议论之间的内在联系，注意诗的特定题材和诗人主观上企图抒发的思想感情之间的谐和，要尽可能做到情通理顺。换句话说，抒情议论是一定生活和思想感情发展到某种情况下的必然流露，就像滚滚河流所激起的浪花那样；否则，就会给人以不够自然的感觉。而诗，正如人们通常所说的是贵在自然的。"诗贵自然"，说的就是这个意思。贵在自然的基础是真实，真实的生活内容，真实的思想感情。不能设想，失掉生活真实和思想感情真实的作品，就不会达到那种真正的贵在自然的诗的境界。

但是，毕竟自然形态的生活真实和思想感情的真实，不等于就是诗的真实，客观存在的自然，也不等于就是"诗贵自然"中的自然。从自然形态的自然，到"诗贵自然"中的自然，是自然的一种升华和质的飞跃。贵在自然的诗，是诗的成熟的一种标志。

说到"诗贵自然"的问题时，我不禁想对诗人田奇的创作说几句话。田奇就是我们所说的一位"说老不老、经验不少"的诗人。他在解放前就开始写诗，至50年代前期，曾写过不少作品。至今，还有不少读者记得他的长诗《苏艾兰》。50年代后期至60年代以后，他的诗写得比过去少了，有些诗的感人力量也不如以前了。我曾经想过这到底是什么原因？这次，我重新读了收集在《陕西新诗选》中的他的四首抒情短诗，使我的记忆的年轮一下又回到了50年代，引起我这个二十多年前的读者的深深激动。我感到这些诗写得感情真挚、诗意清新，诗风朴素自然，语言简洁流畅。到这时，我才比较明确地意识到一个问题，即这几首诗中的那些动人的特点，正是50年代后期和60年代前期他的某些作品中所缺少的。为了说明问题，下面，我想引证一下他的四首短诗之一的《拟花儿》。花儿，这是青海流行的一种民歌体。在这里，田奇是仿拟花儿的独特形式和韵味，来抒写新社会年轻恋人们的爱情生活的。通过爱情的描写，反映出解放后农村青年的生活新貌来。这首诗，诗风朴素自然，浅显中寄寓着深情，语言通俗流畅，素淡中含蓄着一种质朴的美。篇幅不长，全文抄录如下：

早上找你，不见你，
你到地里去了；
晚上找你，不见你，
你上夜校走了。

地里找你，不见你，
开妇代会上了县了；
家里找你，不见你，

131

你守棉花地忘吃饭了。

村东等你，不见你，
你村西看社员病了；
村西寻你，不见你，
你会计家都结账去了。

写信给你，不见你，
信装在我衣兜里了；
捎话给你，不见你，
话烂在我心田里了。

20世纪50年代初期，田奇风华正茂，曾较长时间生活在人民群众中，并热情地走访过西北其他省区的一些地方。丰富多彩的生活感受，给了他创作上的强烈冲动。可以说，他的某些动人的诗篇，就是在这种冲动下写出来的。这使我想到：生活，从生活中所获得的富有魅力的思想和真挚动人的感情，对一个诗人来说，是有多么重要的意义啊！

我们陕西地区有悠久的民歌传统。陕北和陕南，称得起是民歌的故乡。民歌的种类繁多，色彩缤纷。陕北的信天游，犹如展开双翅的俊鸟，在全国飞翔。用现成的民歌体，谱写新生活内容的诗，或者学习、吸收民歌的长处，经过艺术加工和创造，而写成的具有民歌风的新诗，在《陕西新诗选》中，占有不小的分量。这里面不但有直接采用陕北的信天游形式谱写成的诗篇，而且也有直接采用陕南的喊山调等形式谱写成的诗篇。而当这些原有的民间艺术形式，一旦和新的生活内容、新的思想感情相结合，这种诗歌艺术本身，从形式到内容，便都会放出新的动人的光彩。可以明显地看出，像《我家门前两树槐》《光荣榜》等诗中，所保留的民歌风的韵味，那是异常浓厚的。读起来，给人一种特别亲切之感。试举《光荣榜》一诗的开头一节为例：

　　　　远看一片霞，

　　　　近瞧一树花。

　　　　啥子花？

　　　　光荣花！

　　　　——一座金榜墙头搭。

　　当然，在《陕西新诗选》中所占比重最大的，还是那些不拘格却自成风格的自由体新诗。其中，甚至还包括被人们叫作楼梯形格式的新体诗，如国际政治抒情诗《亚洲的声音》就是。在诗的形式问题上，最根本的还是应当遵循：在为人民服务、为社会主义服务的前提下，沿着民族化、大众化、为群众喜闻乐见的方向道路，坚持"双百"方针，不拘一格，不画框框，让诗人们按照自己的奋斗目标和在艺术上的追求，去大胆地开辟新路吧！去独创新的诗风吧！

　　最后，应当特别说明的是：在这个选集中，还特意编选了几首悼念周总理、反映"四五"事件的诗篇。伟大的"四五"事件，既预示着是一个旧时期的终了，也预示着是一个伟大新时期的开端。革命人民已经豪迈地把"四五"事件，称呼为革命的诗歌节了。当我们编辑《陕西新诗选》时，缺少了反映这方面生活题材的诗篇，是不够全面的，是不能完整地体现历史的真实面目的。此外，由于印刷出版方面的原因，这本集子的编选截稿日期，是在今年3月，致使后来出现的一些好诗，没有能够收集进来。我受编辑同志委托，在此向读者说明并致歉意。

　　关于《陕西新诗选》，我想说的话，就是以上这些。这不能算是一篇正正式式的序，只能说是讲了我个人的一些很不成熟的零碎读后感。衷心祝愿我们陕西地区的诗人们，在新的长征路上，解放思想，奋发向前，充分发挥创新精神，写出更多更好更新更美的诗篇来。

　　　　　　　　　　　　　　　1979年7月19日于西安

致诗人玉杲同志

农村题材短篇小说创作座谈会结束以后，我继续留在这个美好的山城。不久前，我已经搬到县文化馆来。这儿，主人们热情好客。庭院中，绿树成荫，给人以特别幽静、凉爽的感觉。天晴日，推开窗子，可以望见碧绿的南山与蓝天相映。就在山与天相接不远的地方，间或，轻轻飘过几片淡淡白云，景色十分宜人，增添了我对这个美好山城的浓厚感情。

每天清晨，我在庭院中散步。然后，坐在窗前，一遍又一遍地阅读你的诗选《红尘记》。这大概是你的第一个选集吧！集子里面，除了《大渡河支流》是我第一次读到外，其他大部分的诗作，我都是在《延河》或其他报刊上，早就读过的。这次重读，不论新作、旧作，读过的和没有读过的，每读一遍，都有新的感受。感受不深，但对我来说，似乎觉得还多少有那么一点点新意。正是这一点点新意，促使我提笔给你写这封信。

我想，像我们这一代人，比如你、我，已经在人生旅途上度过六十多个春秋了，当我们从学校走入社会，从开始接触文学生活算起，我们，大概可以算是20世纪30年代的人吧。比起更老一辈的同志们来，我们当然是晚辈。但比起一代又一代的年轻同志们来，我们也算得是老一辈人了。回顾我们几十年走过的道路，风风雨雨，曲曲折折。生活，对我们这一代人来说实在是一条湍急的奔腾向前的河流，而我们，就在这条河流中游泳。有时，我们在急流中奔驰，同大风大浪作斗争；有时，在转弯的地方，一个不小心，在一股什么恶浪冲击下，一下就被抛甩到岸边的某个阴湿的角落中去了。在生活的河流中游泳，喝水、呛水，是常事；某时某刻，突然遭受灭顶之灾，也是难免的。每一个游泳者，都有自己的亲身经历。对这一点，你、我，我们的同辈人们，都是有深刻感受的。但是，重要的是，我们终于冲出水面，握紧党伸向我们的手，重新抬起头来；终于又迎着激浪，踩稳水，在急流中继续前进了。

通过我们自己的切身经历体会到，对从30年代走过来的每一个正直的知识分子来说，几乎像是时代预先安排好了的一样，不管你本人认识到或者没有认识到，当我们一开始踏入社会生活，事实上，就把自己个人的命运，同我们国家的、民族的、整个人民的命运，紧紧地联系在一起了。多少年来，三座大山一直压在我们头上。1931年的"九一八"事变，是最新的最令人惊心动魄的信号，它警告人们：中华民族，确确实实是已经"到了最危险的时候"。我们党担负起了拯救国家民族危亡的最重大的历史使命。中间经过"一二·九"学生运动和"双十二"西安事变，直到1937年7月7日，终于打开了壮烈的抗日战争局面。我们党把抗日红旗牢牢地树立在抗日人民的心中。应当说，我们中间的绝大多数人，就是在当时那种情况下，在抗日红旗的召唤下，不远千里万里，通过重重封锁线，奔向延安，奔向抗日根据地，奔向我们党的怀抱中去的。抗战胜利后，又经历了解放战争，最后，终于迎来了伟大的中华人民共和国。从此，历史长河开新篇。中国人民在中国共产党领导下，通过一系列艰苦实践，把社会主义从理想王国，请到中国的广阔土地上来安家落户。整整三十年啊！谁能预料得到这中间还会来个什么十年浩劫啊！一切革命人民，一切正直的人们，都在为我们党、我们国家、我们的人民所遭受的巨大灾难，心灵在滴血啊！我完全能够理解你《关于命运问题》一诗中，所流露的那种深挚的感情：

　　我的命运不需要卜算，

　　我的命运和共和国相连。

> 共和国受难，我受难，
>
> 共和国乐了，我喜欢。
>
>
> 我哭，我笑，我歌唱，
>
> 同共和国一道……

　　粉碎"四人帮"后，在我党领导下，共和国又继续大踏步前进了。能够预料得到，在前进征途中，还会有许多困难，等待我们去克服。但旭日已经东升，胜利的前景在向人们召唤。回顾我们这一代人所走过的路，曾经长期被林彪、"四人帮"污蔑为"臭老九"，被踩在脚下，而被我们党看成革命的宝贵财富的人们，单就我们每一个个人来说，也可能存在这样或那样的缺点，曾经犯过这样或那样的错误，走过这样或那样的弯路，但从总体看，从主流和本质看，我们中间的绝大多数人，是相信党的，是一心一意跟党走的，是靠拢人民、坚定走社会主义道路的。即使由于种种原因，曾在某个时候掉过队，然而又终于急起直追，紧紧赶上自己的队伍。为什么？因为人们心里有火、有光、有不落的太阳。正像你在《田野上的合唱》里所赞美的那样：

> 给我以光
>
> 给我以热
>
> 永远照耀着我的肺腑的太阳。

　　当我们觉悟到在生活的河流中，在某时某刻，我们有可能被大风大浪所淹没，而重要的是，我们必须有决心有毅力冲出水面，脚踏激流，继续前进。当我们意识到在长期的、曲曲折折的前进征途中，我们有可能掉队，有可能走弯路，而终究是因为我们心中曾升起不落的太阳，是太阳的光辉指引我们，拨正航向；特别是当我们从十年浩劫的灾难深坑中走出来，只有在这时，我才比较深刻地理解了你所以把自己的第一个诗选集题名为《红尘记》的重要含义。这表明：在经历了巨大、复杂的沧桑变迁之后，你仍然下决心创作你的诗，永远扎根于人民群众和现实生活斗争之中，置身于人间红尘之中，永远不超脱红尘之外，永远在生活的河流中游泳，永远前进不息。我十分赞赏你的《红尘记》这个诗集名字。

我按照你写作的历史顺序，来阅读你的作品，并从中思考你走过的生活道路和你的诗歌创作道路。即使《红尘记》所提供的篇章，只不过是你全部诗创作中的一部分，但关于你的最基本的生活创作道路和创作风格特点，还是看得比较清楚的。

从这本集子看，20世纪40年代前期，你写了长诗《大渡河支流》；50年代后半期，你写了中篇诗作《方采英的爱情》；60年代，从1961年到1964年，你写了战斗抒情诗《火车头的歌》和关于歌唱农村、歌唱田野的抒情组诗。60年代后半期和70年代前半期，你的诗人的歌喉哑默了，这正像你在《怀念冯雪峰》一诗中所控诉的，是因为"四人帮"夺走了你手中的笔啊！70年代后半期，随着"四人帮"的覆灭，你重新获得了自己的写作的笔；1978年你写出了战斗诗篇《真理赋》等。1979年，是你诗情大发、诗花怒放的一年，在这一年中，你所写出的许多首抒情和哲理交织成的诗篇，犹如串串珠玑，向人们展示出在新的年代里，你在思想上和艺术上所达到的新的境界和新的水平。你歌颂张志新烈士的《这不是悼词》一诗，是你向"四人帮"所发出的最有冲击力、命中率最高的枪弹。你针对各个不同历史时期的社会现实生活，通过各种题材，在你的诗中，或褒或贬，或歌颂或揭露；褒的是应当褒的，贬的是应当贬的，歌颂的是应当歌颂的，揭露的是应当揭露的；你所进行的褒、贬、歌颂、揭露，都是比较准确的，是符合生活实际的。在反对什么和拥护什么的问题上，你旗帜鲜明，思想感情明确，勇于揭示生活真理。至于表现在某篇具体作品里面，可能有深有浅，有艺术感染力上的强弱之别，但在大方向上，以我看，你是正确的。

我读了你在1943年1月写成、同年8月改写、直到1944年7月才经过反复修改定稿的长诗《大渡河支流》，深感诗的气势雄浑，有思想深度，反映的社会生活面广阔，故事情节扣人心弦，无论在艺术构思和语言锤炼方面，都达到了在当时那种历史条件下所可能达到的长篇叙事诗的高度的艺术水平。我同意冯雪峰同志的说法，这是一部史诗性质的作品。我以为，在《大渡河支流》中所闪耀着的深刻的现实主义艺术光芒，曾对你以后的诗歌创作道路和创作风格特点的发展，起了奠基性的作用。

　　长诗所反映的时代生活背景，是抗日战争时期，在国民党统治区的大后方，一个较偏远地区的黑暗社会的一角地带。但你赋予了这个小小的一角地带以极其深刻的典型社会内容。从诗中可以看到，即使在这个小小的一角地带，也恶性膨胀地泛滥着在国民党统治下，社会上普遍存在的那种毒气四溢的污泥浊水。在这一角地带污泥浊水中主宰社会命运的混世魔王，就是靠喝穷人血汗养肥自己的山耳们、胡玉廷们。而这帮人，正是国民党反动派进行统治的基层社会支柱。从长诗所描写的特定社会生活内容看，这些反动支柱及他们的上层主子们，暂时还不会立即倒台，他们还在继续挣扎，向人民群众进行倾害、压榨和剥削；但人心浮动、世道不稳、社会根基动摇的现象，已经是初露端倪，山耳二儿子李光宗的来信、贫农儿子然福的出走等等，都是微兆；再加上反动统治集团内部分崩离析，互相倾轧，生活腐烂，表面上装腔作势，内心却十分空虚。对这种复杂交错的情况，在长诗的结尾，作者用对地主山耳懊丧烦乱心情的描写，表现得很明显：

　　　　他苦恼，他懊丧……

　　　　忽然他捶着枕头叫：

　　　　"我这家不成家了！

　　　　儿子叛了我……

　　　　你，胡玉廷——你凶！你凶！……"

　　　　而他自己比着自己：

　　　　"叫什么呀，叫人听去多笑话……"

　　　　而他决断地：

　　　　"为这个家，我要拼……"

　　　　而他又颓然地叹息了……

然福当兵出走，当然不能说是他已经觉悟到去寻求正当出路，但我以为，至少说明他开始感觉到在这个罪恶的家乡，他实在无法生活下去了。这个无法生活下去的思想火花，尽管还是那样微弱，但在被压迫人民的生活斗争中，是有重要意义的。

　　长诗《大渡河支流》以描写地主家庭悲剧为主线，极其广阔地描绘了那个时代、那个地区、那个特定社会结构中的形形色色的人，人和人的错综复杂的关系、形形色色的生活和生活河流中不断掀起的那些微妙的、复杂的、此起彼伏的，有时甚至是把人吞噬掉的巨大波澜。而你，我们的诗人同志，在不少地方，你甚至没有忘记把地方上的风俗、习惯、人情，包括流言蜚语，也写进你的诗篇中去。在长诗的第五章中，你对烟会的描写，对赌场的描写，对哥老会活动的描写，丝毫未游离于你企图主要表达的中心主题和整个悲剧构成的主线之外。相反地，所有这些，既从故事主线出发扩展开去，又围绕着主线的艺术结构而收拢回来。以悲剧主线为中心，在主从之间，互相映衬，显得生活面既丰富广阔，而在艺术上又概括集中，既有思想高度，又有艺术深度。把这些集中到一起，增加了作品的激动人心的力量。什么叫作现实主义的艺术力量？我想，这些描写，不就是已经体现了这种力量么！

　　如果说，然福当兵出走，他的所作所为，以及从他的所作所为中透露出来的他这个具体人的思想性格，在广大农民群众中，还只能说是极少数的话，那么，大多数农民，在当时那种特定的社会环境下面，暂时还是过着你在长诗第三章《冬天》第一小节中所描写的那种生活，既凄苦、贫穷，又毫无希望。

　　　　冬天，湄河哑了

　　　　一支古旧、苦涩的歌

　　　　唱得更低，更低——

　　这支古旧、苦涩、低沉的歌，究竟唱了些什么呢？它唱的是年轻的寡妇们，为被反动官府夺走了自己的男人一去不返而夜夜哭泣；唱的是童养媳们受冻、挨饿、寂寞的孤苦生活；唱的是老年人向自己的儿孙们讲述远古的单调的传说；唱的是衣衫褴褛的村妇们，把内心的希望寄托在渺茫的来世；唱的是在曲折漫长的山路上身负重压拼命的脚夫们，一年辛苦又一年，到头来仍然只能落得个一身精光，等等。这仅仅是古老的苦歌吗？不，这是生活，这是广大农民在那种社会条件下的实际生活，如果有人指责你在抗战时期，对大后方的农民和农民生活，这么个写法，是否有些太消极太落后了？对这种指责，我是坚决不同意的。我以为，这正是你在《大渡河支流》中坚持现实主义创作道路和创作方法的可贵之处。我们决不能低估三座大山，特别是封建主义的长期统治，给我们的民族和人民，尤其是给广大农民所带来的无穷灾难，以及致其贫苦和落后的严重程度。直到新中国成立以后，我们还得为它付出许多重大牺牲，在今后若干年内，为彻底清除它，还要继续花费巨大的心血和力量。悲剧的主人公琼枝，应当说是地主阶级阵营的叛道者。她走上叛逆之路和最终的结局，和她的二哥李光宗不同，这是历史的、传统的及其他多方面原因造成的。但她仍然无愧于是一名地主阶级和封建传统势力的叛逆者。她的叛逆行为的突出表现，就是她无视和蔑视作为她出身的地主阶级家庭的尊严，公然和贫农的儿子、她们家庭的年轻长工然福发生了恋情，并委身于他，直到然福出走以后，她还不忘情于他，并为他保留骨血，宁愿自己承受一切压力和耻辱，而没有采取堕胎措施，让她心目中的爱情象征——小小的胎儿降落人间。新生的幼儿刚刚落地，就被胡妖婆夺走，一把摔死。当琼枝心灵已碎，灾难又重重压来，而她又亲自听到和看到她们的家庭的臭不可闻的丑剧时，她已经下决心了却她年轻的生命，以死来抗议生她养她的那个罪恶的社会、罪恶的阶级和罪恶的家庭。当她从家里跑到街头，跑过田野时，对她来说，一切都已经置之度外了。但是，就在此时此刻，她仍然没有忘记那个把她和然福联系在一起的已经死去的孩子。她用她最后的生命力，蔑视一切地喊出了：

140

"孩子，妈跟你死……"

封建阶级、地主家庭、宗法势力及社会上的一切反动势力，通过琼枝父亲山耳罪恶的毒手，把琼枝杀害了。琼枝的短短一生和她的悲惨遭遇，具有深刻的社会意义，说明在地主阶级出身的子女内部，是存在对他们的阶级和罪恶家庭的叛逆者的。在这些叛逆者的身上，有和普通劳动人民相通的某些东西，即人们称之为人性一类的东西。而封建地主阶级确实是灭绝一切真正人性和人道的魔鬼，如山耳们，他们要的和实行的，是货真价实的兽性和兽道。琼枝的二嫂、光宗的守活寡的年轻媳妇，就是被这种兽性和兽道迫害的最可悲的牺牲品之一。人们对琼枝和她二嫂的命运遭遇，特别是对琼枝的悲惨结局，给予深刻的同情，完全是情通理顺的，是合乎道理人情的。而首先表现出深刻同情心的，却是你，是诗人你自己。我对你在长诗第七章第八小节中最后那段抒情描写，感受极深：

> 鸡叫了，你叫晨的鸡啊！
>
> 你把这消息，带给太阳吧
>
> 带给一切有良心的人吧！
>
> ——在天快亮的时候
>
> 有老人杀害了
>
> 自己的女儿，更杀害了
>
> 一位年青的
>
> 慈善的母亲……

我坚持我的这一看法：我认为你在《大渡河支流》中所取得的思想上和艺术上的成就，首先应当说是伟大现实主义的胜利。对这种现实主义的理解，单纯用一般的创作方法上的含义来解释，是不够的。首先应该强调的是现实主义精神。这种现实主义精神的突出特点，是诗人必须深深扎根于丰富广阔的现实生活之中，从这儿取得第一手材料，取得既富于生动性和鲜明性的活的形象，又富于深刻性和哲理性的那些从生活中来的活的思想和活的见解。然后，经过诗人的艺术构思和艺术创造，把这些第一手材料性质的东西，在反复锤炼之后，熔铸于诗人心血浇灌成的诗作品之中。我是这样考虑的，如果说，在《大渡河支流》中，你的现实主义精神主要表现在：你在那种时代社会背景下面，抓取了一个富有深刻现实斗争意义的题材，你以气势雄浑和感情奔放的画笔，通过一个悲惨而动人的故事，勾勒出了极其广阔的社会生活，既放得开，又收拢得来，从而获得了长篇叙事诗的较高艺术成就；那么，在新中国成立三十年来的诗创作中，你的现实主义精神已经有了新的发展，随着生活斗争经验的更加丰富，思想水平的提高，艺术修养和创作实践的加深，你的诗，显然是以含义的深刻性、意境的独到性，以及艺术上的完整和成熟，在感染和影响着读者了。

以《大渡河支流》中的琼枝为代表，在你的不少诗篇中，都曾经精细地刻画了妇女的形象。你把自己最大的同情心给予她们。对方采英，对我们的一代女杰张志新，通过你的诗，你同她们同欢乐，共愁苦，同命运，共呼吸。我认为，这不能光从你感情上的倾向性来解释，这实际上也是现实主义创作的一个重要方面。这是因为在我们的社会生活中，在封建主义长期统治下，在被压迫的人们中间，妇女往往是最深重最悲惨的受害者。

《方采英的爱情》中的方采英，和《大渡河支流》中的琼枝，生活在两个不同的时代，走过不同的社会生活道路。其中最大的不同，是方采英生活在20世纪50年代的新中国，是新中国的女主人翁之一。照道理说，方采英的生活应该幸福。但是，我们这个新中国，不是从天上掉下来的，她是从旧中国脱胎而来的；生活在新中国的人们，也不是从某个理想王国新来的移民，而是刚刚从旧中国土地上走过来的。在我们国家生活中和大多数人身上，仍然保留着旧中国传统势力特别是在思想和精神生活方面的某些烙印。正是在这一点上，从某种意义上说，琼枝当年在封建主义迫害下尚未走完的路，而方采英不得不在新情况下接着往前走。从基本命运上说，《方采英的爱情》中的那个娇嫩女人的爱情结局，也未必比方采英好。披着革命领导干部外衣的贾良，在他的思想和灵魂深处，埋藏着近似山耳一类人物的那些封建主义剥削阶级的东西。方采英在爱情上的不幸遭遇，不是偶然的。但是，终于不能不看到，时代确实是变了，生活在新中国、曾经走过一段革命路程的方采英，和喘息在封建主义压迫下、出生在地主家庭的幺小姐琼枝，无论在思想上、人生见地上，特别是政治上，都有着许多根本性的不同。这就是方采英所以能够在十分痛苦的境遇中，当她一旦识破了贾良的虚伪丑恶面目以后，就毅然决然同他一刀两断，从而跳出苦海的基本力量所在。我完全同意你对方采英的描写。她是一个忠于爱情的人。当她发现自己曾经把爱情交给一个骗子，而蒙受屈辱时，她也能够把放出去的爱情收回来。她这样做是被迫的，但却是坚定的。这是她终于觉悟和站立起来而获得新的精神生活的表现。在爱情问题上，她是一个能够主宰自己命运的胜利者。你在《方采英的爱情》一诗的序诗中，是这样描写的：

> 这儿，一个女人
>
> 为爱情痛苦，心灵流血，
>
> 但她是胜利者。我唱的不是悲歌。

你的诗，已经表达了你要揭示的这一生活思想主题的深刻含义。主人公方采英所取得的胜利，实际上也就是你的诗所取得的胜利。我之所以这样说，是想把诗的思想性和艺术性，把诗人的创作意图和诗的最后完成，作为一个统一的整体来看待。我把这种胜利的取得，仍然首先看成你在创作上坚持现实主义的结果。

在《红尘记》中，《大渡河支流》和《方采英的爱情》，当然是属于叙事诗。其他的，大概可以归入各种各样的抒情诗一类。

你的叙事诗的特点，是把叙事同抒情相结合，在叙事中不忘抒情，通过故事情节的发展，不断捕捉抒情的机会，充分发挥抒情的长处，这是使你的诗，特别具有感人力量的特点之一。我个人认为，一切好的、比较成功的叙事诗，都应当具有这样的特点。

你的抒情诗的特点，是把抒情同对某种生活哲理的阐发相结合，从而增强了抒情诗的深刻性和提升了诗的意境；而某种哲理通过抒情的翅膀，也会飞得更高更远，更能够打动人心。

读过了你《红尘记》中的抒情诗，我初步产生了这样的看法，如果可以把你的这部分诗作，大致上划个阶段的话，我感到在"文化大革命"以前，比如说从1961年到1964年这个时期内，你的诗，主要的、大量的、凝结成整个诗的风貌和韵味的，是抒情，是浓厚的抒情。而哲理性的东西，往往是或浓或淡地蕴藏在诗的抒情之中或抒情的背后。在这种情况下，生活哲理性的东西，仅仅是作为你的抒情诗里面一个并不特别惹人注目的因素。而在"文化大革命"以后，在"四人帮"覆灭后的1978年和1979年内，在你的不少诗中，就出现了这样的情况。从诗的立意、主题思想的形成，到整个诗的风貌和诗的韵味，都浓郁地渗透着生活哲理的光彩，精炼，美好，富有深意。在这儿，哲理成了你一部分诗中最有权威、最有魅力的主人，它凭借诗的抒情的羽翼，以比较大的吸引力，在吸引着读者。总的看来，你的诗，在不断地向深刻性方面发展，向精练发展，向更加成熟发展。对你在抒情诗中所表现出来的前后两个阶段诗风和诗的内涵上的差异，如何理解？怎样看待它们之间可能存在的各自的所长和所短呢？对这些问题，我基本上是个外行，我想还是留待你们诗人自己通过创作实践，去逐步解决吧。就我个人来说，我只是觉得：对这两种诗风的差异和各自的所长或所短，在看法上不应当绝对化，不要严格分开，这要以诗人所选取的特定题材，以及所要抒发的不同的感怀而定，需要偏重抒情就去大力抒情，需要突出阐发某种哲理，也可以去着重抒写哲理，这里面不一定有什么非这样或非那样不行的死规程。要说有规程的话，这规程就只能是必须是诗，必须按照诗的艺术规律办理。而且，在大多数情况下，特别对抒情诗来说，人们总是把哲理和抒情紧密糅合在一起去进行创作的。

读了你在1961年到1964年所写的歌唱田野的组诗和《火车头的歌》等，感到你在诗中并没有着意去抒写某种生活哲理，但因为你是从由生活深处所获得的真切感受出发，热情讴歌和描绘了我们生活中的美好的人、美好的情思和美好的生活图景，你的诗是十分打动人心的。《我实在舍不得……》这首诗，虽然散文化的痕迹重了些，但诗中所渗透的那种对田野的深厚感情，却是既真切又浓烈，沁人心脾，我甚至想把这首诗称之为"田野恋"。你在为火车头所谱写的歌中，唱出了我们时代的阵阵惊雷，唱出了奔驰前进的列车，唱出了远行者的凌云壮志。你所描绘的那些正要去进行开山的、治水的、探矿的、播种的，以及建筑师、画家、战士等人，在我们"美丽的祖国"和"喧腾着时代的风暴"中，是真正的前进不息的火车头，从他们内心里所发出的"怒涛澎湃"的声音，是真正的时代的火车头之歌。如果说，这种时代的火车头之歌，在20世纪60年代的复杂情况下面，曾受到不应有的人为的遏制的话，那么，在今天，在进行"四化"建设的征途中，这种火车头的歌声和火车头的精神，就变得十分的可贵了。

我注意到了你在这个时期的抒情诗中，是否曾经着意于阐发某种生活哲理？我感到你是有过这种追求的。表现得比较明显的，就是在《傍晚的时候》一诗中，当写到植棉少女为了爱情而"心向海洋"的时候，你，我们的诗人，就情不自禁地正面站出来发表议论了。你在诗中是这样阐述的：

> 可是，你想过么？
> 另有一个海，这就是生活。
> 它无限深，也无限广，
> 所有的海比它不上。
> …………
> 在这个海里，你将为祖国
> 寻觅到无数的珍宝。

诗的意图是明确的。表现得也是明确的。但比起20世纪70年代后期你所写的那些深刻着意于抒发某种哲理性的诗来，类似这样的说理议论，就显得含蓄多了。

在70年代后期，即1978年到1979年这个时期内你所写的诗中，以《真理赋》为代表，是把政治、历史、生活哲理，把人民的仇恨和爱憎等糅合交织在一起的抒情诗。这首诗，气势雄浑，情思广阔，你从一个震动世界的惊雷时代写起，而表达出来的内容，却是人民群众的世世代代的生活哲理。你在第一章序言的开头，用四句诗，把你创作《真理赋》的主导思想概括了出来：

> 漫漫历史长河，
>
> 滔滔万古奔流；
>
> 金斧银镰开天地，
>
> 从来是人民主宰沉浮。

总体看，你这段时期内的绝大部分抒情诗，包括政治性很强的抒情诗在内，都是把抒情和哲理结合得很好的，是已经达到了浑然一体的程度的。当我读着你的《登镇海楼赋》《红陵旭日》以及《相思树下》等诗篇时，我就不由自主地被你的动人的诗情所吸引，而深入你所着意抒发的革命哲理和人生哲理之中去了，并且被深深地感染了。当然由于每篇诗取材不同，特别是由于你当时的具体感怀和被激发起来的思想情绪上的差异，在具体化为诗的意境时，当诗人自己确定究竟要在诗中表达点什么中心意思时，也就有了每篇诗的各自的差别，不但有感情浓淡和诗的主题上的差别，而且有诗的表现形式，甚至是具体的诗的风貌上的差别。我在读《李慧娘》《祖师和自由神》《题苏公祠》《伶仃洋》等诗时，感到你在诗中几乎没有留给自己多少抒情的余地，就直截了当地进入你要阐发的某种哲理的诗的境地。如果可以把阐发的某种哲理比作火箭，那么，在这里，感情所起的作用，就恰好等于是推进火箭起飞的某种动力。单从外表看，感情的因素，几乎是看不见的，因为它已经渗透在正被引发的某种哲理之中。下面，请让我扼要地举几个例子。

在《题苏公祠》中：

> 苏公祠被捣毁了，

剩下断墙残碑；

我建议不必修复，让这残迹

永远嘲笑阴谋者的愚昧。

诗篇风流，

不需要祠堂巍峨；

祠在，祠毁，

苏东坡总是苏东坡。

在《祖师和自由神》中：

如今，还有祖师，还有祖庙；

自由神像在六十年代被推倒。

我到佛山，游祖庙，看古董；

我到黄花岗，把自由神凭吊。

塑像，可以推倒，

自由，放逐不了。

只要人民在，

人民的自由不会收起翅膀。

以上，是属于揭露性题材方面的例子，语言和诗风，都可以算是真正的短兵相接。而在揭露的同时，也有讴歌，讴歌苏东坡的功绩，讴歌人民追求和热爱自由的精神。作为你的一种诗风来看待，这种直抒己见、短兵相接的特点，不仅表现在揭露和批判性题材的诗篇中，而且还表现在其他不同题材的诗篇中。以《伶仃洋》为例：

伶仃洋应该改名

因为它并不伶仃

海洋和海洋连成一个整体

海波与海波相依相偎

　　　　所有的海水同呼吸

　　　　共有奔腾不息的生命

　　　　在深广无比的海洋里

　　　　连一滴水都不伶仃

在《为航海者祝福》中：

　　　　如果你要祝福航海者，

　　　　不必说一帆风顺；

　　　　海上有不测的风险，

　　　　海涛一刻也不平静。

　　　　对航海者最好的祝福，

　　　　是祝福他勇敢，再勇敢；

　　　　不怕被浪窝吞噬，

　　　　敢向强台风开战。

　　在你的相当一部分这类诗作中，篇幅短小，总共不过几句，但精练，深刻，准确，短兵相接，褒什么，贬什么，命中率极高。这一点，单单用诗风来解释，用诗的艺术特点来解释，是说不透彻的。以我看，这主要是，首先是诗人对生活，对生活斗争，对生活斗争中的人，对人和人的关系，对某种特定题材，在认识上和感受上，有真知灼见的结果。有读者反映说：你的诗，习惯于用日常生活语言，用白话，不特别追求华丽辞藻，不过分罗列那些形容词，但通篇读起来，却异常深刻感人。我以为，这里面的最根本的道理，还是刚才已经说过的话，作品的深刻性，终究不过是诗人对生活认识上和感受上的深刻性的再现。写诗，当然要讲究写诗的艺术。但任何一首诗的光彩，首先还是来源于诗人自己思想上的光彩。平庸、灰暗的思想，是让作者写不出光彩焕发的诗来的。

　　我曾经思考过：在你的这一部分诗作中，那种开门见山、直抒己见、

148

短兵相接的诗风，为什么在偏于揭露性的题材中，显得更加光芒四射，更加一针见血，更加起到了打击敌人和揭露敌对思想的那种"投枪"和"匕首"的作用？我认为这是意味着你在长期生活斗争中，特别是经历了十年浩劫之后，总结了对林彪、"四人帮"罪恶演变的教训，在思想上和感情上所产生的一种积极作用的结果，我甚至想把它说成是一种思想感情上的升华。我同时看到，这种升华作用，不仅表现在你一个人的诗中，而且，也不同程度地表现在我们这个时代的许许多多的年老的和年轻的诗人们的作品中。这种突出特点，特别表现在你的诗作《这不是墨写的》《李慧娘》《这不是悼词》等篇章中。在《李慧娘》中，全诗不过短短八句，但对"四人帮"一类人物的揭露上，却实在是一针见血、淋漓尽致。

是人，不怕鬼；
是鬼，必定怕人。

李慧娘不是鬼吗？
为什么有人怕她……

因为她虽有鬼的称号，
却是真正的人；

怕她者，虽具有人形，
其实是鬼。

有的年轻朋友对我说，读老诗人玉杲的诗，好读，语句清楚明白；但真要深刻领会他诗中的含义，还要用脑子多想一想。他还说：你的诗的深意，往往不在字句表面，而在句子背后，或在上下句两个句子中间。我觉得他的话很有意思。我说："你的意见引起我思索，我将继续研究你提出的看法。"

有另外的年轻朋友对我说，玉杲的诗，外表上散文的风貌很重，但认真读起来，就会发现诗人很讲究诗句的韵节，他的这种韵节，就包含在他的外表上没有韵脚的诗句之中。我发现这些年轻朋友相比我来说，对你的诗更有研究。我把这些意见反馈给你，对此，我就不想再多说什么了。

回过头来看，通过《红尘记》反映出来，你作为一个诗人，从《大渡河支流》开始，走着一条很不平坦却一贯在前进不息的生活创作道路。作为这条生活道路的最明显的航标，就是现实主义，就是有明显是非观点和思想感情倾向性的革命的现实主义。正是这样的现实主义，促使你在20世纪60年代初，当我们国家和人民正处于十分困难的时候，你以异常可贵的诗人的慧眼，发现了我们生活中，我们人民和干部身上那些真实的、美好的、令人鼓舞的东西，写成了《火车头的歌》和歌颂田野的组诗。同样，还是用你诗人的慧眼和诗人的可贵的笔，在粉碎"四人帮"以后，写出了一首首刺向生活中丑恶事物的排炮一样的诗篇。类似这样的题材和主题，今后还有必要继续去努力发掘和发挥。同时，考虑到在"四化"进行的征途中，在我们光辉的革命建设大道上，社会主义新人和新事，一定会不断地生长和涌现出来。我们的诗，理所当然，要为"四化"的进行，为社会主义的新人不断涌现和成长，擂起激励人心的战鼓。让革命现实主义的光芒在你的新的生活和创作实践中，发出更大更辉煌的力量。我这样期待，也这样相信。

作为《红尘记》的读后感，信写得太长了。我是在这个美好山城给予我情绪上的默默鼓舞下，来写这封信的。话说得不少，说到点子上的不多。不想再啰唆下去了，就此住笔。不久就会见面。祝你身体健康！

1980年8月6日于太白文化馆

从生活到艺术

——在一个讨论文艺创作问题会议上的发言

最近，西安地区的作家同志们，开了个文艺创作座谈会。作家杜鹏程、王汶石、李若冰、魏钢焰、王宗元和戏剧家黄悌等同志都参加了。老作家郑伯奇同志也参加了。会议开了半个多月。重点研究、讨论了魏钢焰、李若冰、王宗元、汤洛的诗、散文、小说，也涉及了当前话剧和新歌剧创作中存在的某些问题。会议开得非常好，非常活跃。作家、艺术家总结了自己的生活和创作经验，谈出了创作中的甘苦，发表了异常精彩的和深刻的意见，提出了关于创作方面许许多多很有意义的问题。关于会议情况，将会有专文介绍，这里就不多说了。现在，只想就会议中所涉及的几个带普遍性的问题，结合目前创作上的一般情况，发表点个人不成熟的意见。我想从总的方面，集中谈谈从生活到艺术这样一个问题。

一、从生活到艺术有什么规律没有？

我们常讲，生活是创作的源泉，是创作的基础。有这个源泉和基础，作家、艺术家才有英雄用武之地，才有加工创造的对象。否则，即使他有再高的才能，也将无能为力。实践证明：凡是真正有成就的作家、艺术家，他们的生活经验和生活知识，总是异常丰富、异常广博的。

党和毛主席经常教导我们，要我们的作家、艺术家深入人民群众，深入现实生活，参加实际斗争，进行思想改造和锻炼，经过学习、观察、体验、研究，从而获得无限丰富的创作源泉和创作素材。实践也证明，凡是能够认真这样做的作家、艺术家，大多都能够写出受人欢迎的好作品。

当然，也有做得不够好的例子。这有两方面的问题。一方面问题是：有的作者下到生活中一年、两年、三年，时间已经不能算是很短了，但他们却很少写出东西，他们说：生活平平常常，看不到，抓不到，也感受不到有什么新鲜动人的东西可写。有的业余作者，一直在生活中，也常常说他们感到没有什么东西好写。这是怎么回事？为什么有的人到了生活中去，能敏感触及生活的大动脉，能从波澜壮阔的生活大海中，拿回来宝贵的创作财富，而有的人却不能？这是个什么道理？难道生活是偏私的吗？富有的生活，并不薄待任何人。但是，只有肯出力，肯下苦功，并善于耕耘的人，才能从生活的大地上，获得丰收；只有敢于深入生活宝山和善于开采的人，才能敲开生活宝山的大门。如何生活？如何从生活宝山中拿回好东西？这里面有很多学问。一个从事文艺创作的人，不能不重视研究这门学问。还有另一方面的问题。有的作者，到生活中去了很久，也拿回来不少东西，脑子里和笔记本里都记下了不少材料。这些材料，有的是他亲身经历和亲眼见过的，有的是他间接听别人讲的。可以说全是实有其人和实有其事。他就根据这些现成的材料，如实地写成了大大小小、各式各样的作品。虽然写出来了，但大家看了，却感到不生动，不感人，不引人入胜，味道不大。有的地方甚至还令人觉得不够入情入理。这又是什么问题？为什么把实有其人和实有其事写出来，还说是不够入情入理？为什么有的材料本身，本来还生动感人，而写成文章以后，反倒失去了感人的力量？可见，有了从生活中搜集到的现成材料，不等于就有了艺术作品；可见，即使原始材料生动，也不能保证写出来的文章就一定生动。生活是丰富的和动人的，但生活本身并不就是艺术。艺术来自生活，但艺术不是生活的原封不动的翻版。艺术，是一种名副其实的创造性的劳动结晶。从生活到艺术的过程，就是作家、艺术家对生活素材进行加工创造的过程，就是发挥他们高度创造性的劳动过程。艺术创造是有自己的特殊规律的。不按照规律办事，真正的艺术品是出不来的。

有人议论我们当前有些作品的缺点是：太近、太实、太全。什么是太近？距离生活太近。什么是太实？描写生活太实。什么是太全？作品所包罗的生活内容太全。

我看这种批评、议论是有道理的。

作品距离生活太近有什么不好？难道说远了就好吗？不是远的问题，而是艺术作品必须比生活高的问题。现实生活是艺术创作的基础。远离生活的作品是虚假的、架空的、苍白无力的。但是，真正的艺术作品，必须比生活高。只有比生活高，才能更真实地反映生活内容，更深刻地揭示生活意义，从而作品也才能够对生活起推动作用，对群众起教育作用。如果作品中所反映的生活内容，完全和人们日常生活中习见的事物一模一样，甚至比这些事物还简单，还平庸；如果作者企图告诉读者的生活道理，比一般人所知道的还浅薄，还缺乏味道。不难设想，这样的作品，要想获得读者群众的欢迎，是很困难的。

作品描写生活太实又有什么不好？反对太实，难道是提倡虚假的描写吗？如果文艺作品中所反映的生活内容，是虚假的，是不真实的，那么，这就不是别的什么原因，而是这种作品自身宣布了它已经走上穷途末路。批评有的作品描写生活太实，不是提倡在生活的根本问题上弄虚作假，而是提倡在保持生活的最大真实性的基础上，充分发挥作家、艺术家的想象力和创造力，是强调艺术创作必须容许虚构。可以毫不夸张地说：没有虚构，就没有艺术品，没有想象，也就不会有真正的作家、艺术家。描写太实之所以不好，因为它不合乎艺术创作自身的规律，它限制了和束缚了作家、艺术家想象力和创造力的充分发挥。

作品中包罗的生活内容太全，这又是个什么问题？太全了为什么不好？反对太全，是不是意味着在文艺创作领域中提倡片面性的观点？或者在文艺作品中容许割裂地、片面地反映生活内容？不，完全不是这样。无论在什么时候和在什么问题上，片面观点都是有害的，都是必须反对的。文艺创作不能容许割裂地和片面地反映生活。反对太全、太泛，是反对文艺创作中的芜杂现象，是要求文艺创作更集中更概括地反映生活，要求作品中的人物、事件、意义，更加突出、强烈和鲜明。目前有些创作，不从特定的创作题材，特定的生活场景、事件和特定的人物性格要求出发，而从某种抽象的理论概念和想当然的主观推论出发，要求在一个作品中，把什么都弄上一点，什么都表现不深，同时装进几个主题思想，而一个思想也不能真正令人信服，让各种类型的人物一齐上场，按方配制，应有尽有，却塑造不出一个具有深刻说服力的典型性格。这种现象，是非得改变不行的。

太近、太实、太全的问题，实质上是自然主义或带有自然主义倾向的问题。指出目前创作中这方面的情况，不是说就根本不存在另一方面的情况，不存在相反的情况。不，相反的情况也是存在的，而且从某种程度上讲，甚至是更为普遍的，远离生活的作者和作品是存在的；生拉硬扯，人为地制造矛盾，追求离奇情节的作品，描写不生动、不感人、不真实、抽象、空洞、概念化的作品，片面地反映生活的作品，也是存在的。这些，也必须大力克服。不过，就当前创作中的一种不能忽视的倾向来说，太近、太实、太全的现象，却是值得单独提出来谈一谈的。指出太近、太实、太全不好，提倡文艺创作要集中地、概括地反映生活，要比生活高，比生活更典型，要容许虚构，要充分发挥作家、艺术家的想象力和创造力，所有这些，不是为了别的，而是为了文艺创作的进行，更符合于其自身的特殊规律，使之少走弯路、少碰钉子、少吃败仗，以便迅速而有效地产生出更多更好的作品来。

二、生活是富有的

作家、艺术家的生活宝库，不应该是贫乏的。

文艺创作需要集中，需要概括，需要充分发挥作家、艺术家的想象力。但所有这一切，都要以丰富的生活为基础。没有这个基础，不但无从集中，无从概括，而且也无从施展想象的翅膀。想象力丰富不丰富，常常是或者首先是取决于生活经验丰富不丰富。生活经验贫乏的人，很难有丰富的想象力，或者不是真正的想象，而只是空想，只是非分之想。光凭空想是搞不成艺术创作的。作家、艺术家必须有自己的生活宝库。库存要多，要很富足。百万富翁的库存，是成堆成垛的金银财宝。科学家、哲学家的库存，是大量的资料、问题、逻辑和概念。作家、艺术家的库存，就是他长期苦心经营和日积月累的丰富的生活经验和生活知识。他的头等重要的财富，就是他从生活中所感受到的千百种活生生的形象，以及和这些形象血肉相连的经过千锤百炼并富于生命力的关于生活的知识、思想和见解。

创作需要生活，这本来已经不在话下。但现在的问题是：有些从事创作的同志，生活不丰富，不充实；或者虽然到了生活中去，却拿不回东西来。因此，不免常常感叹：生活是富有的，而他自己是贫乏的。一个生活贫乏的人，还能搞成个什么文艺创作？要搞创作，就要首先解决生活贫乏问题。既然生活是富有的，那么，作为生活的主人的作家、艺术家，就不应该是贫穷的。有必要探索一下：究竟有什么门道能使富有的客观生活化为作家、艺术家自己的主观创作财富？我看这个"化"的问题，是很值得研究和耐人寻味的。

谈到"化"，当然首先还是像毛主席所教导的：最根本的是要工农化、群众化。如果说，有的作家、艺术家生活贫乏的主要原因，是由于他没有深入生活斗争，没有深入工农兵群众，没有很好向工农兵学习，是由于他在生活中扎不下根，在人民群众中缺乏知心朋友，是由于他的思想感情经常游离于现实生活斗争以外，因而感觉到没有什么东西可写，那么，这就不是别的什么问题，也不应当幻想用别的什么可以取巧的办法来解决，唯一的办法，有效的办法，首先是改造思想感情，首先是在人民群众中和生活斗争中扎下根，下决心当好一个革命战士，下决心脱胎换骨工农化。另外的门路是没有的。关于这点，人们已经说过很多，今后也还需要进一步讲，需要进一步往深里讲。现在，在这里，我想重点提出和讨论的，不是这方面的问题，不是根本的立场观点和思想感情方面的问题，而是另一方面的问题，是属于作家、艺术家在现实斗争中有关体验生活和认识生活的一些特殊性方面的问题。如何把富有的客观生活化为作家、艺术家自己的主观创作财富，既牵涉到根本的思想感情问题，也牵涉到特殊的方式方法问题。思想感情不对头，当然化不好，无法从生活中拿回东西来；方式方法不对头，同样化不好，也不能从生活中拿回东西来，或者拿回来的东西，不适用于搞文艺创作。比如，有的同志，他们在基层生活中，工作得并不坏，能吃苦耐劳，也能和群众打成一片。但就是有一条：从生活中看不出诗情画意，感受不到有什么特别触动自己心灵的东西可写，因此思想上很苦恼。为什么会这样？如果要找原因，原因可能不止一种。但有一条重要原因是不能忽视的。这就是：他们在卜面虽然做了许多很有意义的工作，做了一般革命干部所能做所应做的工作，但就是没有做作家、艺术家特殊的工作，没有从事作家、艺术家特殊需要的活动。他们整天忙于一般的开会、布置工作、总结、处理日常事务、参加生产劳动等等（当然这样做也是完全必要的，革命的作家必须同时是一个优秀的革命工作者），但很少留出时间，让脑子冷静下来，认真考虑考虑周围的生活、周围的人，研究一下所遇到的人和人的关系，思索思索生活中所发生的事件的意义，等等。正因为没有这样做，所以很多事情都像走马灯一样，一闪即过，感受不深刻，印象不鲜明。要是说有方式方法问题，我看这里面就包含这样的问题。就是说，作家、艺术家在现实生活中到底如何生活？他头脑中考虑的和关心的，应该不应该有自己特殊的活动方法和特

156

殊的活动空间？又比如，另外一些同志，在下面待的时间很长，做过许多调查研究，搜集了许多材料，记录了不少问题；装了满脑子杂七杂八的东西，可就是缺少活的形象，缺少活的人，缺少真正构成矛盾冲突的有血有肉的生活细节；材料虽多，尽是抽象概念，干巴巴的，不生动，不具体，一到提笔为文的时候，人物总是从笔底下走不出来。这个例子，反映出另外一个问题，即作家、艺术家到底应该从生活中拿回什么东西来？什么样的东西才是文艺创作所真正需要的？谈到这里，就归结到我们在前边曾经提到过的问题上来了：作家、艺术家的生活宝库中，必须有自己的特殊财富。他的这些特殊财富，是依靠他在生活中的特殊本领和特殊才能，通过他认识生活的特殊方法所获得的。不能忽视作家、艺术家这种特殊的本领和特殊的才能。否则，他就做不好"化"的工作，就不能从生活中拿回文艺创作真正需要的东西。这种特殊的本领和特殊的才能，不是别的，它就是作家、艺术家所不能缺少的对生活的艺术感受能力，形象地认识生活的能力，善于运用形象思维的能力。

对作家、艺术家来说，敏锐的艺术感受能力是异常重要的。

任何一个出色的革命工作者，都应当有对生活的敏锐的感受能力。作家、艺术家应特别具有对生活事物的锐敏的艺术感受能力。艺术感受能力，也就是形象地认识生活的能力，就是在生活中善于运用形象思维的能力。一个普通的公社党委书记或县委书记，在革命工作中，多用了逻辑思维，少用了或者不大习惯用形象思维，这并不重要，而且说不定还更加合理些。人们没有理由去责备他在出色地完成党的任务的同时，没有从文艺上的特殊考虑出发，去留心观察人们的性格特点、声音笑貌和各种各样的生活细节，比如说：某个姑娘的歌喉特别清脆，某个小伙子说话腼腆，某个老汉脾气偏，等等。如果党委书记有兴趣，他当然也可以这样做。事实上，有许多党委书记或其他革命工作者，在这方面的能力和才情，也是很强很突出的，他们可以说既是优秀的革命家，又是抒情的诗人。但是，如果他们中间有的人在工作中不曾这样做，或者根本不打算这样做，这完全有他的自由，任何人都不会因为他没有这样做，就认定这是他工作中的一项不能忽视的缺点。如果竟有人试图从这里提出批评或提出问题，那会是十分可笑的。对普通的党委书记或其他革命干部不成其为缺点的东西，对作家、艺术家来说，很可能成为重要的甚至带根本性质的缺点。如果，作家、艺术家在生活中，不关心人，不善于洞察各种各样人物的心灵世界和性格特点；不关心事，不注意研究各种各样客观事物的内部特点和外部特征；不善于捕捉生活形象；不重视记录把握和记录富于个性特点的生活细节；不留心自然景物的风貌和韵味：某时某刻，山为什么特别青？水为什么特别绿？花为什么特别红？不善于分析社会心理，不懂得从人们的眼神能照见正在怀着深挚爱情的青年人的心……如此这般，他就不但谈不到会有什么生活库存，搞不成文艺创作，而且他根本当不成作家、艺术家，因为他缺少作为作家、艺术家在现实生活中进行活动的特殊能力。

作家、艺术家在生活中的锐敏的艺术感受能力，不完全是天生的，也有如何培养和锻炼的问题。经过培养和锻炼，可以使这种艺术感受能力，从不敏锐到敏锐，从不强烈到强烈，从不丰富到丰富。这样，在现实生活中，别人感受不深刻、不突出、不鲜明、不细致的东西，而你能比较深刻比较细致地感受到，并留卜突出的和鲜明的印象。作家、艺术家在现实生活中，应该经常感觉到有某种新的事物和新的情趣，来叩击他的心灵之门，使他激动不安，使他跃跃欲试。这种激动不安和跃跃欲试的心情，就是我们通常所说的创作的冲动。创作的冲动，不是无来由之物，它是作家、艺术家在生活中经过艺术感受的结果。

作家、艺术家的艺术感受，不是纯主观的东西，它是复杂多样的客观世界，在作家、艺术家头脑中反映的产物，是主客观的矛盾统一。但任何头脑中的反映，都是客观通过主观起作用。常常由于主观条件的不同，也就产生了客观反映的诸多差别。因此，要谈到培养和锻炼敏锐的艺术感受能力，这主要是看作家、艺术家的主观努力如何；首先要求他在这方面，要有所追求，有所探索，要热爱生活，对生活要满怀浓厚的情趣。只有如此，然后才谈得到客观生活怎样通过他的主观世界起作用。如果他在思想上缺乏这方面的热烈追求，对生活的情趣又很淡薄，那么，要培养和锻炼敏锐的艺术感受能力，是根本做不到的。

作家、艺术家的艺术感受，首先是他对生活充满了热爱和浓厚兴趣的结果。

对生活的感受，究竟深不深，这不光依靠感受本身，也依靠作家、艺术家对生活事物的理解。正如毛主席在《实践论》中所说的："感觉到了的东西，我们不能立刻理解它，只有理解了的东西，才更深刻地感觉它。"

感觉是人们认识客观事物的一个阶段，是低级阶段；理解是另一个阶段，是高级阶段。从感觉到理解的过程，是辩证的发展，是认识的深化过程。人们通过感觉，获得关于客观事物的某种印象，只有经过理解，才能达到本质的认识。

理解来自感觉，来自观察，来自对某种事物的经验和体会。通过理解，达到深知。只有体会、理解、深知了某种事物，你才能够说是完全熟悉它和真正占有它。因此，要谈到"化"，谈到如何把富有的客观生活化为作家、艺术家自己的主观创作财富，重要的环节是对生活的理解。对生活的理解和深知，是达到"化"的一个必经的路程。

理解高于感觉。作家、艺术家对生活事物的感受不深，常常是由于没有理解它或理解不深。但理解离不开感觉。理解对感觉有依赖性。如果感觉迟钝，如果连感觉都没有，那对事物的理解就根本谈不到了。

人们对生活事物的认识，往往是从现象开始，然后逐渐向本质的认识深化。现实生活是复杂纷纭的，是变化多端的。当你仅仅停留在感性认识阶段的时候，你常常不免被生活的现象所迷惑所烦扰，感到头绪很多，不知从哪下手；即便有些生活的感受是强烈的、鲜明的，也大多是零碎的、片段的，连不在一起，不能确切地理解其中的含义。只有经过不断地思考、研究、分析和进一步地深入观察，然后，才可能在某时某刻，忽然贯通，理解了，悟出其中的道理来了。而一旦理解了其中的意义，悟出了其中的道理时，就好像正在冒烟的柴堆骤然燃烧出灿烂的火光一样，你的正在冥思苦想的头脑，也一下豁然开朗了。这时，你会觉得：啊！原来生活是这样的。立刻，所有关于生活的印象，有了改变了：不深刻的变深刻了；朦胧的、不明确的，变清楚了，明确起来了；原来理不出个头绪来的，有了头绪了；曾经处于自在状态的，开始在人们的头脑中占有了一定的地盘，从自在之物变成自为之物了。

要讲"化"，这就是化。就是说，起了变化了。

作家、艺术家在生活中，要经常经历这样的变化，经一次变化，他对生活的理解和认识，就加深一次。

这里所说的这种变化，实质上也就是通常人们所说的主客观的统一。

魏钢焰同志在最近的文艺创作座谈会议上，谈到他写《六公里》这首诗的创作过程时，曾顺便提到他在铁路工地生活时的一些情况。那时，他和铺轨大队在一起。他亲眼看到铁道兵战士们日夜苦干，为祖国开辟新线路，把枕木一根一根地铺设在漫长的轨道上。最初，他感到非常新鲜，非常兴奋。但是，住得久了，一天两天，一月两月，枕木继续不断地往前铺，往前铺；越往前铺，就越觉得工地生活不过如此。慢慢地，新鲜的感觉也就变得不怎么新鲜了。曾经有一个时候，他很为此苦恼，他想到这样生活下去，是否能够进一步深入？是否能从生活中获得更多更深刻的东西？但是，当他下定决心继续生活下来，并觉悟到有必要提高自己的思想境界和扩展自己的生活视野时，他才慢慢地理解了铁路建设工地的生活意义，真正看到了人们可贵的劳动热情，并从眼前的一根枕木一根枕木地向前铺设，联想到祖国社会主义建设的巨大步伐。当他明确地把铁路工地的生活动脉和祖国整个社会主义建设的洪流连接在一起时，他的心一下就明亮起来了，也感到生活特别充实了，似乎整个铁路建设工地也发生变化了，场景更壮丽了，战士们的劳动精神更激励人了，铺轨的工作更富于诗情画意了。作者在生活中的这些新的思想和新的感受，就成为他后来写作优秀诗篇《六公里》的主要基调和内容。

作家、艺术家对生活的理解，是和具体的生活形象在一起的，是和他的特殊的艺术触角分不开的。把新线铁路建设看成整个社会主义建设的一部分，这样的认识，算不得有什么特殊的地方。但是，像魏钢焰同志那样，从一根枕木一根枕木的向前铺设，领悟到这就是祖国社会主义建设的脚步；并从这种脚步的声音，听出和察觉出铁路工地的生活动脉，并从而理解到和整个社会主义建设的血肉联系。这样的感受就是特殊的，这样的认识方式也是特殊的，是诗人的特殊的艺术触角发挥了作用的结果。

理解能加深对生活的感受，这可以从许多作家、艺术家的生活实践中，找到例证。

无妨再举一下杜鹏程同志在解放战争时期生活的例子。那时，他跟随西北野战军做随军记者。战争初期阶段，我们的部队处境非常困难，敌人的兵力比我们大十倍，装备又好，而我们差不多仅仅是小米加步枪。但是，就在这种情况下，我们的部队不但能打胜仗，打很大的胜仗，并且终于能够全部击败了西北战场的蒋胡军。杜鹏程同志在整个战争过程中，始终没有离开过部队。他和指战员同志们一起度过了艰苦的战争年月。要讲深入生活，在这方面，他是做得很出色的。但是，在一个相当长的时期内，他对我们的部队究竟为什么能以寡敌众、以少胜多，对人民解放军成为不可战胜的力量的根源到底在哪里，思想上并不十分明确。那时，如果有人问他在部队上的生活感受怎么样，他也只能回答：生活很紧张，很艰苦，整天行军、打仗和打仗、行军，爬山越岭，涉水渡河，风里来，雨里去，有时一连几天吃不上一顿饱饭，几夜睡不上一次好觉。要说战士们生活艰苦，也真够艰苦。但他们从来不向困难低头，在战争中，总是那样勇敢顽强。这样的感受，不能说不真实，但谈不上深刻，从部队的表面生活看得多，从内在生活看得少，对革命部队和革命战士的内在力量了解得少。作家告诉人们的东西，比一般人从生活中所能感受到的，多不了多少，也深不了多少。这是说的杜鹏程同志初期的一些情况。后来随着对部队生活的继续深入，他和战士们一起蹲战壕，一起上火线，一起出入于枪林弹雨之中，又经过了部队的整训、练兵，特别是诉苦运动，这时，他就不光是从生活的外部，而且是从生活的内部，从战士们的思想情绪和心灵深处，了解了和认识了我们的部队。我们的部队，在我们党领导教育下面，把社会主义和共产主义思想，把解放全体劳动人民的思想，深深根植于广大战士的心中，提高了战士们的阶级觉悟和政治觉悟，使他们懂得：为什么会有战争？在这个战争中他们是在为谁打仗？当他们一旦弄清了自己是在为谁打仗以后，他们就很快地树立了革命主人公的思想，他们在作战中的勇敢行为，就变成完全自觉的了。勇敢精神和革命的自觉性相结合，这就产生了真正的革命英雄主义。党和毛主席的战略思想，指挥员的智慧，广大战士的革命英雄主义，三者的结合，再加上人民群众的积极支援，这就是我们的部队所以成为不可战胜的力量的根源。当杜鹏程同志，通过生活战斗实践，理解了和明确了这些根本道理以后，他对解放战争，对人民军队，就有了更加深刻的认识，特别是当他有意识地从革命英雄主义这个角度，来观察战士们的生活时，在他的眼前就出现了比以前格外动人的景象：战士们的英雄形象更加鲜明了，他们在各方面的高尚品质，也表现得更加突出了；甚至透过他们有时疲惫不堪的脸色和受伤后痛苦的神情，也能看出他们所具有的一颗真正不屈不挠的心。通过革命战争题材，表现伟大的革命英雄主义；从颂扬革命英雄主义出发，来描画革命战士的崇高思想和英雄性格。这就成为杜鹏程同志后来写作《保卫延安》的重要主题。这一主题之所以是可贵的，就因为它不是从哪本现成的书上照抄下来的，而是从长期的战斗生活实践中，经过作家自己认真思考、分析、研究、概括认识的结果。作家所宣扬的革命英雄主义思想，是和现实生活中成千成万的周大勇们、王老虎们等英雄人物的活生生的形象，血肉相连的。

　　一个作品的主题思想，深刻不深刻，高不高，不取决于作者头脑中的抽象概念，而取决于他对生活的感受和认识的深度。作品的主题思想，不是作者勉强从外部加进去的，而是他对某种特定的生活题材深入地和概括地认识的结果。

因此，所谓作品主题思想的深度，实际上也就是作家、艺术家对某一生活题材理解和认识的深度。这个深度，常常不是一次能够完成的，而是多次反复和积累的结果。一个巨大的主题思想，是作家、艺术家对现实生活的理解和认识，多次反复和多方面积累的结果。性格的深入塑造，也往往是作家、艺术家对现实人物多次反复认识和多方面积累的结果。我以为：柳青同志专门描写劳动人民在共产党领导下创建社会主义大业这样一个主题思想，不是在最近三年五年、十年八年之内才有，应当说，还是在十多年前，当他在陕北老解放区农村落户的时候，当他开始动手写《种谷记》的时候，这个念头就已经萌芽了。当然，只有当他进一步在皇甫村落户八年之后，开始了他创作生涯的另一个新的高点——酝酿和动手写《创业史》的时候，他曾经处于萌芽状态的思想，才特别明确和具体化起来。另外，我同样认为：梁斌同志脑海中酝酿和生长朱老忠这个人物形象的过程，也决不会少于十年、二十年的时间。

人们认识生活的过程，总不外乎是这样的，从感受到理解，然后再感受，再理解。感受，理解，不断地反复和积累的过程，就是人们对生活的认识，不断地趋于深化和丰富的过程。科学家认识客观事物的过程是如此，作家、艺术家也是如此。

科学家从现象的感受，到本质的理解，从一般的印象，到形成某种特定概念的过程，是抽象化的过程，是现象舍弃的过程。正是在这一点上，在认识生活事物的方式方法上，作家、艺术家和科学家有着根本的区别。

作家、艺术家通过感受逐步理解，然后达到对生活的深刻认识。在认识的过程中，也会形成某种概念。不同的是，概念的形成过程，虽然并不完全排除认识上的抽象化作用，但决不舍弃具体的生活形象，而是通过对具体生活形象的分析研究，达到对客观事物本质的了解；反过来，依靠这种了解，又更加深化对生活形象的认识，从而，使本来反映在作家、艺术家头脑中的生活形象，不突出的变突出，不鲜明的变鲜明，不深刻的变深刻。作家、艺术家头脑中所形成的某种概念，是和真切动人的生活形象在一起的，是从分析具体生活形象的意义入手而达到的。对作家、艺术家来说，第一次敲开和闯入他的感受之门，而且总是带着魅人的不可抗拒的力量来到他的面前，谱入他的心灵画布的，不是任何别的事物，而是绚烂夺目、风采多姿的生活形象和有血有肉的活生生的人物性格。作家、艺术家对这些偷来之物，当然还需要做进一步分析研究，深入认识，但是，事情总是首先从这里开始。要讲特殊性，这也就是特殊性。

正因为作家、艺术家对生活的感受和理解，常常不是一次就能完成，又因为作家、艺术家的生活库存，主要的不是依靠笔记本上的"死"材料，不是说笔记本完全不必要。好的笔记，往往能在新的情况下，唤起作家、艺术家的生活回忆和丰富联想，而是依靠长期反复深印在头脑里的并经过潜移默化的活材料，所以，对作家、艺术家来说，有一种重要的素质，是不能缺少的，这就是坚强的记忆能力。记忆能力是帮助他积蓄生活库存的重要条件之一。坚强的记忆能力，也不完全是天生的，作家、艺术家在生活中应随时注意锻炼和加强这种能力。

总之，关于如何把富有的客观生活化为作家、艺术家自己的主观创作财富，这里面，既包括立场观点和思想感情方面的问题，也包括一系列的工作方式方法等方面的问题。其实，这也是毛主席早就讲过了的。他在《在延安文艺座谈会上的讲话》里，所说的一段著名的话，就表明了这番意思。他说：

> 中国的革命的文学家艺术家，有出息的文学家艺术家，必须到群众中去，必须长期地无条件地全心全意地到工农兵群众中去，到火热的斗争中去，到唯一的最广大最丰富的源泉中去，观察、体验、研究、分析一切人，一切阶级，一切群众，一切生动的生活形式和斗争形式，一切文学和艺术的原始材料，然后才有可能进入创作过程。

这段话的前一半，要作家、艺术家到群众中去，到生活斗争中去，并且不是一般地去，而是长期地无条件地全心全意地去。全心全意，主要就是说的立场观点和思想感情方面的问题。后一半讲到观察、体验、研究、分析一切人、一切阶级等等，就属于工作方法方面的问题。有了正确的立场观点和思想感情做指引，通过观察、体验、研究、分析，达到对人、对事、对生活斗争的理解和深知。只有这样做了，并且做好了，作家、艺术家才能够说他已经完成了"化"的工作，已经熟悉了人，已经占有了材料，已经有了劳动和加工创造的对象，"然后才有可能进入创作过程"。

三、艺术来自生活，但艺术应该比生活高

达到高的方法，主要是依靠艺术上的集中概括和想象。从生活到艺术，是一个"化"的过程。就是说，经过作家、艺术家的特殊劳动，把生活化为艺术。

作家、艺术家在生活实践中，依靠他的敏锐的感受能力和理解能力，把富有的客观生活，化为他自己的主观创作财富，为他的生活宝库积累和增加生活库存。他的整个生活实践过程，可以说是一个"化"的过程。从生活到艺术的创作实践过程，是又一个"化"的过程，是一个更为复杂和更为曲折的"化"的过程。经过作家、艺术家的提炼、加工、改制和创造性的劳动把生活化为艺术，使生活素材上升为艺术作品。这就是说，从生活到艺术的过程，其根本特点是"化"，不是机械照搬，是升华，不是简单的重复。这个"化"的工作，这个使之升华的工作，主要是依靠作家、艺术家的艺术概括力和想象力来完成。

关于这些问题，我试图从下面这样一些要点，加以粗略说明：

第一，生活是无比生动、丰富的；但艺术也有比生活优越的地方。

生活有生活的特点。艺术有艺术的特点。艺术的特点，是在生活特点的基础上产生和发展起来的。

真正的艺术作品必须真实。艺术的真实性，来源于生活的真实性。艺术作品的感人力量，就是以它所反映的生活的真实性为前提。不能设想，违反生活真实的虚伪作品，会产生真正的艺术感人力量。从生活真实和艺术真实的相互关系来说，生活的真实是第一性的，艺术的真实是第二性的。比起艺术的真实来，生活的真实有它不能比拟的优越的地方。比如说，它生动、丰富、博大、复杂多样、气象万千，好比汪洋大海无限广阔，无限深远。从这一方面说，艺术永远是赶不上的。但是从另一方面说，生活也有不如艺术优越的地方。生活虽然丰富、博大、气象万千，但它的丰富常常和芜杂混在一起，博大和渺小混在一起，深厚和浅薄混在一起，出类拔萃和庸庸碌碌混在一起，美和丑混在一起，真和假混在一起，上升和没落混在一起，新生和衰亡混在一起，主要和次要混在一起，本质和现象混在一起，激流和泡沫混在一起，等等。比起这些来，艺术的显然优越之处，是在于它通过作家、艺术家对生活的感受、理解、分析、研究、提炼、加工、改制和创造性的劳动，保留了生活的真实性和丰富性，去掉了它的芜杂性；澄清了本质与现象的关系，主要与次要的关系，激流与泡沫的关系，深厚博大与肤浅渺小的关系；使不明确的变明确，不突出的变突出，不强烈的变强烈；使美的更美，丑的更丑；使新生的更显其光彩焕发，没落衰亡的越发暴露出它的颓败腐朽之状；等等。一句话使生活事物的真实面目，经过艺术上的特殊处理，从而能更加清楚、明确、集中和强烈地呈现在人们的面前。用毛主席著名的话就是："文艺作品中反映出来的生活却可以而且应该比普通的实际生活更高，更强烈，更有集中性，更典型，更理想，因此就更带有普遍性。"

因此，对艺术来说，它永远不能也不应该原封不动地照抄生活。

在这里，首先碰到的问题是：对真人真事题材，到底如何看待？如何处理？

第二，某些真人真事题材是可以写的，也是能写好的；但把真人真事绝对化的写作方法，却是有害的，不应加以提倡。

艺术的根本任务，是要创造典型，创造典型形象和典型性格。真人真事题材和典型创造的关系，也就是生活和艺术的关系，是生活和艺术关系的具体化。典型形象和典型性格，来自生活中的真人真事，但已经不是真人真事本身。艺术典型和真人真事是有区别的。艺术典型的根本特点，是通过特殊表现一般。而生活中的真人真事，却往往不能充分地、深刻地体现出事物的一般意义来。有的真人真事，根本缺乏典型意义。有的真人真事，虽有较大的典型意义，但其自身仍然不足以构成完整的艺术典型。完整的艺术典型，不是真人真事自然形态的模仿，而是作家、艺术家辛勤劳动、加工创造的结果。生活中的真人真事，每每存在着各种各样、程度不同的局限性。所以，一切古今中外的文学艺术大师们，从来很少把自己的描写对象和有关题材的选择，仅仅局限在某个真人真事上面。鲁迅先生就曾经根据他自己的创作实践说过这样的话："所写的事迹，大抵有一点见过或听到过的缘由，但决不全用这事实，只是采取一端，加以改造，或生发开去，到足以几乎完全发表我的意见为止。人物的模特儿也一样，没有专用过一个人，往往嘴在浙江，脸在北京，衣服在山西，是一个拼凑起来的角色。"

　　说真人真事有局限性，并不意味着真人真事就绝对不能写。绝对不能写的说法和做法，是不能成立的。那样，将不但束缚了自己的手脚，缩小了文艺创作的用武之地，而且这种说法本身，也并不符合客观实际情况。因为人们早已用自己的实践证明：有一些优秀的文艺作品，就是根据真人真事题材写成的。

　　我以为，对真人真事题材，做这样的理解和估计，是比较符合实际的：一方面，真人真事的的确确局限性很大，有不少真人真事缺乏典型意义；另一方面，在现实生活中，确实也有一部分真人真事，无论就故事的完整性和人物性格的典型性来讲，均高出于一般的真人真事之上，它们比较鲜明、生动、强烈。这样的真人真事，就不但可以写，值得写，而且可能写好。历史上不乏这样的真人真事。现实生活中也不乏这样的真人真事。在中国人民长期革命斗争过程中，在社会主义革命和社会主义建设过程中，这样的真人真事更是层出不穷。在这方面，可以举出许许多多生动感人的例子来。

因此，对真人真事来说，不是绝对不能写的问题，而是如何写和写什么的问题。首先，要求作家、艺术家对真人真事进行鉴定，进行选择。要善于选择那些事件生动，性格鲜明，典型意义较大，能体现时代精神，有矛盾，有情节，并有较大回旋周转余地和艺术加工余地的题材。但是，即使是面对这样的题材，也必须进一步考虑如何写的问题。就是说，究竟是遵循艺术规律和艺术方法来写呢，还是违反艺术规律和艺术方法来写。有没有违反或不符合艺术规律和艺术方法的写作现象？不能说没有。我以为，在我们目前的创作当中，那些把真人真事题材绝对化，不敢越雷池一步，躺在现成材料上面，完全照葫芦画瓢，既没有提炼，更缺少艺术加工的写作，就不能被认为是符合艺术规律和艺术方法的。把真人真事题材绝对化所以不好，是因为这样的做法，完全排除了艺术上的任何加工余地和回旋余地，捆住了作家、艺术家的身心和手脚，使他们失掉了主动，而陷于被动。试想，当一个人完全陷于被动的情况下还有什么艺术上的创造性可言？还能产生什么样的真正的艺术品？

当然，应该承认：无论处理什么样的真人真事题材，总是会受到一定限制的。这是这种题材本身所规定了的。但是，当作家、艺术家面对这种题材，开始写作的时候，他只有一方面承认它的限制性，另一方面，又由于熟悉了题材，找出了内部规律，解放了自己的身心、手脚，在相对的意义上，突破了原来的限制性，扭转了被动局面，争取到主动性以后，才可能充分发挥他在艺术上的积极性和创造性。所以，真人真事的题材，并不一定就不能写，但把真人真事绝对化的写作方法，却是有害的，不宜提倡，而且应当反对。只有遵循基本的艺术规律和艺术方法，来处理真人真事题材时，才可能产生真正的艺术品。在这一点上，我们应当很好学习《夏伯阳》《聂耳》《董存瑞》《林则徐》等优秀影片的艺术经验。它们描写的都是真人真事题材，但都已经上升为光辉灿烂的艺术品。在具体处理上，它们既尊重了真人真事的基本事实、时代背景、性格特点和精神面貌，又不完全拘泥于真人真事的全部过程和全部实际情节。它们对原材料，进行了提炼和选择，进行了创造性的艺术加工。经过提炼和加工后的人物、事件，去掉了芜杂，保留了精髓，发挥了作家、艺术家的合理创造，因而比原材料更加突出，更加集中，人物性格也更加鲜明，更富于典型意义，使真人真事本来具有的光辉素质大放异彩。

总之，处理真人真事题材，要在不违反真人真事的根本特点并保持其重要情节的真实性前提下，允许作家、艺术家对原材料有取舍提炼的余地，有从这一角度或那一角度确定创作重点的余地，有想突出什么或不想突出什么的余地，有进行艺术加工和创造的余地。

有这样一种情况，也是不能忽视的。在有的作品中，虽然人名字不全是真的，故事情节也不全是生活中原原本本的，是经过了作者的小小搭配的。但是，整个作品的路数和套数，特别是关于人物性格的描绘，还远远没有摆脱真人真事的实在状况，还往往停留在作者所接触到的某个具体材料的水平和意义上面，事件不突出，形象也不鲜明、生动，作品的容量很小，很单薄，不能给人以更多更深刻的东西。这样的写作，只是从表面上避开了真人真事的限制，换了个时间、地点、姓名，而根本的故事、情节、人物，还仍然是生活中的原型材料，没有加工，没有创造，只有对某些真人真事的简单模拟。作者实际上没有真正进入艺术创作境界。

第三，作家、艺术家所面对的，是广阔的社会生活，是多种多样、形形色色的人。而不仅仅是某个具体的真人真事。反映生活的最主要的方法，应当是艺术上的典型化的方法，是典型概括的方法，是创造典型环境中典型人物的方法。

即使真人真事题材产生了《夏伯阳》《董存瑞》，即使在处理真人真事题材当中，容许了艺术加工和创造的余地，也不能把描写真人真事题材这种做法，看成唯一的或者是最主要的。在广阔的创作领域中，选择和写作生动感人的真人真事题材，不失为创作门路之一。但全面考察起来，作为反映生活手段的最主要的方法，应当说是艺术上的典型化的方法。作家、艺术家所面对的是"一切人，一切阶级，一切群众，一切生动的生活形式和斗争形式，一切文学和艺术的原始材料……"，是广阔的社会生活，是多种多样、形形色色的人，而不仅仅是某个具体的真人真事。只有通过典型化的方法，才能在广阔的生活画布上，概括出具有深厚生活基础和广泛生活意义的巨大的艺术形象来。典型化的方法，对文艺创作来说，是十分重要的。典型化的方法，离不开艺术上的概括。也可以说，艺术上的概括，是达到把生活典型化的重要手段。作家、艺术家创作才能的大小与高低，常常集中表现为他的概括能力的大小与高低。某个艺术作品内容的深浅和典型意义的大小，也常常表现为它对社会生活概括程度的深浅。

从整体而言，生活天地是广阔无限的。但从某一局部而论，生活天地又是有限的；现实生活中的人物、事件、场景等等，又都是特定的，具体的。大海是无限的。但无限的大海，也是由有限的海水，一点一滴，一个激流、一个浪花等汇集而成的。生活事物就是这样的矛盾现象，一方面是无限的，另一方面又是有限的。它们的真实情况，就是无限和有限的矛盾统一。文学艺术从现实生活的这种真实情况出发，既要表现有限，又要表现无限；通过有限表现无限；通过局部表现整体；通过个别表现一般；通过一点一滴海水、一个激流、一个浪花、一个风暴的瞬间，表现大海的整个风貌；通过某种具体的特定的生活场景、事件和人物，表现广阔的社会生活。通过有限表现无限，通过个别表现一般，这样的方法，可以说是艺术创造的天生职能。这样的方法，就是艺术上的概括。只有通过概括，才能把大量的丰富的生活内容，经过提炼、选择，特别是经过压缩，集中表现在某一巨大的艺术形象中。也就是说，只有通过概括，才能产生典型。作品的深刻性是从这里产生出来的，作品的丰富性也是从这里产生出来的。作为艺术创作来说，即使篇章再长，画幅再大，也总不能把所有的生活内容都包罗进去。因为那样一来，将不是真正的艺术品，而成为芜杂的生活记录了。芜杂不等于丰富。又芜杂、又贫乏、又浅薄的现象，常常伴存，它们相互之间并没有绝对的矛盾；反之，精炼的东西，却往往同时既是深刻的，又是丰富的。这就是说，现实生活虽是广阔无边的，但经过作家、艺术家的再创造，反映在作品中的生活内容，却是更集中，更深刻动人，更美，更引人入胜；现实生活中所发生的事件，虽是丰富复杂、千头万绪的，但作品中所描写的事件，却更有层次，更分明，更强烈，更有说服力；现实生活中的人物虽是多种多样、多姿多彩的，但作品中所刻画的人物却更典型，性格更鲜明，更突出，更有魅力。总之，作品中所描写的生活、事件、人物，虽是有限的、具体的、个别的、特定的，但它的内容的含义和影响，却是无穷的、深远的、广泛的、带有普遍性的。柳青的《创业史》中所描写的生活天地，不过是渭滨平原汤河岸旁的一角地带——一个小小的蛤蟆滩村庄的生活变迁史；但是，你不难看到，通过它，却表现了多么丰富、深刻和广阔的社会生活内容；它实际上集中呈现了中国广大农民和广大农村走向合作化道路的整个生活斗争面貌。《红旗谱》中朱老忠的形象，也绝不仅仅是某个个别农民的形象，而是在共产党领导教育下所涌现的成千成万革命农民的典型形象。而这些，正闪现了艺术概括力量的巨大光辉。

从事艺术创作，当然需要多方面的知识和才能。对小说家、戏剧家来说，特别需要这样两方面的才能：创造典型环境中典型人物的才能和编织故事的才能。编织故事的才能，实际上也就是通常人们所说的虚构故事的才能。

说创造典型人物，而不说摹写生活中的某个现成人物；说编织故事、虚构故事，而不说照抄生活中的某个实在故事。这里面的不同，其根本点，就在于艺术上的典型概括。

艺术上的典型概括，也就是鲁迅先生所说的"拼凑起来"或者"凑合起来"。他说他作品中的人物模特儿"没有专用过一个人，往往嘴在浙江，脸在北京，衣服在山西，是一个拼凑起来的角色"，以及"不用一个一定的人，看得多了，凑合起来的"等等，这些话，就是讲的艺术上的典型概括。通过概括，把若干个人的性格特征，有机地"拼凑"或者"凑合"成为一个人的性格特征，从而，产生出艺术上的典型人物和典型性格来。专用某一个人，专用一个一定的人，往往不容易达到这样的典型性格。

第四，艺术中的典型人物，既要有鲜明的个性，又要有深刻的共性，是个性和共性的矛盾统一，是通过个性体现共性。

艺术中的典型人物，是作家、艺术家经过典型概括、加工创造的结果。典型人物既要有独特的鲜明的个性，又要有丰富的和深刻的共性。典型人物是个性与共性的矛盾统一。没有不带共性的个性，也没有离开个性而单独存在的共性。个性和共性，是一个特定性格的两个方面。在真实的统一的性格中，在一个具体的人物形象身上，他的共性，是和他的个性血肉相连的，是通过他的个性体现出来的。通过个性体现共性，这符合艺术加工的基本规律，与通过有限表现无限，通过特殊表现一般的法则，是一致的。

我们所说要创造典型性的人物，就是指要创造个性与共性统一的人物。在我们光辉灿烂的新文学艺术画廊中，这样的典型人物，可以举出成十、成百个来，可以举出许许多多来。他们已经成为广大读者群众所熟知、所赞赏、所仿效的对象。但同时，也不能不看到，在目前有些作品中，却仍然缺乏这样的典型性格，缺乏个性鲜明、突出，而又富于共性特征——在社会生活中带有普遍意义的性格。其中，有的作品，把性格的特殊性，强调到不适当的程度，以致写出来的人物，陷于怪僻和荒诞的地步。而更多更普遍的现象是，在有些作品中，离开人物个性化的特点，离开个性与共性水乳交融的辩证关系，去抽象地描写所谓人物的共性。实际上他们所描写的并不是什么真正的共性，而只是作者自己强加在人物身上的空泛的思想观念。这种情况，特别突出表现在某些描写失败了的正面英雄人物形象身上。对这些人物，作者往往以简单的阶级特征、思想特征或某种人的职业特征，代替真正有生命有血肉的性格特征；以粗略的类型分析代替深刻的典型概括。一句话，思想和形象没有统一，人物没有活起来。

描写新英雄人物，当然要写出他们的阶级觉悟和政治觉悟，写出体现在他们身上的党性特征。但是，党性特征表现在每一个具体人物身上，难道都是一个样子吗？他们没有任何自己的个性特点吗？难道朱老忠、梁生宝、周大勇、董存瑞、刘胡兰等人的党性表现，都没有什么分别吗？事实证明，不是没有分别，而是分别很多，很大。他们对党，对人民，对革命事业的耿耿忠心，是一致的。但这种忠心，究竟如何表现出来？牵涉到每个人具体的生活斗争道路和性格特点，其间的差别，是形形色色、多种多样、异常丰富、生动的。对描写新英雄人物来说，党性特征不能掩盖具体人物的个性特征，更不能代替个性特征。在生活中，或者在艺术创造中，人们的党性特征，都是渗透在个性特征之中。党性，也就是自觉地为无产阶级和共产主义事业牺牲奋斗的人们的共性。而共性，无论在什么时候和在什么样的人物身上，都是透过个性体现出来的。高大的思想，是和高大的形象、性格等统一着的。

在社会生活中，每一个人都不能不接受社会生活的影响：就是说，不能不接受时代的和阶级的多种多样的影响，包括政治的、经济的、哲学的及风俗、习尚等影响在内。这种影响，经过长期的潜移默化的作用，就成为他们身上不能缺少的共性特征。但是，每一个人又都是按照他自己走过的生活道路和斗争道路，以特殊的感受和特殊的方式，来接受社会生活影响的。这种特殊的生活斗争道路和接受社会影响的特殊性，也经过长期的潜移默化的作用，就成为他身上不能缺少的个性特征。他的行动，他对生活的欲求，他的整个精神世界，都和他的这种个性特征分不开。而他的个性特征，也渗透着阶级的和时代的鲜明的烙印。这就是为什么在一个人的性格中，必然同时存在两种因素——个性和共性，而它们又不能不矛盾统一起来的原因。这种统一，对生活中某一个具体人来说，是自然形成的，是潜移默化的，是在他这个特定人物身上体现出来的。这就自然而然地造成了这样的情况：一方面，这个具体人的性格是真实的、统一的，是客观存在的；同时，又是有一定的局限性的。

艺术作品以现实人物的性格特点为基础，创造出典型性格。艺术上的典型性格，也是个性和共性的矛盾统一。这种统一，不是像生活中那样潜移默化自然形成的，而是经过了作家、艺术家的加工创造的。作家、艺术家在创造过程中，加进了他自己的思想、感情、看法，发挥了他自己的主观能动作用。这种统一，不是仅仅通过生活中某一个具体人物自身体现出来，而是通过对众多现实人物性格特点的集中和概括体现出来，加进了和发挥了作家、艺术家主观能动性的东西，产生出真实的和客观的艺术形象；经过对众多现实人物的集中概括，达到作品中人物性格的完整与统一。这不能说不是难能可贵的。然而这正是充分体现了艺术创造的特殊规律和高度发挥了作家、艺术家创造性劳动的结果。

现实生活中的每一个人物性格，都是一种客观存在，既是真实的，又是统一的。但由于主观和客观方面多种多样的原因，作家、艺术家在现实生活中，认识和把握这些性格，却往往达不到全部的真实和全部的统一，只能做到基本的真实和基本的统一。在通常情况下，人们所了解到和感受到的，往往只是这些人物身上最突出、最鲜明、最富特征性的部分。而运用到文艺创作中来的，也往往是这些最突出、最鲜明、最富特征性的部分。不用说，这些最突出、最鲜明、最富特征性的部分，在生活中，在某一个具体人物身上，不但是真实的，而且是和他的整体统一着的。但是，如果有人不加分析地把在某个具体人身上是真实的和统一的东西，照原样移植到文艺作品中某一个人物身上来，就很可能变得既不统一，也不真实，变得格格不入、破绽百出了。事情很显然，生活中的真实，不等于艺术中的真实；生活中的统一，也不等于艺术中的统一。当然，从根本上说，艺术中的真实和统一，来自生活中的真实和统一。但在创作过程中，生活中的具体真实，却必须服从艺术作品的特定的整体的真实，生活中的具体统一，必须服从艺术作品的特定的整体的统一。如果不符合或者违反艺术创作所要求的真实，如果不符合或者违反某个艺术形象所要求的统一，即使在生活中是真实的和统一的东西，也不能不加以舍弃，或者不能不加以根本改造。艺术创作中的人物形象，是在突破了真人真事局限性的基础上，是在新的和更高的基础上，经过作家、艺术家的精心设计和加工创造，而诞生出来的新人，是名副其实的"这一个"，而不是生活中原型的任何"那一个"。在创作过程中，即使是"那一个"身上最突出、最鲜明、最生动、最富特征性的部分，也必须考虑到作品中"这一个"的特殊情况，必须服从"这一个"特定人物性格的真实和统一，千万不能生搬硬套。生搬硬套，就会破坏人物性格。然而在实际创作中，这样的生搬硬套现象，并不是完全不存在的。

第五，作品中的人物，一旦从作者的笔底下诞生出来，就获得了一种独立存在的人格。做什么和怎样做，这常常是人物自己的思想性格的一种合乎逻辑发展的结果，任何人无权强行命令或包办代替。作家、艺术家的主观能动作用，要符合艺术形象的客观真实与统一。

作家、艺术家所创造的人物性格，不仅诞生在他的笔下，而且首先是诞生在他的心中。只有诞生在他的心中，承受过他的心血养育，然后，才可能在"怀胎十月"之后，从他的笔底下悄然地走出来。人物是属于他的。因为他在人物身上，熬过心血，绞过脑汁，付出过艰辛劳动。通过作品中的人物，作者寄托了他自己对生活的看法、理想、情思、欢乐和愁苦、爱和恨。从这一方面说，作家、艺术家的主观世界，他的思想、观点、情绪，他的整个创作设计和创作意图，对作品中人物的命运、生活遭遇、思想性格的形成和发展等等，是起决定性作用的。但这并不等于说，作家、艺术家对他所创造的人物，可以为所欲为，任意呼唤、指使，想叫人家干什么、怎么干，人家就得乖乖地干什么、怎么干。不。不能这样。这样是不行的。作家、艺术家按照生活的逻辑和生活的真实，按照自己的创作规划和创作意图，设计了某个特定的人物形象。这个人物形象，虽然曾经孕育在作家、艺术家的心中，并且经历了"十月怀胎"，但是，只要他一旦从作者的笔底下诞生出来，并以主人公的姿态，占据了作品中一定的生活天地以后，他就再也不仅仅是作家、艺术家头脑中的主观印象，而变成一种名副其实的客观存在了。他的思想、行为、性格，他整个这个人，就获得了新的社会的意义，具有了独立的人格，即使曾经赋予他以生命、血肉和性灵的作家、艺术家，也不能再对他胡乱干涉，实行瞎指挥了。作品中人物要做的，是他自己想做、愿做、不能不做的。他为什么要这样做，而不那样做？或者他究竟怎样做？遵循什么样的途径或者采取哪种方式方法做？人物自己会按照他个人的意志，作出判断和决定。作家、艺术家无权强行命令和包办代替。人物究竟要做什么和怎样做，时常就是他自己的思想性格的一种合乎逻辑发展的结果。表面看起来，似乎文艺作品中人物的喜、怒、哀、乐和生离、死别等等，是由作者自己主观任意决定的。其实不然。作者不过是顺应了作品中所反映的生活逻辑和人物性格逻辑发展的必然趋势罢了。在《红楼梦》中，事情发展到最后，即使曹雪芹或高鹗想改变主意，不打算让黛玉死和宝玉出家，也已经成为不可能了。因为那样一来，不但违反了《红楼梦》中所描写的整个生活事件的逻辑发展，而且同时也违反了贾宝玉和林黛玉这两个特定人物性格的逻辑发展。就是说，到了那步田地，林黛玉不能不死，贾宝玉不能不出家。生活的逻辑发展，逼着她死，逼着他出家；性格的逻辑发展，到头来，也注定了她的死和他的出家。如果事已至此，而她竟不死，那么，她就不成其为林黛玉，或者他竟不出家，那他也就不成其为贾宝玉了。黛玉的死和宝玉的出家，显示了伟大现实主义作品《红楼梦》作者的高深的艺术造诣和惊人的艺术魄力。死和出家，既反映了生活逻辑发展的力量，也反映了人物性格逻辑发展的力量。反映了生活逻辑和人物性格逻辑在发展中的矛盾统一。

　　承认了人物性格自身的发展规律，不等于说作家、艺术家的主观能动性，对作品中人物性格的形成和发展，不起什么作用。如果不起作用，那还有什么作家、艺术家的创造性可言？还能产生出什么样的典型性格来？作家、艺术家的主观能动作用，不仅表现在作品的构思阶段和人物性格的初步形成阶段，而且表现在人物性格继续向更高、更成熟、更全面发展的阶段。作品中的人物性格，为什么这样发展，而不那样发展？为什么向这方面发展，而不向那方面发展？这当然有生活的根据和人物性格自身的根据。但是，究竟如何找出人物性格发展的生活根据和人物性格自身的根据，并把这些根据辩证地入情入理地体现在人物性格的创造中，这里面带决定性的东西，就是作家、艺术家的主观能动作用。作家、艺术家的主观能动作用，是以他对生活、对人物性格的深刻了解和熟知为前提的。作家、艺术家在创造人物当中，当然不会没有自己的主观意识。但他的主观意识，必须适应客观的要求，就是说，必须通过人物性格自身的逻辑发展起作用。作家、艺术家当然不能强迫，更不能直接代替他的人物做什么。但是，他可以替他们当参谋，而且事实上他不能不作为他们的"知己"，为他们出谋定计。重要的问题是在这里：由于作家、艺术家对自己人物的熟悉和深知，以至于他所谋虑的，他所设想的，正是作品中的人物们所谋虑和设想的；他企图要他们做的，也正是这些人物在某时某刻、某种情况和条件下面，所要做的，所想做的，甚至是正在做着的。这就是说，作家、艺术家的谋虑和设想，虽然是带主观性的，但是却符合于艺术形象的客观要求，符合于作品中人物性格的整个生活面貌的真实与统一。

任何事物都有自己的辩证法。文学艺术关于人物的创造，也不能没有自己的辩证法。作家、艺术家的主观能动作用，通过人物性格自身的逻辑发展，而达到了艺术形象的真实与统一。这种统一，是主客观的矛盾统一。要讲辩证法，这就是辩证法，是关于人物性格创造的辩证法。

既要充分发挥作家、艺术家的主观能动性，又要符合于艺术形象的客观真实与统一。这里面最根本的东西，是作者自己对人物的了解和深知。对人物的了解和深知，是创造真实的和统一的艺术形象的基础。这种了解人和熟知人的工作，不但要在生活中进行，而且也要在艺术创造中继续进行。生活中所了解和熟悉的人物，是基础，是加工创造的对象。但他们没有一个会完全相同于在艺术创造中你此刻所面对的这个人。这是一个新的人，是一个在生活中似曾相见而又有几分陌生的人。这种陌生的成分，即使对正在进行创作中的作家、艺术家本人来说，也并不是完全例外的。就是说，你所写的这个人爱什么、不爱什么，今后的生活如何发展，他对什么事情应持什么态度，在某种场合和情况下他将会有何种表现，何种表现才更符合于他的身份性格等等，对所有这些，在进行创作的过程中，作家、艺术家并不都是很清楚的，或者说，不是一切都很清楚的。但是，不清楚，就写不成东西，就很难写好东西。要写好，就需要从不清楚到清楚，从陌生到不陌生，从有几分陌生到完全不陌生。只有完全不陌生了，完全熟悉了，才可能创造出真实的和统一的具有独特性格的艺术形象来。整个创作过程，就是作家、艺术家对他的人物进行不断地了解和探索的过程，就是从不完全熟悉、不深知到完全熟悉和深知的过程。这个过程，时常是持续很久并且相当曲折的。往往有这样的情况：作品中的人物经历了某种事件考验之后，作者忽然从他身上发现了还从来没有发现过的新品质，一种十分令人崇敬的高贵品质。这种发现，一下把作者原来为他的人物所设计的性格和心灵，给大大地提高了。也有时出现这样的情况：作品已经写成了，甚至已经同读者见面了，而作者又发觉对自己人物的某些描写，是不真实的，是不符合人物性格的要求的。因而，继续重新改写、补写的现象，也是存在的。

作家、艺术家就应该有这样的不断追求、探索和反复修改的顽强精神。

既做好了在生活中熟悉人、了解人的工作，又做好了在艺术创作中熟悉人、了解人的工作；并使在生活中所熟悉所了解到的东西，那些有关人们的生活、思想、性格、内心感情等方面富于特征性的东西，服从于当前你在艺术创作中所面对的这个具体人物的特殊需要。这样，你的创作，就有可能达到人物性格的真实、完整和统一。

第六，判断某个人物形象是否典型或典型意义大小，不光要考虑他是否属于和别人迥然不同的"这一个"，而且要考虑，必须考虑：通过他"这一个"的特殊性格和特殊生活，是否深刻体现了他同时代同阶层人们身上那些带共同性和普遍性的东西，那些能揭示生活的本质意义的东西。

艺术创作，有自己的一系列的特殊规律。局部和整体统一通过局部体现整体；特殊和一般统一，通过特殊体现一般；这就是规律。个性和共性统一，通过个性体现共性，这也是规律。作家的主观性和艺术形象的客观性，也要统一。作家的主观性要服从艺术形象的客观性，要适应艺术形象的客观要求，从而达到两者的统一。所有这些，都是规律。这些规律，合乎辩证法则。

人物和环境的关系，也是辩证的关系。人的思想性格的形成和发展，是离不开环境的影响和作用的。环境，环境的影响，人们接受影响的特殊性，是千差万别的，因此，人们的性格也是千差万别的。虽是千差万别的，但归根到底，性格离不开环境，不同的性格，是不同的环境反复影响和潜移默化的结果。反过来，性格也会反作用于环境。就在这种影响、作用和反作用的辩证发展中，人物性格也获得了它自己的成长与发展。

文艺作品中的人物和环境，不但应当是千差万别的，是特定的，而且应当是典型的。就像恩格斯和一切经典作家所指出的那样，要描写典型环境中的典型人物。

在我们的实际创作中，有没有这样的情况？比如说：某个作家在某个作品里面，为他的人物设计了某种特定的性格和特定的环境，性格的描写也达到了相当生动和相当个性化的程度，并且基本上符合于作者为他的作品所设定的特殊环境和特殊的活动空间。但是，读者看了以后，却提出了问题，认为作品的环境不够典型，性格也不够典型；或者说，人物和环境的典型意义都不大。

如果发生了这样的情况，这实际上提出了一个带根本性质的问题，即判断某个艺术形象够不够典型，或者典型意义大小，究竟以什么为标准？

形象的生动性算不算标准？个性化特点算不算标准？应当说，这些不失为标准之一，或者更确切地说，这是每一个成功的艺术形象所不能缺少的重要属性。因为很显然，如果没有形象的生动性，没有个性化特点，那么，所谓典型的艺术形象，是根本不能成立的。我们说李逵、武松、鲁智深是典型，说贾宝玉、林黛玉是典型，说阿Q是典型，说朱老忠是典型，就因为在他们身上，不仅体现了某些人的共性特征，从而使他们的性格具有了普遍的典型意义，而且因为作者对他们的个性描写，特别鲜明、突出，形象也十分生动、逼真。典型性、个性、形象的生动性和鲜明性，经过作家、艺术家的创造，达到了血肉相连的紧密结合与统一。虽然统一，但它们并不是一个东西。它们所代表的是各个不同的方面，各有各的特殊的含义。仅仅形象生动和个性化特点，并不能构成典型的艺术形象。相反，在有一些作品中，虽然它所描写的人物形象是生动的，看起来也是有个性特点的，却很难说那就是典型，甚至可以说是很不典型的。在这方面，也是不难举出一些例证来的。仅仅形象生动和个性化的描写，并不能保证产生由此及彼，以一当十，看了作品而使人联想到广阔的社会生活的生发作用。而艺术典型的意义，就在于它能够起这种生发作用，能够使人们从某一艺术形象的背后，看到，联想到，意识到生活中成十、成百、成千个活人的影子。因此，要判断某个艺术形象到底算不算典型或者典型意义大小，主要标准应该是看它的个性和共性统一的程度，是看通过它的个性，是否很好体现了共性，通过它的生活、思想、性格和整个精神面貌，是否深刻体现了它同时代同阶层人们身上那些共同性的东西。人们通常称阿Q是个典型，称朱老忠是个典型，这不光是说他们是属于和别人迥然不同的"这一个"，而且是说，主要是说，通过他们"这一个"的特殊性格和特殊生活，深刻体现了他们同阶层同时代人身上那些带有共同性和普遍性的东西，那些能揭示生活的本质意义的东西。

典型人物和典型环境，都是作家、艺术家根据现实生活的再创造。典型人物和典型环境的背后，作为它们的生活印证的东西，是时代，是广阔的社会生活，是生活中的形形色色的人，是人和人的关系，在阶级社会

180

中，也就是活生生的阶级关系。因此，要谈到人物和环境的关系，这种关系，在现实生活中，本来是早已摆好了的。作家、艺术家在某一作品中，为他的人物所设计的特定性格和特定环境及它们的关系，不过是现实生活中的人物性格、环境和两者的关系，在作品中的概括反映罢了。能够反映得正确些、全面些、深刻些、概括性大些，艺术形象的典型意义也就大些；否则，就小些。如果作品中反映的内容，违反了现实生活的本质的真实，那就不但谈不到什么典型意义的大小，并且将不可避免地会造成错误。因此，有的作品如果发生了典型不典型的问题，仅仅从作者在作品中为他的人物所设计的环境及两者的关系来考察，是不行的，是本末倒置的，是得不出真正的科学论断的。往往有这样的情况：单就作者在作品中为他的人物所虚拟的生活环境来看，两者的关系是合乎逻辑的，是能够自圆其说的，但是，只要把作品和现实生活摆在一起，把作品中的人物性格、环境和现实生活中的人物性格、环境摆在一起，加以对照时，从生活的主流和本质意义这方面加以考虑时，它们就变得不合乎逻辑，不合乎生活逻辑，就变得矛盾百出、不能自圆其说了。这里面的道理很简单：艺术虽然高于生活，但艺术毕竟不能脱离生活，更不能违反或歪曲生活。生活一旦受到歪曲，艺术作品也就很难站住脚了。验证某一艺术形象究竟是否典型或典型意义大小，归根到底，现实生活本身仍然是它的最好的和最可靠的试金石，归根到底，仍然不能不看看它到底集中反映了多少现实生活内容，形象自身有多大的概括性，是否符合于它所反映的时代生活的根本要求。

强调时代，强调社会生活对艺术典型的重要意义，不是说一个时代、一个阶级、一种社会生活，只能产生一种典型。完全不是这样。典型形象和个性特点是有机的统一体。个性是千差万别的，典型也不能不是多种多样的。虽然如此，但任何典型，都不会离开它所处的历史时代、社会生活、阶级或阶层的影响，就是说离不开它所处的整个生活环境的影响。典型，归根到底，是某一特定历史时代范畴的产物，是某一特定社会生活范畴的产物。离开了一定的历史时代范畴，离开了一定的社会生活范畴和一定的阶级或阶层范畴，典型就不存在了，典型就变得不可理解了，典型的概念也就模糊起来了。同一时代、同一阶级或阶层、同一社会生活，虽然可能产生千百种典型，产生这样或那样迥乎不同的诸多典型，但在每一个典型身上，却都不能不打上时代的、阶级的或阶层的生活烙印。特别是，他们都不能不生活在同一时代所形成的社会的和阶级的矛盾冲突中；生活在这一矛盾冲突中，也就不能不从这一矛盾冲突中，接受种种影响，发生种种纠葛，引起种种生活上的、思想上的、政治上的和经济上的斗争、变化。人们的性格，也就在这种影响、纠葛和斗争、变化中，获得发展和成长。我们说透过任何典型人物，都可以看到时代的和阶级的烙印，主要的就是指人物性格的成长和发展，都是离不开时代的、阶级的和社会生活的各方面的矛盾冲突及其可能产生的影响而说的。在《创业史》中，人们从共产党员梁生宝和贫农积极分子高增福身上，从思想蜕化分子郭振山和富裕中农郭世富身上，或者从郭世富和反动富农姚土杰身上，可以找到他们相互间这样或那样截然不同的性格特点，但是同时，也不难看出，他们的任何一种思想活动和个性特点，又都是紧紧地和他们所处的时代生活脉搏相联系，和农业合作化运动斗争的激流相联系，和当时的农村阶级斗争形势的发展相联系。时代生活的同一性，构成了和反衬了他们思想性格的矛盾冲突。人物性格的成长和发展，不是孤立的，它是和时代、社会生活的发展变化等影响分不开的。因此，在文艺创作中，也不应当孤立地为描写性格而描写性格，而应当是从反映时代生活的矛盾冲突和发展变化中来描写人物性格。反过来，又从人物性格的描绘中，揭示出时代生活发展变化的意义来。

第七，作家、艺术家要善于在广阔的生活基础上，编出和虚构出某种特定的生活故事来。编和虚构的本领，不但是艺术创造才能的一个重要方面，而且也是使普通生活上升为艺术作品的一个重要方法和重要步骤。

时代、社会生活、阶级或阶层的影响，这往往是从大的历史背景方面说的，是从广泛的社会意义方面说的。在实际生活中，特别是在艺术创作中，要表现出时代生活的意义和它对人物性格的影响，事实上不能不借助于具体的生活故事和具体的历史环境。作家、艺术家的重要才能之一，就是他要善于从广阔的、丰富的社会生活大海中，勾勒出某种特定的生活故事和特定的历史环境来。通过这种特定的生活故事和特定的生活环境，来展现丰富多彩的时代生活图景，来展现生活的复杂性和多样性，来揭示人们的思想性格和心灵面貌。

从艺术创作的角度着眼，所谓具体的和特定的生活故事，在很大程度上，要依靠作家、艺术家来编来虚构。编的本领，虚构的本领，不但是作家、艺术家创造才能的一个重要方面，而且也是使普通生活上升为艺术作品的一个重要方法和重要步骤。

编的过程，也就是作家、艺术家对生活进行提炼、选择、加工、改制和全部艺术构思的过程。文艺创作的重要课题是创造典型，是写人。要写人，就不能不通过一定的故事情节。往往由于故事情节编排得好，而增加了作品的引人入胜的力量。每一部成功的艺术作品，可以各有各的突出方面，各有各的千秋，各有各的不同的艺术魅力，但都不能没有一定的故事情节。故事情节，对于大多数艺术作品，特别是对于小说、戏剧和电影等作品，都是不能缺少的。而且，故事情节的动人与否，往往成为某一作品成败得失的重要因素之一。我个人觉得：柳青同志的《创业史》，虽然并不是以曲折复杂的故事性见长的作品，而是以揭示生活斗争的深刻性，以揭示新时代新人的思想性格和精神面貌的深刻性见长的作品。但即使是这样一部独具风格的作品，它的许多经过作者精心选择和反复锤炼的故事情节，仍然是十分动人的。让我们回味一下梁生宝买稻种的故事吧，回味一下高增福追问白占魁来历的情节吧，回味一下郭世富老大在粮食借贷会议上画房子的情节吧，回味一下梁三老汉排队买东西受人尊敬的场面吧，等等。想到了这些，就好像我们已经完全亲临其境一样，一个个活生生的人物形象，展现在了我们的面前。由于故事情节选择得好，安排得好，不但使所要表达的生活意义，显得异常鲜明、突出，而且人物形象、性格，也一下从水平面上高高浮现出来了。

所谓编或者虚构，不是远离生活的凭空捏造。虚构的基础是坚实深厚的现实生活。人们形容某些能言善道的人，往往说他们是上知天文，下知地理，在社会上通晓三教九流，所以能把什么事情都讲得天花乱坠、头头是道。也许在实际生活中，完全像这样的人，是并不多见的。但从这里，却又一次说明了一个问题：只有具备了丰富的社会知识和生活经验的人，只有把生活事物摸透了的人，才可能对生活进行生动的和真实的描写；如果要编，要虚构，也才可能编出和虚构出关于生活的地地道道的真实动人的故事来。

编和虚构所以是必要的，除了其他方面的原因以外，还有这样两方面的原因，是不能忽视的：一是作家、艺术家主观方面的原因；一是艺术创作的特殊需要方面的原因。作家、艺术家主观方面的原因，是和他的切身生活实践经验所存在的某些事实上的局限性有关的。因为，即使一个人的年岁再长、阅历再多、经验再丰富，他还是不能把无论什么样的社会生活，都能够亲自实践经验一番。这是不可能的，也是不必要的。作家、艺术家既需要有从自己的切身生活实践经验中获得的直接知识和直接材料，也需要有从别人的生活实践经验中所吸取的许许多多的间接知识和间接材料。切身生活实践经验的重要意义，不仅在于给艺术创作提供了直接的感性知识和感性形象，而且在于它使作家、艺术家以此为基础，经过通情达理的判断和联想，有可能探知社会生活中自己并没有亲身经历过的某些事物。作家、艺术家的切身生活经验和生活感受越丰富、越深刻、越广博，他的通情达理的判断和联想，就越有保证，就越有可能达到正确无误的程度。正因此，所以我们才一贯地强调和重视生活斗争实践。从一个人对客观世界的认识来讲，他的直接经验和直接知识是基础，间接经验和间接知识是移植和补充。虽是移植和补充，但在一个人的一生中，从这方面所获得的东西却往往是更多一些，比重更大一些。这也就是为什么我们总是强调必须认真进行学习、借鉴，必须认真进行调查研究和认真对待历史遗产的原因。人们从间接经验和间接知识所获得的东西，虽是更多一些，比重更大一些，但它毕竟离不开直接经验和直接知识。只有依靠直接经验和直接知识的桥梁作用，间接经验和间接知识，才可能变成作家、艺术家全部生活经验和生活知识的一部分，互相间才可能发生血肉联系，并在创作实践过程中产生真情实感，从而化为活生生的艺术形象。艺术创作之所以需要编，需要虚构，就因为生活事物对作家、艺术家来说，有许许多多是他没有亲身经过和亲眼见过的，有许许多多事情，是要依靠他的切身生活经验作基础，依靠间接材料和旁证材料，依靠分析研究，依靠他所做的通情达理的判断和联想来完成的。切身的生活经验和生活感受，是进行通情达理判断和联想的基础。而通情达理的判断和联想，又是进行具体的艺术虚构的前提。

有人说：艺术创作不仅应当反映和描写生活中已经发生的事情，而且应当表现那种按照生活的发展逻辑判断出来的应该发生和可能发生的事情。我想，这种所谓可能发生的事情，除了是意味着生活的方向、理想、愿望和美好憧憬以外，还包含这样一种意思，即由于世界之大、社会之广、生活之复杂多样，客观上虽是曾经发生过的事情，但对没有切身经见过、没有听说过、没有碰到过的某一作家、艺术家的主观来说，却往往就变成可能发生的事情了。在这种情况下，如果作家、艺术家能正确地理解和把握现实与可能的关系，经过通情达理的判断和联想，虚构出来的生活故事，它的可能性就和现实性结合在一起了。更何况，通常所说的艺术上的编和虚构，大都是在广阔的现实生活基础上来进行的。

第八，编是什么？虚构是什么？它实际上就是作家、艺术家按照自己的创作意图和美学设想，在作品中来重新安排生活。

编和虚构为什么是必要的？除了上面所说的以外，还有艺术自身方面的原因。在这方面，主要考虑的是如何经过艺术上的特殊处理，就是说经过作家、艺术家的编和虚构，使生活事物本来具有的感人因素能更加突出和强烈，更加激动人心，更富有教育意义和美感意义。

生活本身是充满了动人的故事的。但生活中的动人的故事，往往是被许许多多烦琐的过程和可有可无的生活细节，给湮没着的。生活，并不是按照艺术创作的目的来安排它自己的。而艺术，则是应该按照生活逻辑所提示的方向和意义，按照作家、艺术家从生活中所概括出来的创作意图，从实际生活出发，在作品中来重新安排生活。作家、艺术家在创作过程中，当然要对生活素材进行选择、提炼、加工和改制的工作，但在进行这样的工作时，他不能没有自己的指导思想，也就是说，他必须有自己明确的目的性、明确的创作意图和明确的美学设想。这种明确的创作意图和美学设想，既是艺术所以比生活高的来源，是作品思想性的来源，也是作品可能产生较高的艺术性和较大的感人力量的来源。

当然，文学艺术离不开生活。当然，文学艺术的真实和文学艺术的美，来源于生活的真实和生活的美。但是，在不违反生活最根本的真实和美的前提下，在更充分、更有力、更集中体现生活的真实和生活的美的前提下，作家、艺术家有必要在广阔的生活背景上，在现实性和可能性辩证结合的基础上，进行通情达理的编和虚构，进行大胆的艺术设想，使不集中的变集中，不强烈的变强烈，使平凡的显示不平凡的意义，不动人的变得动人。这样做，不但是可以允许的，而且是艺术创作所必需的，是从艺术功能和艺术效果方面考虑所不能缺少的。生活的辩证法，是一切以具体的时间、地点、条件为转移。作品的故事发展和情节安排，动人与否，合情合理与否，引人入胜与否，也是以一定的时间、地点、条件为转移的。往往有这样的情况：某个故事情节，发生在某种时间、地点、条件下面，发生在某种具体的生活环境和生活气氛下面，非常动人，非常有说服力，非常激动人心；但是，一旦换了时间、地点、条件，一旦把它转移到另外一种时间、地点、条件下面时，就变得很一般了，变得平平常常了，变得没有多大感人的力量了。为什么不感人？究竟怎样才能感人？这在很大程度上，要取决于作家、艺术家的艺术设想和艺术安排，取决于他在创作中的编和虚构的能力。往往作者根据不同的时间、地点、条件，把同样一件事情、一个场景、一个情节，经过一番调整后，不但整个故事显得非常动人了，而且这样处理的结果，十分有助于展现人物思想性格的光辉。从选择情节和结构故事这方面着眼，我以为王汶石同志的许多短篇小说，都是处理得很出色的。他在《卖菜者》里面所使用的风云变幻的情节和场景，就很有力量，对故事的发展，对人物性格的揭示，起了非常显著的作用。人们看完了电影和戏剧演出之后，习惯议论什么地方有戏，什么地方没戏。我想，这个有戏和没戏的议论，主要就是指如何巧妙地和智慧地进行艺术构思与安排故事情节而说的。我们常常把某一作品中的美好设想和巧妙安排，叫作体现了艺术家的匠心，这是有道理的。从事艺术创作是不能没有自己的艺术匠心的。作家、艺术家的匠心，是他在艺术表现上，不断做新的追求和新的探索，不断获得新的发现和新的情趣的结果。在《红楼梦》中，我们可以看到曹雪芹和高鹗的最巨大最深刻的艺术匠心。在每一部优秀作品中，我们都能够看到作家、艺术家的匠心。当我读峻青同志的短篇小说《黎明的河边》时，也感受到了这种匠心。《黎明的河边》不但创作意境设想得高，而且对生活，对人物性格和心灵的美，也揭示得深。然而这一切，都是和作者对作品中故事情节的巧妙安排分不开的。正是这些巧妙安排增加了作品的感人力量。作者对陈大娘和小佳牺牲场面的描写，就显示了他的非凡的艺术匠心。他没有让陈大娘和小佳被吊死在还乡团匪徒的屋梁上，而是换了时间、地点、条件，让他们死在敌我双方对峙的火力前沿。为什么非要死在火力前沿不可？难道死在什么地方也是个重要问题吗？也许在另外一种情况下不是重要问题，但在《黎明的河边》中，却成了重要问题。因为只有这样处理，才更便于充分实现作者对这个作品所做的全部艺术设想。如果有人要问：到底死在哪里，更符合于生活的真实一些？应当说，在那样暗无天日、反革命匪徒疯狂地对人民实行血腥屠杀的情况下，死在哪里，都完全符合生活的真实。但是显然，死在火力前沿，死在黎明的河边，比死在还乡团匪徒的屋梁上，故事情节设计更集中、强烈，更能突出展现小陈和他全家人的英雄性格和高贵品质，更具有震撼读者心灵的力量。这就是说，虽然同样都是一种真实，但艺术创作却不能不特别着眼于那些更富于艺术魅力的、更能激动人心的、更有助于充分展示人物的思想性格和心灵面貌的场景、情节和故事。

　　谈到编、虚构和作家、艺术家的匠心，每每使我联想到我国名剧《雷雨》。这大概是因为我多看了几次这个剧本的演出，因而获得了比较深刻印象。为什么《雷雨》特别引发我把这个剧本同艺术上的虚构联系起来？难道别的作品就不需要艺术上的虚构吗？不是这个意思。任何真正的艺术作品，都不能没有虚构。但是，《雷雨》却显然是比较突出显示了艺术虚构特色的作品之一。看了《雷雨》，不能不使我们深深叹服作者艺术构思上的美和情节安排上的巧、妙。也许有人会说：《雷雨》的故事情节是否有点太偶合了？试想，以天地之大，世界之广，人事之复杂多变，为什么过了那么多年，生活也已经发生了那么多的变化，而作者终于还是让那样一些人从遥远的地方，像神指鬼拨似的，又凑合到一块来，结果是死的死，亡的亡，悲剧的意义虽深，但总觉得剧情的发展，偶然的成分多，必然的成分少，这似乎也应该算个什么缺点吧。当然，人们对《雷雨》可以有这样的议论或者那样的议论，可以从不同的角度提出不同的问题。但是，如果认为艺术创作中不能采取生活的偶然性的表现形式，这就未必是正确的。错综复杂的现实生活有各种各样的表现形式，其中也包含偶然性的表现形式。但偶然性离不开必然性。而必然性也往往要通过偶然性，通过生活中的偶发事件表现出来。也就是说，事件虽然是偶发的，但事件所包含的意义却是必然的，是生活内在逻辑发展的必然结果。因此，谈到《雷雨》的剧情，单就其中某些具体的情节来说，是存在偶然性这个问题的，但如果就剧本所反映的整个时代背景、整个生活内容来说，就周朴园等人所代表的社会阶级的罪恶渊源和罪恶影响，以及鲁妈等人所代表的下层人民的生活命运和遭遇来说，那么，在这里，偶然性就和必然性碰头了，生活的必然性的意义就显示出来了。艺术作品反映现实生活，归根到底，当然不能不反映那些必然性的东西。但是，艺术反映生活必然性的东西，归根到底，又常常不得不通过某些偶然性的表现形式。如果艺术创作不能不面对天地之大和世界之广，不能不面对错综复杂的现实生活，而又企图能够集中地和概括地表现它们，那么，作家、艺术家实在没有更好的办法，可以完全避开生活的偶然性的表现形式。完全避开了偶然性的表现形式，他们就很难把广阔复杂的生活现象，集中表现在一起了。因此，谈到编和虚构的问题，在很大程度上，是如何辩证地和巧妙地处理生活的必然性和偶然性的关系问题，是如何合理地通过偶发性事件表现生活的必然性的问题。有人曾这样提出问题说：文艺创作要想不落陈套，它的描写，它的根本故事，必须是在生活情理之中，而它的具体情节的发展，却常常出人意料。我看，这个说法是有道理的，什么是情理之中？其实就是说的生活的必然性，而出人意料，则是指不落陈套的意思了。从我们当前的某些创作实际来看，与此相反的情况是存在的。就是说，有些简单化概念化的作品，所反映的生活内容，是不够入情入理的，而故事情节的编排却很公式化，往往是叫大家看了开头，就大体上捉摸到了中间和结尾是个什么样子。这样的作品，如何能对读者产生引人入胜的力量？

当然，编和虚构，不是仅仅为了使作品能引人入胜。更不是有意地提倡猎奇。艺术上的引人入胜，是和更好地反映生活，揭示生活的意义，更深刻地揭示人物的思想性格，相一致的。其最终目的，也是为了更好地为塑造人物性格服务的，为作品的主题思想服务的。

第九，文艺创作是虚构的，同时又是有生活的真情实感的。艺术上的虚构和生活的真情实感相统一的境界，就是真正的艺术创作境界。作家、艺术家往往要借助于生活的回忆的形式，借助于第二次体验生活的形式，借助于想象力的推动，才能进入这个境界。

艺术创作不局限于某种具体的生活真实，但又要求作品必须反映生活的本质的真实，必须具有生活的真情实感，要求艺术上的虚构要和生活的真情实感相统一。

整个创作实践过程，对作家、艺术家来说，可以说是第二次的生活体验。为什么叫作第二次的生活体验？因为第一次的生活体验，他已经在实际生活中进行过了，他从那儿获得了丰富的生活斗争经验和多种多样的写作素材。现在，这第二次的生活体验，是在艺术创作中进行的。作家、艺术家根据他自己的创作意图和美学设想，假定了某种特殊的生活场景和特殊的活动空间。然后，他就在这个假定的特殊的生活场景和特殊的活动空间上面，开始了他的第二次生活体验。他在这儿体验生活，也就不能不同这儿的主人公打交道，不能不对他们进行了解和熟悉，不能不同他们交朋友，而且经常要和他们同欢乐，共愁苦，同命运，共呼吸。虽然所有这些场景、故事、人物，都不过是虚构的，是编的，是假定的，但作家、艺术家却必须以自己的真情实感来对待它，来描写它。只有这样，写出来的作品，才会是真实生动、深切感人的。这就是说，首先是能够深切感动作者自己的，然后写出来，才是能够深切感动别人的。《红旗谱》为什么能深切感人？《创业史》为什么能深切感人？《保卫延安》及其他许许多多优秀作品，为什么都能深切感人？因为作者不是以对生活的所谓纯客观的态度，更不是以旁观者的态度来描写的，而是以生活的主人的身份，以作品中革命主人公的战友和伙伴的身份，以和他们同命共呼吸的感情，来进行描写的。通过作品中人物的思想感情，作者表达了人民群众的理想、心愿、欢乐和愁苦、爱和恨，也寄寓了他自己的理想、愿望、欢乐、愁苦、爱和恨。

文艺创作是虚构的、编的，同时，又是有生活的真情实感的。真情实感和艺术虚构统一的境界，就是人们通常所说的艺术创作境界。我们有时说某个人的创作还没有进去，就是指还没有进入这个统一的艺术境界里去。进不去，就和作者自己所蕴蓄的生活、思想、感情接不上火。接不上火，就发不了光，创作思想就开不了窍，真情实感就出不来，动人的形象就不能诞生。文艺创作和作家、艺术家自己的生活、思想、感情接火的问题，就像是种子和水土必须接埫的道理是一样的。只有接上埫，才能生根、发芽；发了芽，也才能够继续生长壮大。要问：作家、艺术家究竟是怎样走进这个假定的、虚构的，同时又是真实的、有生活的真情实感的统一的艺术境界的？谈到这里，我们不能不又回到关于第二次体验生活这个问题上来。所谓第二次体验生活的意思，就是说，作家、艺术家在从生活开始进入艺术境界这个耐人寻味的节骨眼上，他常常不得不借助于过往生活的回忆的形式，把他在实际生活中所获得的真实感受、印象、体验、知识、思想、感情、形象、性格特征等等引出来，引到这个假定的、虚构的、特定的生活场景和活动空间中来，引到那些也是虚构的，但是却实实在在生活在这里的那些特定的人物们的身上来。

作者要用他心中所蕴蓄的生活河流之水，来灌溉他所虚构的艺术田园，用在现实生活中和人民群众同甘苦共患难的战斗感情，来和作品中的主人公们生活在一起。能够这样做，作品的真情实感自然就出来了。

从艺术创作和生活的根本关系来说，作家、艺术家的每一次创作，都是他生活库存总支出的一部分，每一次创作，都需要动员他的整个生活情思，全力以赴地来进行，只有这样，他所写出来的作品，才是经得起咀嚼，经得起推敲的，才是既有高度、广度，也有深度的。从这个意义上说，作者在生活中所获得的某种动人的感受，他的被激发起来的创作冲动，除了它们自身的意义和作用以外，还有一种作用，这就是引火作用。就是说，从这里开始，而引发出作者长期蕴蓄的生活感受和生活经验来。王汶石同志在农业合作化高潮中写了《风雪之夜》，在农具改革运动中写了《大木匠》，在农村进行社会主义思想教育过程中，写了《卖菜者》和《春节前后》，在“大跃进”浪潮中，写了《新结识的伙伴》和《严重的时刻》，在整风运动中又写了《沙滩上》，甚至在“除四害”运动中，还写了《少年突击手》。要讲创作配合当前政治任务的热情，汶石同志在这方面是表现得很突出的。但是，同时也可以看到，他的作品大都达到了较高的艺术水平，其中很少有流于一般政治概念化的倾向。我以为，这除了当时的时代背景和实际生活，给了作者以创作灵感和创作素材外，还可以

191

看到另外一方面，即他的每一篇作品，差不多都动用了他长期的生活库存，不但动用了解放后新的生活库存，而且也动用了解放前旧的生活库存。在《套绳》和《卖菜者》里面写进去的东西，特别通过对撞槐和王云河老汉生活、思想、性格的描写，可以看出，他是曾经动用了他的许多关于旧生活的回忆的。新的生活激情好比星星之火，经过火的点燃，一切过往生活的积累和回忆就发出光来了，就活起来了。真正动人的和深刻的艺术形象，特别是巨大的艺术形象，绝不是仅仅依靠一两次访问所得到的具体印象和材料，就能够完成的。

如果说，作家、艺术家在实际生活中所进行的第一次生活体验，还不能完全避免某种盲目性的话，那么，他在艺术创作过程中所进行第二次生活体验，就大致上克服了盲目情况，变成有意识有目的地进行的了，变成是在作家自己明确的创作意图和明确的美学设想引导下进行的了。正是这种明确的创作意图和明确的美学设想，有可能使作品达到应有的思想高度和艺术高度。但是同时，它又离不开真实的生活，离不开作家、艺术家在实际生活中所获得的真情实感。思想高度和生活的真情实感相结合，也就保证了作品的思想性和真实性的结合与统一。我们所以把作家的每一次创作，说成是他的生活库存的总支出的一部分，说成是用他的全部生活河流之水，来灌溉他的艺术田园，而不说他在某一作品中仅仅使用了他的某一个具体材料。这是因为作品中所反映的生活，在大多数情况下，是经过作家、艺术家的心灵之火冶炼过的，是经过艺术上的集中概括的，而不是仅仅某一个具体素材的具体应用。对一个生活积累很少的人，一个生活贫乏的人，他可以向人们说明他作品中的某一个情节，是他哪一次从哪一个人身上和哪一件事情上面弄来的，而对一个生活库存非常丰富雄厚的人，对一个生活的富翁来说，他在自己的作品中，安排了一些什么样的引人入胜的情节，塑造了什么样的巨大性格和美好心灵，做了一些什么样的艺术设计，他往往就很难向人们说清楚他是从哪里、从什么人身上、从什么事情上面弄来的了。要问他究竟是从哪里弄来的，是怎样弄出来的，就只能说，他是从他整个生活宝库里引出来的，是从他的生活的河流里淌出来的，是从他翻腾着的想象里冒出来的。他的想象反映了他的长期的日积月累和潜移默化的生活感受，是现实的生活感受的一种升华。当作家、艺术家的创作情绪旺盛的时候，时常是无数个生活的意念，一起涌上心头，无数个活生生的形象争着往出走。而创作，就借助于这种想象的翅膀，经过作家、艺术家的特殊劳动，使普通的生活上升为艺术作品。

归根到底，从生活到艺术，不是机械地照搬，也不是一加一等于二，而是作家、艺术家对生活的潜移默化，是典型的概括，是艺术的升华，就像桑叶变成丝，矿石变成铁水、钢花，自然的大气变成天上的云锦和彩霞那样。促成这种变化和升华的是作家、艺术家丰富的想象力。没有想象力的推动作用，从生活只能仍然到生活，而不能从生活到艺术，不能从生活到诗。但是，创作的根本问题是在于：作家、艺术家必须从生活中看出诗来，创作出诗来，必须从生活境界进入诗的境界。这样，他才能够在他的作品中，描写出美好的事物、美好的情思和美好的理想；描写出新生事物由小到大、由近及远、由今天预示未来的发展脉络。他的作品才可能发生巨大的感染力量，在人们的内心世界唤起暴风雨，在思想和情绪的海洋上面掀起波涛。如果没有发挥充分的想象力，如果作者是一个缺乏对生活的旺盛的想象力的人，那么，这种深远的强有力的艺术境界和艺术效果，他是永远达不到的。当然，毫无疑义，想象力的最可靠的基础，仍然是现实生活。只有具备了最坚实、最丰富多彩的生活经验和生活感受的人，他才可能具有最丰富最饱满的想象力。关于这点，这是我们一开始时，就再三说过了的。

以上，话虽然说得很多很长，但对于所要讲的问题，却还是十分粗略，既不深又不透。愿得到同志们的批评、指正。我个人希望以后有机会再多谈。

这次谈到的一些情况和问题，主要不是根据业余作者的创作情况讲的。业余作者，特别是工农群众业余作者，他们完全可以按照自己的实际情况进行写作，写自己熟悉的生活和熟悉的题材，不妨先从真人真事的题材写起，而不要被某些艺术上的规律吓住。而规律，归根到底也是从实践中摸索出来的。事情总是要一步步地来，一步步地提高。当然，从学习的意义上讲，从总结经验、明确认识、提高自己创作水平的意义上来讲，研究研究、讨论讨论某些艺术规律问题，这即使对业余作者，也是有好处的。我是以和同志们共同研究、共同讨论的心情，以求教的心情，来提出以上这些意见和看法的。

1961年9—12月于西安丹园

（根据发言记录重新整理、补充而成）

关于文艺创作的出新问题

文艺创作应该不断出新。文学艺术家应该经常考虑如何出新。出新和创新意味着什么？有没有什么带根本性的原则应当遵循？如果弄得不好，会不会出现这样的情况：主观上说是要出新，实际上搞出来的东西，却违反生活，违反艺术规律，不符合人民的心愿，背离社会主义的大方向。有没有这种可能？我想就这些问题，讲点个人看法：

第一，以往我们经常说的"出社会主义之新"这个提法，怎么样？是不是错了？还算不算数？我个人认为：不错，还算数。我们所说的出新，必须沿着一个根本的方向，要有一个正确的目标，这就是出社会主义之新。

粉碎"四人帮"以来，我们沿着社会主义的方向道路，努力创作，已经出了不少新，出了不少好作品。文学、戏剧及其他艺术品种，成就非常显著。

新中国成立三十年来，我们的党和国家，我们的人民，我们整个社会主义事业，走过不少弯路，遭受极大灾难和损害。主要是因为"四人帮"的干扰、破坏。就我们自己说，指导思想上也存在很多问题。从思想方法上讲，是和形而上学、唯心主义及思想上的绝对化、片面性等分不开的。这些经验教训应该很好地总结。但不能因为这些，就对社会主义产生怀疑。社会主义这个大方向没有错。我们的文艺创作，一定要出社会主义之新，决不能退回到封建主义和资本主义的文艺老路上去。

文艺创作作为社会生活的反映，在当前来说，就直接涉及社会主义的大方向问题，涉及如何正确地反映当代现实生活和人民群众的精神面貌的问题。

现在，在有的人的头脑里，社会主义这根弦似乎不灵了或者说模糊了，动摇了，发生怀疑了。这就是问题的根本症结所在。只有头脑里有了社会主义这根弦，才能在复杂万端的现实生活中，不迷失方向，从生活到艺术，从选材到动手创作，有个根本性的标准，才会正确判断哪些题材可取，哪些题材经过艺术处理才更加符合人民的利益与心愿，才更加动人。有了这基本的一条，我们创作上的现实主义，才能够更好地发挥它的战斗作用。

第二，怎样出新？不是说只要我们按照社会主义定义，用文艺形式把它演绎一下，这就等于出社会主义之新了。这是不行的，而且是错误的。长期以来，我们有些作品就是从定义出发来搞的，违反生活实际，违反创作规律，结果使作品陷于一般化、概念化，不生动，不典型，不感人。但这完全不是因为坚持了社会主义方向道路的结果。我们说，社会主义生活、思想，广阔得很，丰富得很，博大得很。社会主义在哪里？在广大人民的生活里，在人们的心里。社会主义既不是一个狭小的天地，也不是一个脱离实际的狭小的概念。我们说文艺反映当代现实生活，就是指渗透了社会主义这个光辉因素的生活。描写正面生活，涉及社会主义，描写反面生活，也涉及社会主义。歌颂和暴露，都离不开社会主义。如果你是社会主义作家，当你反映生活的时候，你当然就会把社会主义，把有血有肉的社会主义精神和思想写进去了，社会主义，绝不是硬加进去的。多少年来，实用主义、庸俗社会学、机械论等不良影响，把社会主义文艺创作搅混得很不正常。在这个问题上，也必须来一个拨乱反正。

文艺要出新，不是要我们背离社会主义大方向，背离现实主义的根本要求。现在有的作品，说是在写真实，实际上却不符合真正的现实主义精神。目前，人们对电影文学剧本《在社会的档案里》，对小说《飞天》

《在小河那边》等，在评价上所出现的分歧，主要原因在哪里？从创作思想和创作方法上考虑，这里面是不是就包含着如何正确理解和发扬现实主义精神的问题？有的作品，以对当前生活完全绝望的思想情绪，写了一群"心灵破碎"的青年人；当有人提出不同意见，并指出：即使要写"心灵破碎"的人，但作者自己的心灵不能破碎，破碎了，他就写不成正确反映生活和评价生活的社会主义文艺作品了。而有人却为之辩解说：社会上有这个"真实"呀。以描写某种生活现象真实为借口，一味追求刺激，追求离奇，追求不正当的社会效果，这不是真正的现实主义。这和现实主义毫不相干，和祖国人民群众的真正的需求毫不相干。

文艺要出新，就应当从创作实践中经过摸索、探讨、研究、总结，创作出既继承了优秀传统，又区别于封建主义和资本主义的文艺，从思想到内容，从艺术形式到艺术方法都能够体现我们新时代特点的受人民群众欢迎的好作品来。而要做到这一点，提出社会主义之新这个口号，对我们来说，仍然是有重要意义的。缺了这一点，就不可避免地会走弯路，走错路。从总的方面说，文学艺术的出新，是为了更充分更深刻地反映时代生活和时代精神，更好地满足人民群众认识生活、美感享受和对文学艺术的多方面的喜闻乐见的需求。

第三，出社会主义之新，牵扯到创作上的时代感问题。现在出现的某些在思想倾向上值得探讨的作品，其中有的就是在出新的名义下，在标榜所谓时代感这么一种口号下搞出来的。这就更应该引起我们的重视。

时代感，"感"是什么？无非就是感受、感觉。感觉到了的东西是否完全准确可靠？哲学上，《矛盾论》上讲，感觉到了的东西不一定完全靠得住，不一定完全正确和准确。哪些正确？哪些错误？哪些是现象、假象？哪些是本质？哪些是生活中真正的时代脉搏？对这些，必须进行认真的分析、研究。有些人往往被一时的假象所迷惑，受某种不健康的社会思潮的冲击，特别是一些年轻同志，经验不多，理论修养不深，对事物缺乏本质的认识，对生活做了不正确的理解和描写。这种幼稚是可以谅解的。

但幼稚会造成损失。因此，应当认真研究、认真总结。

我想了一下，关于时代感这个问题，是不是有这么几点应当考虑：

第一，所谓时代感，必然符合、融汇、渗透、联结着某个时代的主要矛盾。这个主要矛盾，是形成时代感的社会生活基础。比如说，粉碎"四人帮"以后，许多揭发、批判"四人帮"肃清极左流毒的作品，为什么读者感觉新？为什么能抓住人？为什么说它有时代感？还不是因为它揭示了当时社会的和蕴藏在人们内心的深刻矛盾，所以才引起了广大人民的共鸣！社会主义不断前进，矛盾不断发展。因此，对生活中出现的新的矛盾，也要不断地分析研究。不这么做，就跟不上生活的发展，就抓不住生活的主流，从而也就很难说有真正的时代感。

第二，所谓时代感，是时代的主要矛盾和生活的主要发展方向，对广大人民群众的生活、思想、感情和内心世界，所引起的重要矛盾冲突，是某个时代的人民群众的思想、感情、愿望、要求和精神面貌的集中反映。

千千万万群众在想什么？什么是他们精神境界中最主要的？他们的爱憎是什么？他们思想上的倾向是什么？感情上的主调和主要旋律是什么？搞创作的人，必须把这些认清、吃透。凡是作品符合人民群众这方面的东西，就是体现了人们所说的时代感的，就是和人民心灵上的震颤相一致的。歌颂周总理、描写平反冤假错案的作品，就是这样的。由于它说出了千千万万人民的心里话，表达了千千万万人民的内心感情，对读者才能产生共鸣，引起人们心灵上的激动之感。人民群众对安定团结、安心建设"四化"的渴望心情，也是这样的。时代感，离了人民，你能说它是什么？

学习外国的东西，既要能够钻进去，又要能够跳出来。要注意学习人家优秀的先进的东西。在电影上，总不能光注视那些什么裸体呀，没有休止的搂搂抱抱呀，脱衣服看谁脱得最精光呀，自然主义的，甚至是带着赞赏的情调去绘声绘色地描写那些凶杀呀，通奸呀，等等。这么个搞法是不行的，是不好的，是不对的。这些东西，在资本主义国家的有识之士看来，也是属于糟粕一类。真正的艺术大师，搞过这些不堪入目的东西吗？把广大人民群众对这些东西的反感，能一概看成封建思想在作怪吗？我们反对封建主义，主要是反对封建主义的压迫和剥削，反对同封建压迫连在一起的封建道德和封建观念，反对阻碍社会前进的封建主义的思想枷锁和镣铐，而不是反对人民群众对文艺作品的正当评价和健康的审美思想。毫无疑问，我们必须继续解放思想。阻碍马列主义发展和社会主义"四化"建设的僵化半僵化思想，还大量存在。今后解放思想的任务还很重。但是，不应当在解放思想的名义下，追求那么一些不健康不正派的东西。

文艺创作是个严肃的战斗的崇高任务。我们对党，对人民，肩负着重担。人民的心灵、人民的愿望、人民的利益和要求，必须考虑到。每一个时代，每一个历史阶段，人民群众都有他们的最根本的要求和愿望。我们的作品，它的时代感，就是要敏锐地感受到和表现出人民的这些要求和愿望究竟是什么。

第三，要弄清真正的时代感和所谓"风"的关系，弄清时代感和某个时期流行的某种社会思潮的关系。时代感和它们是一个东西吗？不，不是一个东西。若干年来，我们在这个问题上，吃过不少亏，上过不少当。我们的工作如果说有缺点的话，其中一个很大的缺点，就是人为地刮"风"。今天刮南风，明天刮北风；一会这么刮，一会那么刮；一会东，一会西；一会刮向这边，一会刮向那边；动不动就大搞运动，弄得人们紧跟着跑，看"风"使舵，培养了一些惯于摸行情、惯于看"风"使舵、左右逢源的"能手"。艺术上也受到不少影响，一个"思潮"来了，往往是一窝蜂，跟着一拥而上。艺术创作怎么能这么个搞法？这能出得了真正的好作品吗？真正的作家、艺术家，靠的是对生活的真知灼见，要能够摸到生活的真正的脉搏。柳青同志在生活和创作上，重要特点之一，就是他不轻易跟着"风"转，他是比较有自己的主见的。凡是艺术地、真实地表现了作家自己真正观察、体验、分析、研究了社会生活，并获得了真切感受和真知灼见的作品，他的作品就是有生命力的。

我们应该用马列主义的眼光观察一切，鉴别一切，认清哪些是对的，哪些是错的。要坚定自己的信念。这一点，不管对作家、艺术家，对领导工作岗位上的同志，都是至为重要的。

《延河》编辑部去年搞过一次稿情汇报，曾抽出三天，把小说来稿分析研究了一下：一共九十篇来稿中，写爱情的占第一位，写《伤痕》一类题材的占第二位；其中相当一部分是模仿别人的，作者自己缺乏真情实感，所以不能感人。搞创作，光模仿别人赶浪头，不行。

真正的浪头，来自生活的激流，单靠硬赶是赶不来的。当你置身于生活的激流中，认识了和掌握了生活的大动脉，认识了和掌握了生活的真正的矛盾冲突，当你满怀激越的感情，进行艺术创作的时候，在你的笔下，在你的作品中，才会出现生活和思想的激流，出现感情和情绪的浪头和浪花。作品中的浪头和浪花，首先来自现实生活的激流，是作者从实际生活中感受到的；其次，也是作者自己心灵波澜的反映，是作者自己的思想感情，经受客观生活矛盾斗争的冲击，所产生的炽烈冲动的结果。作家、艺术家的心灵，必须和实际生活相联结，联结起来，才能发出火花，才有可能产生激动人心的作品。

艺术创作上的出新，总是和深刻地反映社会生活分不开的，艺术反映生活越深刻，揭示生活的意义越深刻，就越有可能为艺术上的出新，奠定坚实的基础。新和深，新颖和深度，是一致的。另外，所谓新，所谓艺术上的创新或出新，又是和反映、描写生活的独特性，紧密相连的。千万不要人云亦云，老一套，千篇一律。对作家的创作，对某一具体作品，不能苛求反映生活必须很全面，更不能要求面面俱到，但要力求表现得深刻，表现得独特。作品要表现出作家自己的风格特点。新，出新，不能靠猎奇，靠"风"，靠出"风"头。出新，同作家认识生活的深度和艺术描写上的独特性，密切联系在一起。

下面，讲两个具体问题：

第一，关于文艺作品的社会效果问题。还要不要考虑社会效果？当然要考虑。怎么能不考虑呢？任何一篇作品，如一部电影、一部戏、一篇小说，哪怕是一首小诗，只要一发表，一和读者观众见面，都会产生一定的社会效果。如果不产生效果，搞这些东西还有什么意义？效果是肯定有的。关键问题是看究竟产生了什么样的效果？不是产生这样的效果，就是产生那样的效果。娱乐作用也是一种社会效果。而娱乐，也是有健康不健康、有情趣高低的区别的。不产生任何社会效果的作品，是根本不存在的。过去，我们把效果理解得非常狭窄，运动来了，从政治概念出发，编个东西配合一下，搞实用主义的"立竿见影"。太狭窄了，也太近视了。但是，现在应该注意的，倒是有一种不顾社会效果、不问社会效果、反对考虑社会效果的偏向。有人说："社会效果，事先很难估计，发表出去，让实践，让人民去检验嘛！"把实践检验真理，变成了一种近似不可知论的掩饰词。似乎我们连最起码的是非标准，连作为一般常识范围内的判断能力，也不具备了。这显然是不对的。

我们的理论是我们实践的总结。反过来，理论又对实践起指导作用。实践和理论，都在继续不断地发展。我们新的实践和新的理论，都是在继承以往实践和理论发展的历史长河中不断前进的。

为什么要提出实践检验真理？一方面是指明真理和实践的关系，同时是为了破现代迷信的条条框框。过去有好多事情，明明是错的，只是因为某个权威人物讲过，就不能更改。以后又有"两个凡是"。实践检验真理，主要是针对这些，是为了把我们从现代迷信、教条主义、唯心主义、形而上学等条条框框里面解放出来，解放到实事求是的轨道上来。本来以前已经吃过形而上学这些东西的亏，现在却又借口让实践去检验，而同思想上的明辨是非对立起来，这实际上仍然是在变相地搞形而上学那一套。对这些，不少好同志是有抵制的。

我们的作品，作品所反映的生活、思想、情绪，应当像泾惠渠、渭惠渠那样，只能让它灌溉田园，滋润、丰富人们的心灵，而不能让它像洪水泛滥一样，冲毁园林、村庄、房屋、牛羊。我们要的是对人民、对社会主义有好处的社会效果，而不是相反。

第二，关于破"恐右思想"问题。不破这个思想，我们就没法前进。为什么会有"恐右思想"？这是因为长期以来，人们受极左思想影响、束缚、禁锢、毒害太深了，直到现在，还常常有从"左"边来的鬼跟着我们，所以，老是"恐右"。目前的中心问题，仍然有必要继续反"左"。要肃清极左流毒。而"右"呢？实践证明，在不少情况下，这是被长期误解和歪曲了的正确东西的代名词。根子还在"左"上。我们要彻底打垮"左"这个鬼，打垮附在别人身上和自己身上的"左"这个鬼，彻底揭掉它的画皮，伸张正气，让正确的东西发扬光大。"文化大革命"中，老是左、左、左；正确的东西不敢提，不敢讲；提了，讲了，就被当作右来打。大家都跟着这个"风"转。我们要接受这个沉痛的教训。要提高警惕，不要被"风"所裹挟。要坚持真理，坚持实事求是，坚持忠于人民，忠于社会主义事业。提出破"恐右思想"，不是说"右"比"左"好，不是提倡"右"，更不是说越"右"越好。根本不是这么回事。我们是既反"左"，也反"右"。我们要进行两条战线上的斗争，反对"左""右"两方面的干扰。目前，"左"的东西，极左思潮，尚未肃清，今后仍须继续斗争；而"右"的东西，"右"的思想倾向，"右"的思潮，又从另一边开始露头。"右"的东西的出现，是对"左"的东西的变相支持，也是对反"左"斗争的一种干扰。斗争是复杂的。对此，应当引起我们大家注意。我们提倡的是正确的东西，坚持的是正确的东西。必须以正确的东西去战胜和克服错误的东西。

本文系1980年1月在西安电影制片厂创作座谈会上发言的部分摘录

答有关文艺思想、理论问题提问

最近，结合学习中央文件和几位领导同志有关文艺问题的讲话，西安地区有些单位召开了文艺创作座谈会。我参加了几次会议，听到会上的发言和提出的问题，我也做过一些发言。今天，我就把会上提到的最带普遍性的问题，连同在座同志们提的问题一起，提纲挈领地谈点个人意见。

一、关于文艺和政治的关系问题

这个问题提得比较多。说文艺既不从属于政治，又不能脱离政治，这怎么理解？我的看法是：

第一，文艺和政治，都属于意识形态范畴。范畴是一个，但两者各有各的特点，各有各的活动领域和空间，各有各的活动方式、功能和作用。文艺和政治，谁也代替不了谁。过去，"四人帮"大讲政治可以冲击一切、代替一切，把政治搞成至高无上，搞成是独一无二的，搞得那么绝对化。在这点上，他们是别有用心的。我们说文艺是有自己的特点的，其主要特点，就是它所具有的形象性。这个形象性，是文艺和政治，和其他意识形态各部门最突出的不同。当然，文艺的特点很多，不光这一点，但主要是它的形象性。文艺要创造典型化的人物形象和个性化的人物性格，要能够以情动人。如果没有这些，也就没有了艺术。

第二，文艺从属于政治的提法，不符合文艺创作规律，今后不再提了。从属论，实际上是附庸和简单传声筒的代名词。这种说法，既否定了文艺的相对独立性和特殊性，同时把文艺为人民服务、为社会主义服务的积极性、主动性和创造性，也给卡死了。文艺需要充分发挥它的独立性能和特殊性能，这和劳动人民需要有当家作做主的主人翁思想，才能充分发挥他们的劳动积极性和创造性，道理是一样的。当文艺一旦失掉了自己的特殊性能和独立性能，一旦失掉了自己的个性特点，它的创造性也就消失了。没有了创造性，还会有什么真正的艺术作品产生出来？正是在这一点上，显示出从属论的消极作用。

第三，文艺反映生活。生活包罗万象，非常丰富，非常复杂，非常广阔。我们所说的政治，是人民大众的政治，是活的政治，是有血有肉的政治，不是书本上的政治，不是只停留在理论概念上的政治。这样的政治在哪里？在社会生活里，在人民的心坎里。政治在社会生活中是一个积极的重要的因素。当我们按照文艺创作的要求，描写和反映现实生活时，自然也就把政治一起反映进作品中去了。我们写社会生活，写土改，写抗日战争，写解放战争，写社会主义革命，写"四化"建设，写各种各样的人和事，都离不开政治。政治在生活中，往往是潜移默化的，是生活化了的。生活化了的政治，实际上就变成了生活本身。你不可能在反映和描写生活的时候，把政治给排挤出去，排挤出去就不真实了。这一点，不要说过去反映革命斗争的作品是这样，在粉碎"四人帮"以后所出现的那些描写"伤痕"和"暴露"生活阴暗面的作品，也都是这样的。文艺是不可能完全脱离政治的。

第四，我们所说的政治，是人民大众的政治，是革命的政治。我们过去所提的文艺为政治服务的口号，是有它的积极意义的。这从长期的文艺实践中可以得到证明。但实践同时也证明：把文艺为政治服务作为文艺的总的口号提出来，也有它的局限性的一面，并且会产生和已经产生了某种消极影响。这种消极影响，就是在文艺活动中、在创作活动中，所出现的那种政治概念化的倾向。这种倾向的出现，既和对政治的狭隘理解有关，也和对政治与生活的关系在理解上不够全面有关。政治是生活中的一个重要因素，但政治毕竟不等于就是全部社会生活。复杂的现实社会生活，比我们通常所理解的政治这个特定概念所包含的内容，要丰富得多、广阔得多。广阔的现实生活既非常丰富，又非常复杂，存在着各种各样的矛盾冲突。这些矛盾冲突，有的是由政治上的原因引起的，是带政治性的，有的不是由政治上的原因引起的，是不带政治性的。不带政治性的矛盾冲突，也是多种多样的。在人们的生活中，包括在爱情生活中，在人和人的关系问题上，合得来，或者合不来，往往并不因为在政治上有什么根本性的分歧，有的其实只是因为性格和作风不合，个人爱好和生活情调不合，其中有的也包括个人情操上的某种缺点，从而使相互间矛盾冲突激化。一个人的情操，当然与他的政治品质也有关系，但这毕竟与人们通常所说的政治含义不同。我们的许多文艺作品，过去的、现在的，从它们所反映的生活题材内容看，你是很难单单用政治这个特定概念，去加以衡量和评价的。

第五，政治在社会生活中是一个很重要的因素。政治，搞对头了，能起很大的好作用，搞错了，也能起很大的坏作用。林彪、"四人帮"的反革命政治，对我们党、国家和人民所造成的灾难，直到今天，还存在极其严重的影响。粉碎"四人帮"以后，特别是三中全会以后，我们说文艺取得了很大成绩，就是说这个阶段的文学，包括"暴露文学"和"伤痕文学"在内，在揭露和肃清林彪、"四人帮"的极左流毒上，是立了功的，它真实地、深刻地反映了实际生活内容，讲出了埋藏在人们心里想说的话，因而受到广大读者的欢迎。总之，这个阶段的文学，其中有些作品，虽然存在着这样或那样的缺点，但主流是好的，是有积极意义的。这个主流的基本精神，是和三中全会的决议精神相一致的。

第六，结合文艺创作的实践经验来考虑，我认为，应当把革命的政治内容，从极其广阔的含义上来理解，从历史的广度和高度来理解，从某个战略阶段的意义上来理解。比如，就中国的革命进程来说，实际上是分为两大阶段或两大步骤来进行的。在这两大阶段中，当然还可以划分若干阶段。但总的革命任务和根本的革命性质，就包含和体现在这两大阶段革命之中，即民族民主革命阶段和社会主义革命阶段。我们所说的政治，其主要含义，就应当是指这两大阶段的基本革命任务和基本革命内容。如果说，文艺为政治服务这个命题，有它特定的合理的科学含义的话，那么，这个政治就应当是上面所说的这样广义上的政治，而不是狭隘地单指某项具体政治任务或某项具体政策规定说的。革命的文艺创作，就应当沿着这样广阔的政治方向自由驰骋，在题材、体裁、风格等方面，充分发挥作家、艺术家的创造性，遵循为人民服务、为社会主义服务的指导方针，站在历史的和时代的广度与高度，遵循文艺规律，来描写真实生动的、有血有肉的生活内容。只有这样，才可能避免产生政治上的概念化和艺术上的低劣现象，才可能产生出政治上、生活内容上和艺术上结合得比较好的作品来。

二、关于社会效果问题

第一，最近一个时期，我看到有的文章中说：社会效果这个提法本身不够科学。这样说，不对。提出注意作品的社会效果，这有什么不科学？一篇作品发表出去，读者看了，都会产生一定的社会效果，这和说会产生一定的作用和影响，是一个意思。效果是肯定会产生的，不是这样的效果，就是那样的效果，当然不一定都是政治效果。看了一幅山水画，感到很美，心情很愉快，这不就是效果？看书，看电影，到真正感人的地方流泪了，这不也是效果？听了有趣的相声，忍不住笑了，这也是效果嘛。一部作品，如果不产生任何效果，那就完全变成了无效劳动，是白白浪费精力，应当及早刹车。效果肯定是会有的。中心问题，是看究竟产生什么样的效果。是对人民，对社会，对生活有好处的效果呢，还是坏效果？低级趣味的效果，引起人们意志消沉的效果，甚至是对社会主义产生怀疑、绝望和抵触情绪的效果，这就是坏效果。革命的作家、艺术家，总是希望通过自己的作品，对人民，对读者产生积极的、美好的、鼓舞人心的和引人向上的效果。

第二，提出注意社会效果这个问题，主要是提醒作家、艺术家在进行创作时，应当自觉考虑到：为什么要创作这个作品？主观上希望这个作品在读者观众中将会产生什么样的影响？有人说：创作时不应当有这种考虑，一这样考虑，就会产生创作上的概念化。这种说法是不对的。如果根本不考虑社会效果，如果连大方向、大框框也不考虑，完全是盲目进行，请让我们想想：其一，这符合古今中外真正作家的创作实际吗？他们在创作时真的没有自己的意图和设想吗？如果有自己的创作意图和设想，那么，这意图和设想，不就是和注意作品的社会效果连在一起吗？不就是为了更好地产生某种效果吗？其二，如果真的有这样的作家，他在创作时，确实什么也没有考虑，既没有主题，也没有构思，他就是想写什么就写什么，想到哪里就写到哪里，写到哪里就算是哪里，如果真是这样，我们只能说：这不是人们通常所说的真正的作家，更谈不上是什么人民的作家或革命的作家。

第三，作品的社会效果，是在读者观众中产生的。提出要注意作品的社会效果，是对作家说的，不是对读者观众说的，是提醒作家在创作时，要有自觉地对读者负责的精神。对读者负责，主要是说对今天的读者，对社会主义的中国读者负责。只要对今天的中国读者负责，能产生积极影响，那么，从根本精神上说，也就是对未来的读者，对国外的读者，尽到责任了。有些读者观众对有的电影、戏剧和某些文学作品有意见，认为这些作品的思想、情调、故事情节，是不健康的，不是引人向上的，特别对当代青年，有明显的消极影响。革命的作家艺术家，对这些意见，特别对这些意见中所反映的实际问题，不能不引起严肃的注意。

第四，我们提倡作品要给人以积极的、向上的、健康的和美好的效果。这主要是从作品的基本倾向，从作品的主心骨、主流、大方向和基调上说的，而不是提倡死抠住某些旁枝末节不放。当然，完整的艺术作品，是应当从整体上加以仔细琢磨和推敲的。我们绝不应当设置大大小小的新框框，来限制作家、艺术家创造力的充分发挥，更不是在创作题材上随便加以限制。题材范围广阔得很。什么题材有意义，什么题材意义不大或缺乏积极意义，写什么，不写什么，这完全由作家、艺术家凭自己的思想鉴别力去断定。别人不能代替，想代替也代替不了。四项基本原则会限制题材范围吗？当然不会。但的的确确是限制和堵塞了专门同四项基本原则对着干的那种思想和意图。关于创作题材的广阔性，我想多谈几句，并想举些平常人们不多谈论的例子。比如说，风花雪月的题材能不能写？我认为，只要思想感情对头，把握住时代精神，就能写，并且能写好。最近，我读到《延河》上一篇写"风"的文章，文章不长，寓意清新。作者从他门前的一棵石榴树写起，说往年这棵石榴树结很多大石榴，可是今年结得既少又小。为什么？因为在树的旁边，新垒起一堵墙，不能通风透光了，因此影响了石榴的生长。然后作者引申出一个道理来：自然界、人生，包括文艺创作在内，不能人为地垒墙，把风堵住；诗人的思想得活起来，才能产生好作品。这是一个例子。还有，我看到不少写花的诗。有一首写的是："我"不爱菊，因为菊花给人的印象太高傲；也不爱莲，莲太洁身自好了；爱什么呢？爱带刺的玫瑰；玫瑰很香，有刺，可以刺破自己身上和别人身上的脓包。又比如，在一组女青年诗人的诗中，有好几首写到雪，她们把雪象征为人的精神境界的纯洁和美。写月夜的诗，也不少。在静悄悄的夜里，月光如水，想起守卫在祖国边疆的爱人；想到爱人也会在这同样的月夜想到她；她们各有各的工作岗位，虽远隔千里，但心是在一起跳动的。中心问题不在于题材，不在于风花雪月题材健康与否，而在于作家的思想感情本身健康与否，在于他是在一种什么思想感情支配下，选择和处理这种题材的。

第五，反对提出注意社会效果的人，有一种理由说：没有经过实践检验，预先考虑社会效果，能考虑得准确吗？这样提出要求，不是有点主观主义吗？

我个人认为，不能把事先考虑社会效果看成不可捉摸的事情。一个作家，写什么，不写什么，是服从于他的写作意图的，他这么写，而不那么写，是有他的选择标准和判断是非的标准的，这种标准从哪里来？当然是从他的思想认识中来。他的这些思想认识，不是天外飞来的，不是无缘无故的。这是从他的长期生活实践、斗争实践和创作实践中来的。不仅是他个人的实践，也有别人的实践，有大多数人的实践，有我们全党的实践，甚至还包括我们古老先人们流传下来的知识积累和智慧结晶。他把别人的实践经验和自己的实践经验结合在一起，就成为他此时此刻在复杂的社会生活中判断是和非的标准，也是他在进行创作时考虑社会效果的基础和准绳。作家本人是这样。社会上评论作品的效果如何，所依据的，也基本上是这样。把这说成是主观主义的，是不对的。

当然，我们面对的生活事物，包含着许多新情况和新问题。观察、研究、分析这些新情况、新问题时，过去的不少经验、教训、知识，是可以借鉴的，是有用的。特别是经过长期实践检验证明的一些带根本原则性的东西，是不会轻易过时的。但是，我们终归是面对着新情况和新问题，因此，在认识上，在观察、研究问题的观点和方法上，也有一个在继承过去的基础上如何进一步发展的问题。如果新的实践检验证明，我们预先考虑的社会效果，确实不准确，或不完全准确，确实存在一定的偏差，那么，我们就总结经验教训，把偏差改正过来，把我们认识上的不足补充起来，思想上获得提高，我们又能够在新的起点上前进了。人类的认识不就是这样发展的吗？

第六，有人把提出社会效果说成是棍子，这是错误的。我们提倡的是摆事实，讲道理，开展正常的批评与自我批评。

在现实生活中，有没有人借着提出社会效果的机会，又要抢起棍子打人？可能有。其实你不提社会效果，想打棍子的人，也还是会寻找别的借口来打。这种现象，比三中全会以前少多了，但是还有，今后恐怕也很难一下做到完全没有。这实际上是"左"的流毒的延续。对这种歪风邪气，没有别的办法，只有坚持马列主义、毛泽东思想，坚持党性原则，进行斗争。

三、如何评价"十七年"中有关反映农村生活题材的作品？

这是最近人们议论较多、在看法上也有不少分歧的问题。包括对柳青、王汶石的作品，意见也不完全一致。这个问题值得研究。

我读的讨论这个问题的文章很少，作品也没有顾上再看。对同志们提的问题，我只能凭过去的记忆和印象，谈几点意见：

第一，把"十七年"作为一个特定的历史阶段来看，把它和创作实践结合起来同时考虑，所谓农村题材作品的评价问题、争论的焦点，大概主要是在如何反映农业合作化问题上。现在看来，从大的方面讲，1956年高级社以前那个阶段，问题不大，以后发展到"大跃进"、人民公社、社教阶段，情况就不一样了。反映这个阶段生活的作品，如果把共产风、浮夸风等当作正面的、新生的事物来描写，把阶级斗争扩大化作为正常的生活来描写，并且加以歌颂，看来是站不住的。

第二，所有反映这一特定历史阶段农村生活的作品，要想一点都不打上那个时代的某种社会风气的烙印，是很困难的，中心是要看作品的主流，看作品的主心骨是怎么处理的。在评价这些作品时，应当进行具体的分析：首先，只要作品不是搞当时某种政策的演绎，不是写从互助组、初级社到高级社发展过程的演绎，而是把这些当作一个较大的历史时代背景来处理，在这个大的背景下面，主要是写具体生活和思想的矛盾冲突，写人的性格和精神面貌，就是说主要是写人，这就问题不大。王汶石的一些作品，如《大木匠》《春节前后》《卖菜者》，还有《井下》等，就是这样的，作品的矛盾冲突是处理得入情入理的。对这些作品不做具体分析，笼统地加以否定是不对的。在《新结识的伙伴》中，写了红旗、黄旗这些细节，现在看来，当年发展的争红旗、插黑旗、拔白旗这类做法，未必妥善，但作家已经把这些写进作品中去了，这应当怎么看？我是这么考虑的，作家在作品中主要不是写红旗、黄旗，而是把这些作为道具使用，从这里展开了人物思想性格的矛盾冲突，揭示了人物的心灵面貌。这样写的是很动人的，这是否定不了的。其次，对作品中塑造的人物，也要进行具体的分析研究。如关于《创业史》中的梁生宝，如果有人从梁生宝这个人物形象的生动性、感情的真挚性和性格的独特性等方面入手进行研究，然后得出结论说：梁生宝写得不如高增福、梁三老汉等人生动感人，我认为这样提出问题和研究问题，是站得住的，是有道理的。但如果有人对梁生宝从根本上加以否定，说这个人物是不真实的，是虚假的，这就不行了，这就变成另一回事了。梁生宝作为一个社会主义新人的形象，柳青在他身上是花费了不少心血的。作者从实际生活中看到了和找到了有关梁生宝的一些思想品质的生活依据，但他似乎感到这些实际生活依据，同他理想中的梁生宝还存在一定差距，为了弥补这方面的不足，在创作过程中，作者实际上是把他自己的一些思想见解及处理问题的方法，包括政策水平等，加在了梁生宝身上。这就使得这么一个刚刚成长起来的农村青年，在思想水平和老练程度上，超出了梁生宝在他那个年代里可能达到的实际状况。所以，如果有人从这个角度提出问题，认为梁生宝这个人物塑造得不完全合情合理，性格上也缺乏年轻人应有的那种富有生气的亲切之感，这样提出问题，我认为，是没有什么不可以的。但不能因此就怀疑梁生宝这个人物根本上站不住，怀疑他对党的事业的忠诚与对走合作化道路的坚定性，甚至认为梁生宝替众人办事，大公无私，发扬了高尚的自我牺牲精神，都是不真实的。这种看法是不正确的。梁生宝，作为一个贫苦农民的穷孩子，小小的年纪，就跟上多灾多难的妈妈，逃荒到蛤蟆滩来，无论他的实际境况或者他的心灵，对党，对走合作化道路，充满了一片赤诚的心，这不但是真实的，而且成千成万像梁生宝一样的贫苦青年，有不少人就是这么走过来的。作品中的梁生宝买稻种时，自己带的干馍，只喝人家的面汤，有人认为这里写得过于小气、抠卡，有损新人形象。我个人觉得，像这样一些描写，倒正是显示了作家柳青的革命现实主义精神。穷孩子出身的梁生宝，刚办起互助组，要钱没钱，要底垫没底垫，他受众人委托，到外县去买稻种，他抠抠卡卡花钱，是显得有点"小气"，但在这种实际情况下，他怎么可能"大气"得来？作者对梁生宝的有些描写，受了一定的理想色彩的影响，特别在主人公的思想水平上，存在某种不完全符合实际的成分，但就整体而言，就人物的根本思想品质和主要的生活特征而言，那是真实的、符合生活实际的，是站得住的。

第三，整个社会主义历史阶段，是很长很长的。到底有多长？很难说准。这要在实践发展中逐步来确定。有一个时候，比如说在1958年，把社会主义阶段看得很短，似乎共产主义马上就要来到了。这只能说是我们的主观愿望。以后随着实践经验的发展，提法慢慢改变了，有时说至少得五十年，有时说得百儿八十年，有时估计得比这还要长。总之，时间不会短就是了。现在，我们国家已经诞生三十多年，目前有些事情，差不多等于是从头搞起。当然，这个从头搞起，是在新的意义上和新的成就基础上进行的。既然社会主义阶段很长，那就可以想见，在整个建设过程中，各种条件都会不断地发展变化，这里面既包括经济建设成果的不断增长，也包括人们的思想水平和精神面貌的不断变化与提高。适应这种新的发展变化，某些具体政策做法也会相应地有所调整。目前，我们在农村实行各种生产责任制、包产到户或包产到组，并允许一部分人、一部分社队先富起来。随着经济形势的向前发展，估计还会有适应新的生产力，以及更符合人民群众要求的新形式新做法涌现出来。面对这种新情况的变化发展和政策上的必要调整，文学艺术创作的航帆，到底该怎么个走法？该不该有自己的主要航向？这个主要航向究竟是什么？在整个历史时期，情况和做法，确实是有所发展和变化的，但不管怎么变，从根本上说，还是在社会主义这个大的历史阶段范畴之内。所以，要谈到主要航向问题，这个主要航向就是坚持社会主义，坚持集体主义，坚持走社会主义的集体化道路。情况再怎么变，某些具体做法再怎么变，而这个老主义是不会变的，也是不能变的。如果要问：在这整个历史时期内，生活和思想的主要矛盾冲突是什么？主要矛盾冲突，过去是，现在是，今后也仍然是坚持走社会主义道路和背离社会主义道路之间的斗争，仍然是坚持社会主义集体主义和资产阶级个人主义之间的两种思想和两种世界观的斗争，以及与这种主要矛盾斗争相联系的各种形式的斗争，包括既反"左"也反右的两条战线之间的斗争，等等。因此，那种认为在《创业史》中所描写的梁生宝和郭振山等人的斗争，是"左倾"思想的表现，认为郭振山等人反倒成了正确方向的代表，这种说法和看法，显然是错误的。

四、关于真实性和倾向性问题

目前，议论这个问题的人很多。其中似乎有这样一种趋向在肯定真实性的同时，或多或少，或明确或不很明确地在否定倾向性，否定倾向性同真实性的统一。这是不对的。这在理论上是不科学的，在实践上是行不通的，是不符合实际的。

下面，我只谈两点。

第一，文艺反映生活。生活的真实是艺术真实的基础。这是颠扑不破的真理。但生活，生活的真实，毕竟不等于艺术，不等于艺术的真实。艺术的真实，艺术作品中所反映的生活真实，是作家艺术家的再创造，是艺术化和典型化了的真实。文艺创作有个突出的特点，就是通过作家、艺术家的主观，反映现实生活的客观。文艺作品是主客观的矛盾统一。人们习惯于把从生活到艺术的过程，看成一个"化"的过程，就是说是一个起变化的过程。对这个变化过程，文艺上常常用"艺术的升华"来加以形容。作家、艺术家在进行创作时，不可能也没有必要把全部生活真实，都包罗无遗地反映出来。艺术真实不是大大小小、细枝末节的全部生活真实的照搬，只能是艺术化、典型化的具有本质意义的生活真实。这样的真实是怎样达到的呢？作家、艺术家在自己的创作过程中，既要从生活原型中做选择、取舍的工作，更要做加工、改制、再创造的工作，还要在生活的基础上，发挥合理的创作想象和联想，该集中的要集中，该概括的要概括。而在从事这些工作的时候，作家、艺术家的主观世界，包括他的世界观和艺术观，他的政治见解和美学见解，都时时刻刻自觉或不完全自觉地在起作用。在纷纷扬扬的大千世界中，在多种多样的生活原型中，他为什么选取这个而去掉那个，在加工、改制、创造人物和抒写事件的过程中，他为什么这么写而不那么写，他为什么赞赏和歌颂这件事和这部分人，而对那件事和那部分人，却使用了批判和揭露的笔锋？难道这都是纯客观的吗？不代表作家艺术家的主观爱憎和他对客观事物所持的是非观点？就是说，作家、艺术家在反映和描写这些客观生活事物、进行艺术创造时，他没有自己的倾向性吗？当然是有倾向性的。可以说，没有倾向性，就没有真正的艺术，甚至可以说，没有倾向性，就没有人类的进步和发展。倾向性是客观存在的，是抹杀不了的。问题只在于：这种倾向性是否符合客观实际和生活、历史发展的大方向，是否符合广大人民群众的意志和心愿，以及在表达这种倾向性时，是否符合艺术规律。

第二，文艺作品中表现出来的倾向性，是作家在社会生活中形成的，或者说在社会生活中已经奠定了基础的。举例说，柳青在《创业史》中，对梁生宝、梁三老汉的态度，对郭振山的态度，对郭世富和姚士杰的态度，不是在他提笔写作时才开始考虑的，而是在实际生活中就已经形成了的。作家在实际生活中所形成的思想观点、爱憎等倾向性，在创作过程中，将会进一步发展，进一步变得更加明晰、更加准确。每一个作家，都经历了自己的生活战斗道路。他作为社会生活中的一员，在对待和处理同其他各个社会成员之间的关系时，就存在着倾向性。在社会生活中，作家和哪些人同生死、共患难、同命运、共呼吸？和哪些人生活、感情上靠得近？生活中的哪些真理曾经深深地打动和感染了他？所有这些，都是形成他在实际生活中具有某种倾向性的重要因素。然后，这种倾向性又反映在他的作品中。倾向性不是外加的，它包含在作品所反映的生活题材之中，

214

也渗透在作家个人的生活情趣和创作思想之中。作家在创作过程中，不管他在艺术描写上多么含蓄、多么蕴藏不露、多么潜移默化，但思想上的倾向性，无论如何也是抹杀不掉的。

五、再谈真实性和倾向性问题

关于刚才同志们提的问题，我再作些补充。

第一，倾向性不是外加的。作品的倾向性，就包含在作品所反映的生活题材之中，包含在它所描写的那部分生活的真实性之中。真实，真实性，生活的真实性，是倾向性的基础。离开了真实性这个基础，倾向性就不存在了。外加的倾向性，往往是和真实性脱节的，这样的作品是不能令人信服的。作家的倾向性和客观生活的真实性之间，是有矛盾的。这是由于作家本人的生活和世界观的局限性所造成的，是由于他本人的思想偏见所造成的。正是这种局限性和偏见，妨碍他深刻地认识生活的真实性。一旦作家本人克服了自身的偏见和局限性，他就可能达到对生活的真实性的认识，从而在他的作品中，也才可能达到真实性和倾向性的统一。所以说，两者的关系，是矛盾统一，是在矛盾中的统一。

第二，任何一个人的倾向性，都是以他的思想认识为前提的。只有当他从实际出发，遵循事物的客观规律进行研究时，他才有可能真实地认识生活。主观唯心论者做不到这一点。马列主义者，辩证唯物主义者，在对客观事物的认识上，在处理主观和客观的关系上，能够达到一致。这个一致，是基本上一致，大方向一致，本质上的一致。做到大大小小里里外外一切都一致，是比较困难的。一切客观生活事物，都在不断地发展变化之中，马列主义者面对这些客观事物，也有一个在认识上不断深化的过程。

第三，客观世界及其发展过程是矛盾统一的。人的认识及其发展过程也是矛盾统一的。矛盾对立是客观存在，是真实的。统一也是客观存在，是真实的。在自然界，一会旱了，一会涝了，一会山崩了，地裂了，一会火山爆发了，地震了。这都是矛盾嘛。矛盾是真实的。统一是不是也是真实的？是真实的。我们没有天天地震、没有天天大旱或天天发大水，人们也不是天天在吵架闹仗。在社会生活和自然界事物中，某些统一的局面，还是经常保持着的。当然，这种统一仍然是矛盾的统一，是在矛盾中的统一。在社会生活中，有些矛盾，或者有些矛盾的激化，不是内部因素自然发展的结果，而是人为的。比如，在20世纪60年代的社教工作中，特别是在"文化大革命"中，情况就是这样的。人为的矛盾，是违反客观事物的矛盾对立统一规律的。

第四，在我们的实际生活中，美的、善的事物是客观存在的，是真实的。我们的英雄儿女董存瑞、刘胡兰的行为和心灵，是美的、善的；雷锋是美的、善的；张志新是美的、善的。许许多多为共产主义事业献身的人，是美的、善的，思想境界是崇高的。不承认这些是客观存在，把这样的人和事说成是不真实的，这是不对的，是脱离实际的胡说乱道。有的甚至把为革命而流血牺牲的人，诬蔑为"傻子"。要讲倾向性，这种说法的倾向性，不是很明显的吗？这是一种反动的倾向性。如果把这样一种倾向性，反映到作品中去，不难想见，是会如何对待和描写我们的英雄儿女们。美的，善的，是真实的，是客观存在的。在复杂的现实生活中，丑的、恶的事物和人，也是真实的，是客观存在的。

从以上可以看出：倾向性虽是以真实性为基础的，但倾向性本身，却是多种多样的，从根本性质上说，至少有两种：一种是符合客观实际的，符合社会事物发展的大方向的，符合人民群众的根本利益的；另一种则相反，不符合客观实际，违反事物发展大方向，同人民利益和心愿相悖。生活事物是错综复杂的，新生的，衰亡的，进步的，反动的，健康的，不健康的。这些都是客观存在，都是真实的。倾向性就是在这种真实性的基础上起作用。对每一个人来说，所谓倾向性，有站在哪一方面的问题，有在思想感情上倾向于哪一方向的问题。

第五，长期的创作实践证明，古今中外作家的创作，都是有他的倾

216

向性的，写什么，不写什么，爱什么，不爱什么，对什么生活事物怀有深情，这些都含有他的倾向性。他对写作题材的选择、取舍、加工、处理等，都是同他的社会观点与美学观点分不开的。而社会观点和美学观点正是他的倾向性的思想和理论基础。苏联有一篇《列宁的故事》，其中写到列宁和俄国沙皇分家。沙皇说："得让我先挑。"沙皇分的是大官、警官、公爵等。剩下工人、农民、各种劳动者。列宁说："这些都归我。"结果，沙皇挑的人，除了干坏事以外，光会吃，别的什么都不会干，而列宁的人，一切劳动生产，都是能手，要什么有什么。这个故事，倾向性是很强的，但它对封建压迫者的头子沙皇和无产阶级伟大领袖列宁来说，表现得是何等生动真实！虽然手法上是极其夸张的，但所达到的却是无比的真实，是真正的本质意义上的真实，是真实性和倾向性的高度结合与统一。

第六，说文学作品反映生活，要注意反映和描写生活的本质意义上的真实，这和说文学作品要写本质，在含义上是不一样的。文学必须反映生活，描写生活。生活是个整体。生活本身不会分成本质一摊摊，现象一摊摊。具体的生活，有血有肉的生活，所谓本质和现象总是紧密联结和渗透在一起的。有的作品在反映生活时，过于浮光掠影，描写得既不深刻，也不准确。当我们分析这个作品没有写好的原因时，提出意见说主要是因为作家从生活的表面现象观察得多，描写得多，而没有透过表面现象，从本质意义上去考虑、观察生活和描写生活。这样提出问题和研究问题，当然是对的。但不能因此，就直截了当地、简单化地提出文学创作要写生活的本质。离开了血肉相连的生活整体，单单把本质抽出来，怎么个抽法？又怎么个写法呢？这样提出问题，是不科学的、违反生活实际的，也不符合文艺规律，对创作是无益而有害的。

第七，有同志提出："社会生活的倾向性与作家的倾向性两者的内涵有无区别？生活的倾向性能不能代替作家的倾向性？"如果说，社会生活本身存在倾向性，这是因为社会是由不同的人、不同的阶层、不同的社会集团所组成的。这些人、阶层、集团各有自己的立场观点、政治主张和不同的经济利益，正是由于这些，构成了他们各自在社会生活中的不同见解和各自的倾向性。作家就生活在这种复杂交错的群体中，他不是接近这部分人，带有这部分人的倾向性，就是接近那部分人，带有那部分人的倾向性。因此，说作家完全不受这种复杂的社会生活思想的影响，这是不可能的。但真正的作家，革命的作家，马列主义作家，他总是会从复杂的生活中，来分析断定那些思想、主张、倾向，是符合生活实际和历史发展的大方向的，是符合人民的利益和心愿的。作家的这种断定，也是受他个人的思想、见解所支配的。真正革命的人民的作家，是绝不会赞赏林彪、"四人帮"那一套的。因此，说以社会生活的倾向来代替作家的倾向性，这是不符合实际的，是不能简单代替的，也是无法简单代替的。作家从任何社会生活中接受任何影响，都是通过他个人的主观作用的，就是说通过他的思想和世界观的鉴别、剖析和选择的，绝不是纯客观的。

本文系1981年3月27—28日在教育部委托西北大学主办的《文艺概论》进修班上讲话的部分内容

永放光辉

——纪念《在延安文艺座谈会上的讲话》发表四十周年

毛泽东同志的《在延安文艺座谈会上的讲话》（以下简称《讲话》），是马克思列宁主义理论在文艺问题上所取得的重大胜利和卓越的发展，它所确立的一系列根本原则和阐明的许多重要思想、理论、观点，在我们过去、现在和未来的文艺实践中，将永放光辉。

文艺问题千头万绪。《讲话》所论述的是最根本最带普遍性的问题。中心问题是文艺究竟为什么人和如何为的问题。抓住了这个中心问题，其他许多重要问题，也就相应地提示出来，并得到深刻、透彻的阐释。

《讲话》的发表，是在1942年5月。当时，抗日战争正处在艰苦困难阶段。国民党实行的是消极抗日、妥协投降、积极反共、残酷镇压抗日人民和一切抗日力量的反动政策。国民党统治区的广大进步人士和进步的文艺工作者，不满意于国民党这套反动政策，纷纷投奔各抗日根据地，从而为延安和陕甘宁边区的抗战文艺阵营，增加了有生力量，同时，也带来了不少新情况和新问题。就像《讲话》中所指出的："抗日战争爆发以后，革命的文艺工作者来到延安和各个抗日根据地的多起来了，这是很好的事。但是到了根据地，并不是说就已经和根据地的人民群众完全结合了。我们要把革命工作向前推进，就要使这两者完全结合起来。"

怎样才能达到两者的结合？

《讲话》指出：要彻底解决两者的结合问题，首先要在革命文艺工作者的思想上，明确解决文艺究竟为什么人的问题。

《讲话》认为：为什么人的问题，是一个根本的问题、原则的问题。这就是：革命文艺，革命文艺工作，革命的文艺工作者，必须为群众服务，为人民大众服务，为工农兵服务。

《讲话》明确提出文艺为工农兵服务的方针，在1942年那个时期，是有伟大的现实意义的，同时，也是有深远而巨大的历史影响的。

工农兵群众，是我们党进行革命、战争、土改和建设事业所依靠的主要力量，是取得各项工作胜利的根本。在抗日战争年代，提出文艺要为工农兵服务，这和提出文艺要为抗日军民服务，要为当时最大的政治任务，即夺取全面抗战胜利服务，要为彻底的民族解放斗争服务，其根本意义是一致的。这是因为，我们的任何一次伟大的民族民主革命斗争，如果没有党所领导的广大的工农兵群众参加，要想取得彻底胜利，是根本不可能的。

文艺为工农兵服务的方针，作为文艺的一个带根本性质的口号提出来，其重要意义是在于：革命的文艺工作者，在彻底实行这一方针的过程中，他实际上是通过自己的革命斗争实践，通过长期的生活和创作实践，已经把自己的思想、行为、心灵、意志、奋斗、追求等等，和祖国的命运，和人民大众的命运，和工农兵的命运，和整个革命事业的命运，紧紧地联结在一起了。

可以说，彻底实践文艺为工农兵服务的过程，也就是作者自己不断地从以往狭小的生活天地里走出来，逐渐地同广大的工农兵群众密切结合的过程，从而也就是他自己的生活、思想、感情发生变化的过程。正是这种深刻的变化，促成或决定他作品的精神面貌和思想境界的变化。只有从生活、思想、感情上，作为革命人民的一员，作为工农兵群众的一员，在他的作品中，才可能跳动着工农兵群众的真正的脉搏和流淌出工农兵群众的真正的思想感情。我们能够从《讲话》以后四十年间所产生的许许多多的优秀作品中，找到有关这方面的最有说服力的印证。

回过头来看，以《讲话》为里程碑，这整整四十年间，我们在文艺上所走过的路程和已经取得的许多丰硕成果，包括最近这几年出现的不少优秀作品，实际上，都是在《讲话》的光辉思想照耀下，沿着为工农兵服务的方向，通过艰苦创作实践而产生出来的。

当然，事物的发展总是一分为二的。

对长期实践做历史的考察，可以看出，在贯彻执行文艺为工农兵服务、文艺同工农兵群众相结合的问题上，我们既存在"左"的失误，也存在某些右的思想偏差。

在相当长的一段历史时间内，在如何贯彻执行文艺为工农兵服务这个问题上，我们受形而上学的影响和"左"倾教条主义的干扰，是很大的。属于"左"的失误方面的，主要表现在这样一些问题上：

第一，把文艺为工农兵服务，简单地理解为文艺作品只能描写工农兵，只能描写工农兵的优秀人物、先进人物或其他代表人物，而不了解社会生活是个整体，这个社会整体，包含着各种社会成员，即各个社会阶层和各行各业的不同人物。工农兵就生活在这复杂多样的社会整体之中，脱离社会整体，脱离各个社会成员的共同生活及其精神面貌的复杂多样性，以及互相间所产生的矛盾冲突，去孤立地描写工农兵的生活，很难把他们的思想、精神面貌及其对社会整体的巨大作用，充分地有血有肉地表现出来。有些作品反映的生活、人物，比较单一，不够丰富多彩，往往就是在这种情况下产生出来的。

第二，不了解文艺为工农兵服务的方针。这首先是要解决立场问题、思想感情问题，首先是要解决代表和维护工农兵群众的利益问题，只要这个大前提解决了，思想、立场、感情摆对头了，写什么，如何写，可以因人而异，因生活题材的不同而异。工农兵生活题材，当然要写，当然应该大力写。但是，同时，其他生活题材，人物、事件，也要熟悉，也可以写，也应当写。反对写《青春之歌》或《上海的早晨》那样的生活题材，是不对的，把这样的作品诬之为"为小资产阶级知识分子树碑立传""为民族资本家歌功颂德"等等，更是十分错误的。我们决不能把文艺为工农兵服务精神，理解得这样狭隘、这样浅薄，把它歪曲成似乎竟含有这样浓厚的排他性。

第三，在文艺为工农兵服务方针指引下，作家、艺术家应当正确对待、正确解决同工农兵群众的关系问题。按照毛泽东同志的说法，就是作家、艺术家要深入工农兵群众生活，向工农兵群众学习，要先当群众的学生，再当群众的先生，要描写、表现工农兵，同时也要教育引导工农兵。不首先深入工农兵，向工农兵学习，其他一切就都谈不到。但仅仅抓住向工农兵学习、当群众的学生这一条，并不等于就是完成了任务。既当学生，也当先生，一面学习，一面教人。相互间要有来有往。深入工农兵群众，描写工农兵生活，通过作品教育引导工农兵不断前进，这是革命作家、艺术家的神圣职责。列宁、毛泽东同志都说过，严重的问题在于教育农民。那种片面地理解接受贫下中农再教育，把作家、艺术家及一切进步知识分子，一律看成劳动改造对象的做法，是极其错误的。这种错误的思想和做法，在我们的实际生活中是存在的，在我们的有些作品中，也是有所反映的。这在很大程度上起了束缚作家、艺术家思想的作用，限制了他们艺术上创造力和想象力的充分发挥。

以上这些，我们应当引为教训。

否认存在这方面的教训，不能认为是一种实事求是的严肃态度。

但是，从一个极端走向另一个极端，否认作家、艺术家有深入工农兵生活的必要，否认我们的文学艺术创作有表现工农兵、描写工农兵，塑造工农兵新人形象的必要，显然，这也是不对的，是错误的。

近几年来，我们产生了不少描写知识分子受压制、受迫害的作品，产生了不少以描写"伤痕"题材为基调的属于揭露性的作品。这些作品的出现，特别是在前期，是有一定的积极意义的。轻易地和笼统地加以否定，是不够妥当的。随着时间的推移，这类题材作品的出现，既有些多，也有些滥，不少作品的情调也过于低沉。比较突出的问题是：有些作品中对有的矛盾性质和矛盾冲突的描写不够准确，存在着是非界限不清的现象。虽然如此，但从总的方面看，这类题材作品的出现，并不是偶然的，而是有它的某种社会生活的依据的。作品中所存在的思想感情问题和创作方法上的问题，可以作为学术问题和思想认识问题，通过讨论，通过开展正常的批评与自我批评，加以解决。

从以上创作现象出发，有一种意见是不正确的。这种意见认为：既然知识分子的生活可以描写，而且可写的内容又很多，因此，也就用不着特别强调深入工农兵生活和特别强调描写工农兵群众了。这种思想、观点、看法，实际上，是把工农兵作为我们革命和建设的主要依靠力量这个大前提，给忽略了。我们党是重视知识分子的。革命知识分子在我们社会主义建设事业中的巨大作用，绝不能够轻视。这是毫无疑义的。但是，历史实践反复证明：只有当知识分子同工农兵群众密切结合，把自己作为群众的一员，同人民大众相依为命的时候，他们的巨大作用，才可能得到充分发挥。我们千千万万革命的知识分子，实际上，就是这么走过来的。不久以前，我们的党中央，明确地把我国当代知识分子，划入劳动人民和工人阶级队伍，这是完全顺乎情理、合乎实际的。工农兵群众，缺少知识分子的合作，不行；知识分子，离开广大工农兵群众这个主体，更不行。以往，特别在"文化大革命"期间，在我们的实际生活中和工作中，不能正确对待知识分子，忽视和轻视知识分子作用的现象，是存在的。而在最近这几年，在我们文艺领域中，对深入工农兵生活提倡不够，重视不够，轻视和忽视反映工农兵生活的现象，也是存在的。对文学创作来说，需要了解和熟悉的生活，是非常广阔的，是不能画小圈子的。但是，那种同深入工农兵生活、深入现实生活对立着提出来的"到处有生活"的理论，却是有害的，是有消极作用的，是不正确的。

四十年的实践经验证明，在我们的文艺领域中，文艺为工农兵服务方针的提出，是有伟大的战略意义的。历史发展到今天，适应新形势新情况的变化，我们党提出了新的口号，提出了"文艺为人民服务、为社会主义服务"的口号，以此代替以前的口号，代替过往年代的口号。这种新的口号，比以往的口号，更适合于今天的情况，含义更广阔，也更实际，是以往的口号的基本精神在当前情况下合乎实际、合乎逻辑的发展。情况发展了，提法变了，天地更广阔了，但毫无疑义，工农兵群众，仍然是我们党、国家和整个建设事业所依靠的主要力量，仍然是我们文艺事业为之服务和需要大力描写的主要对象。根据实际工作的需要，也根据文艺界的思想现状，在当前和今后，仍然有必要把深入工农兵群众、密切同工农兵群众相结合，作为一种努力实践的方向，强调出来。

1982年3月6日 于常宁宫

面对复杂情况，路该怎么走？

——在铜川市举行的文艺创作座谈会上的发言

鹏程、若冰同志都讲过了。他们是作家，有丰富的生活创作经验，有在这方面的真情实感。他们讲得长也好，短也好，话说得重一点也好，轻一点也好，但都是从自己的亲身创作体会讲的，是从对文学创作的根本认识讲的，所以对大家一定很有启发。我写东西很少，谈不到有什么创作经验，生活经验也不多。但因为长时间同搞创作的同志们打交道，所以，或多或少也了解这方面的一些情况。今天参加这个会，主要是向同志们学习。

听了会上的发言，很有启发。发言中所提出的问题，以及在下面个别交谈时提到的问题，总起来看，大同小异，都是当前文艺方面人们普遍关心的。

从大家的发言中，可以看出这么一种情况来：当前的文学艺术创作，既非常丰富，又存在某种复杂性。好的，优秀的作品很多。不好的，思想感情不健康的东西，也不能说很少。有些作品中受某种不正当的社会思潮和文艺思潮的影响，是很明显的。这些思潮，有的是从我们国内原有的"左"的或右的思潮发展演变来的，有的是从西方资产阶级社会思潮、文艺思潮或流派那里引渡过来的。本来，我们要建设社会主义的文学，并且要求得更好更远大的发展，我们当然要学习、继承古今中外一切优秀的文艺成果，好的健康的东西要学，即便是那些落后的东西里面，其中某些技巧性的东西，仍然是可以借鉴的，或者经过改造，变成对我们有用的东西。在这里，关键的问题，是要有明确的指导思想和科学的鉴别能力。其中最根本的一条，是我们无论学习、借鉴、吸收什么，都要以有利于社会主义的文学建设为前提。在这一点上，不能说我们很多人思想上都是很明确的。特别是有些年轻的同志，经验不足，缺乏锻炼，思想上的辨别能力不强，对腐朽没落资产阶级文艺思潮的侵袭，警惕性不够，免疫力差。这些，都在一定程度上，增加了当前文艺思想和文艺工作的复杂性。

我们所面临的复杂状况，不光是文艺问题本身，作为文艺创作的源泉性的东西，即文艺所反映的现实生活，也是很复杂的。我们经历了"左"的思想路线的干扰，特别是经历了十年浩劫。我们现在的党中央，忠于社会主义，忠于马列主义，忠于人民事业，总结了我们党的正反两方面的经验教训，制定了能够体现马列主义同中国实际相结合的有关方针政策，其根本精神，特别突出表现在三中全会所确定的方针路线和六中全会的决议上面。党中央的符合生活实际和人民心愿的方针政策，受到人民群众的拥护与欢迎，这是理所当然的。在广大群众中，在干部队伍中，拥护党中央方针、路线、政策，忠心耿耿为人民事业奋斗的人，是大多数，但是也还有那么一部分人，特别是某些干部，对这些方针政策，却采取了保留、怀疑以至抵制的态度。持这种态度的人，主要是因为受过去"左"的一套流毒影响且没有肃清。此外，当然也有从反面，从右的方面，对党中央的方针政策，进行干扰和抵制的。这方面的情况，也是绝不能忽视的。至于同志们发言中所说的官僚主义作风问题、特殊化问题，走后门等不正之风一类问题，这在我们的生活中，确实也是一种客观存在。所有这些，集中在一起，构成了人们所说的现实生活的复杂程度。但是，这些东西，是共产党固有的吗？是共产党员和党的干部应该有的吗？是无产阶级自身应该有的吗？不是的。说到底，这都是资产阶级的东西，是封建阶级的东西，是异己阶级的东西对无产阶级、共产党、革命队伍进行腐蚀和影响的结果。

我们面临复杂的现实生活状况和文艺状况。从意识形态这个角度讲，这里面有"左"的，也有右的。"左"的东西，"左"的指导思想和它所产生的恶劣影响，延续的时间长，根子深，波及的面广。今天的潜在势力仍然很大，不可忽视；但右的东西，资产阶级自由化的东西，近年来，不但已经露头，而且气势不小。考虑到右的东西同某种社会思想土壤相结合所产生的巨大影响，对这方面的问题，同样不能忽视。"左"和右，在我们的社会生活中，是客观存在。两者的存在，又往往是互为条件的。有些右的东西的涌现，是在"左"的东西已经发展到极限，并引起广大群众严重不满和愤慨的情况下，以此为机遇，而特别膨胀发展起来的。表面上看，"左"和右，似乎是两个独立存在、互不相干的东西，实际上并非如此，它们当然各有各的特点。但是，在反对真正的马列主义、毛泽东思想这点上，在反对《讲话》所提出的文艺的根本方向这点上，它们是一致的，所起的作用等于是从两面进行夹攻。对"左"和右这两种东西，应当进行两条战线的斗争。要有"左"反左，有右反右。无论反"左"或反右，都应当坚持马列主义、毛泽东思想。用"左"反右不行，用右反"左"也不行，不但反不了，而且会在客观上起助长对方的作用。这样的教训是不少的。当有人用右的、资产阶级自由化的东西，来反对"左"的一套流毒时，在群众中，有可能造成这样的错觉："左"的东西并不坏呀！你看反对它的尽是些啥货色嘛！或者相反，把右的东西当作正面的东西来理解。反过来说，也是一样，当你用被人们所唾弃的"左"的一套东西来反右时，这反而会对反面为右的东西起开脱作用。

　　十年浩劫的摧残，折磨及其所带来的严重后果，使相当多的人，尤其是一些青年同志，产生了不少糊涂观念。这些糊涂观念，既表现在对社会问题的看法上，也表现在对文艺问题的看法上。比如，有的人，从被"四人帮"破坏得不成样子的现实生活出发，不加分析地说社会主义不好，说社会主义不如资本主义好。他们根本不了解资本主义社会的真实情况，不熟悉那里的普通劳动人民的生活困境。他们所说的社会主义不好，实际上是指被林彪、"四人帮"篡改了的假社会主义不好。他们思想上分不清真假社会主义究竟有什么不同。现在，党中央遵循科学社会主义的发展道路，从中国的实际情况出发，依据广大人民群众的意志和心愿，调整了我们有关社会主义建设的若干方针政策，特别是关于当前农村问题的方针政策。非常明显，经过这些调整，广大群众的生产积极性被大大调动起来，生产力和生产成果，都大大提高和发展起来了。又比如：有些同志在反对"四人帮"的极"左"东西时，竟不分青红皂白，连《讲话》中那些符合马列主义精神、属于文艺的根本方向和根本原则性的东西，也一起反对起来了。这样做，当然是错误的。《讲话》中某些不准确不够科学的地方，是可以通过讨论研究加以改正的。最近几年，我们的党中央不就是这样做的吗？但《讲话》的根本方向，它所提出的文艺为什么人，以及如何为的一系列根本原则和观点，则是正确的，是应当继续坚持和贯彻执行的。

时代在发展，历史在发展。人们的实践也在发展。一切理论、原则、观点，包括《讲话》的根本方向、精神，理所当然也必须发展。如果它不发展。如果它脱离时代、历史、生活实践的发展，停滞不前，那它就不成其为真正的马列主义了，就变成死的教条了。对马克思主义者来说，对活生生的马克思列宁主义理论来说，教条主义当然是要反对的，当然是应该破除的。破不了教条主义，生动活泼的马克思主义就出不来，当然也就谈不到在理论上会有什么真正的发展。我们所说的发展，是在坚持马列主义、毛泽东思想根本方向、原理、原则基础上的发展。这种发展，讲具体点，就是要面对新情况，掌握新特点，解决新问题。反过来说，如果没有发展，不求发展如果脱离正在前进的历史时代，停在原地不动，那么，这样的所谓"坚持"，就失掉了它本来的积极意义，变成无所作为的保守主义了。所以说，应当明确地指出：在发展中坚持，在坚持中发展。对离开根本方向、原则，搞的那种纯自由主义的盲目发展，要特别强调坚持的重要意义；而对脱离实际、停滞不前的所谓"坚持"，则应当以发展的观点加以促进。

同发展的观点相联系，在文学艺术创作上，有一个出新的问题。出新和继承的关系，是辩证的矛盾的统一。出新离不开继承。而继承过去一切优秀艺术传统，归根到底，还是为了在原有的基础上，能够更好地出新。出新的目的，就是为了使我们的文艺创作，更好更充分地反映丰富多彩的生活内容，艺术上更生动，更趋完美，更感人，更引人入胜。在创作实践中，做到这样的出新，并不是轻而易举的，不是一说出新，新就果然马上给出来了。没有这么容易。在出新的过程中，不但应当允许试验、探索，而且应当允许走弯路、犯错误。在最近几年中，不少同志在艺术的出新问题上，是下了功夫的，是有成绩的。出新离不开探索。既然是探索。就不能说每迈一步，都得有十分的把握，都要迈得很稳。如果是这样，那还谈什么探索呢？在这里，重要的问题是：第一，在探索的道路上，要善于总结经验，善于分析研究、思考读者观众提出的意见和问题，善于对自己的创作探索从思想上和艺术上做自我剖析，以免走太多太长的弯路。在整个创作过程中，走弯路虽不可免但如果弯路走得太长、太久，一则，过于浪费个人的精力和时间，得不偿失；二则，弯路、错误、泥泞路，走得太久了，习以为常了，想改，难度就大了，甚至可能变成顽症，这就不好了。及时总结经验，就是为了避免弯路走得太长。第二，艺术上的任何一种出新或创新，都不是凭空出现的，不是天外飞来的。作家、艺术家生活天地、生活视野的扩大，在生活、思想上有新的感受和新的认识，是他在艺术创作上能够出新的前提和基础。并且，艺术创作上的出新或创新，必须正确处理好同艺术传统的继承关系问题。一切古今中外的优秀文艺传统，都应当正确地对待，正确地继承。作家、艺术家自己的长期的创作实践经验，经过认真的科学总结，更应当继承，而不能轻易抛弃。割断同传统、同实际生活、同自己长期实践的联系，把这一切都丢得光光的，通通从零开始，另起炉灶新开张，这种做法，恐怕不能算是出新的正当路子。第三，艺术上的真正的出新或创新，对作家艺术家来说，他必须正确对待时代、正确理解时代精神，正确反映现实生活内容，正确对待广大读者、深刻理解并尊重人民群众的意志与心愿。在这个问题上，有一种意见是不正确的。这种意见说：我写的东西，有人说看不懂那是因为他文化欣赏水平低，我根本就不是写给他这样的人看的；现在看不懂，再过几十年，就看懂了。用这样的思想、观点、态度，来对待群众，对待读者，对待文艺创作上的探索和出新，能说是正确的吗？一种标榜自己是属于出新或创新的作品，其艺术风格、情趣、思想内容，和我们这个时代生活的主流，和人民群众，和广大读者，也包括文艺界、知识界的多数读者的思想、观点、感情、欣赏趣味、爱好等，一点边都沾不上，而说再过几十年以后就会有人看懂，这符合事物发展的正常现象吗？这能够令人信服吗？

面对当前复杂的现实生活情况和文艺思潮情况，对作家、艺术家来说，生活的路，创作的路，到底应该怎么走？这是带根本性的问题，必须认真对待，认真思考。在自己的生活创作道路上，应当像航行在大海上的舵手一样，要看准罗盘针，把稳方向盘；像高明的建筑师和剪裁师一样，少不了一把准确的科学的计算尺子。对我们社会主义的文艺家来说，这把尺子，理所当然，不是资产阶级的，而是无产阶级的，不是18、19世纪的，而是20世纪80年代社会主义中国的。曹雪芹、托尔斯泰等人的伟大艺术成就和以他们为代表的现实主义优秀艺术传统，我们必须学习和继承，但是不能用他们的思想感情和他们观察社会、人生、道德、情操、处世、为人的态度、观点、方法，来代替或渗透我们的人生观、世界观、美学观。我们的人生观、世界观、美学观，是来自马克思列宁主义、毛泽东思想。我们学习、借鉴曹雪芹、托尔斯泰，不是在思想感情和生活内容上，原封不动地照搬《红楼梦》《安娜·卡列尼娜》，而是在继承他们优秀遗产的基础上，发扬艺术上的创新精神，写出无愧于我们伟大社会主义新时代生活内容的有高度思想性和艺术力量的作品来。这是第一。

第二，我们面对的是复杂的生活情况和复杂的文艺情况。在思想领域中，对这些复杂情况的看法，也是不一致的，也是比较复杂的。有人这么说，有人那么说。其中，有的意见是从左面来的，有的意见是从右面来

230

的。东风大了向东风、西风大了向西风的情况，不问实际，人云亦云，跟着风头转的情况，也是存在的。我们搞创作的人，反映的是人民的真实的思想感情和社会的真实生活内容，我们自己必须有来自人民、来自生活的真知灼见。我们应当有自己思想认识上的主心骨。人们的真知灼见从哪里来？真正的真知灼见，来自生活，来自人民群众，来自生活斗争和人民群众斗争的实践。实践出真知。这种实践，不应当是盲目的、自发的，而应该是受马列主义、毛泽东思想所指导的。毛泽东思想，是马列主义同中国革命实际相结合的产物，是毛泽东同志和老一辈中国无产阶级革命家一起，领导中国革命人民在长期革命斗争实践中，发挥了集体思想智慧的创造性的结晶。这种集体思想智慧，也包括广大革命群众的创造发明和革命的献身精神在内。高明的领导者，只有依靠伟大的集体，依靠广大革命群众的斗争实践，并且善于总结这些集体的、群众性的智慧和实践，他的才能或天才，才可能得到充分的发挥。我们现在所说的真知灼见，就是以这种集体智慧为基础，针对新情况和新问题，开动脑筋，所获得的符合实际情况、符合科学精神的对生活事物的见解。说到底，无非就是这么两条：一是客观生活实际，一是马列主义、毛泽东思想。两者相结合，闪现出来的思想和智慧火花，就能够产生通常人们所说的对生活的真知灼见。一个人所达到的对生活的真知灼见，和他的整个思想理论修养与实际斗争经验是紧密相连的。这种修养锻炼，不是短期的，而是长期的，如俗话所说："冰冻三尺，非一日之寒。"我们应当以毕生的努力去取得它。

第三，在创作方法上，可以学习、参考、借鉴的东西很多。最主要的，还是应当首先掌握好革命现实主义。我们所说的是革命的现实主义，不是一般的现实主义，不是旧现实主义。在我们这个时代，只有革命的现实主义，才能反映出生活的主流，反映出生活的大方向，反映出既是真实的生活，又是生活的本质意义上的发展趋势，其中也包括某种历史的曲折。真正的革命现实主义作品，总是能够反映出时代、历史、生活本身发展所具有的不可阻挡的前进力量和能够预见到的光辉远景来。这种革命现实主义，和19世纪的批判现实主义不同，和当代西方资产阶级的这个流、那个派更不同，和鲁迅先生在当年那种历史条件下创作《祝福》时所体现的现实主义精神，也有明显差别。从社会主义文学的发展史实可以看出，作为革命现实主义的思想理论基础的，是马克思列宁主义、毛泽东思想，是伟大的共产主义。没有这样的指导思想和理论基础，不可能从复杂纷纭的现实生活中，看出真正的积极力量和发展前途来。粉碎"四人帮"以后，在我们的文学艺术创作领域中，曾经出现了不少以揭露生活阴暗面为题材的、被人们称作"暴露文学"和"伤痕文学"的作品。其中有些作品是写得好的，也是有积极意义的。从大的方面讲，这些作品所产生的作用和影响，同我们党的揭批林彪、"四人帮"，肃清流毒、拨乱反正的决议精神，是一致的。但是，有一个时期，有人提出了这样一种理论，却是值得研究的。这种理论说："暴露文学"和"伤痕文学"的出现，说明了批判现实主义文学具有强大的生命力，现在应当对批判现实主义在当前文学创作中的地位问题，给予重新评价。持这种观点的同志，还进一步发挥说：现实主义应当根据题材的不同有所分工，揭露生活阴暗面的题材，归批判现实主义；歌颂生活光明面的题材，才是革命现实主义的任务。我以为，这种论点至少是对革命现实主义有误解。以马克思列宁主义为指导思想和理论基础的革命现实主义，是无产阶级社会主义文学的一种主要创作方法。是主要创作方法，而不是唯一的创作方法。创作实践表明：作为一种创作方法，革命现实主义比其他创作方法，更加符合从生活到艺术的创作实际，更加具有科学性。在反映真实的生活内容和描写生活本身所具有的某种理想力量这点上，显示出革命现实主义具有强大的生命力。革命现实主义，作为社会主义文学的一种主要创作方法，从它诞生后的发展历史和对文学创作所起的实际作用来考察，在从生活到艺术的整个过程中，在歌颂和暴露这个问题上，它的实际功能不是局限在某一个方面，而是表现在两个方面，它既是歌颂的，又是暴露的；歌颂的是我们生活中健康的、革命的、积极的因素或事物，暴露和批判的，是生活中不健康的、反动的、消极的因素和事物。如果革命现实主义不是这样，而是遇见矛盾、阴暗面、反动消极事物，就绕开走，逃避矛盾斗争，不进行揭露和批判，那么，它就从根本上失掉了作为真正的革命现实主义存在的意义了。

革命现实主义既是歌颂的又是暴露和批判的这样两方面的作用，同现实生活中所存在着的两种因素或两种处于矛盾状态的对立力量，是连在一起的。生活中的两种因素或两种力量，在不同的时间、地点、条件下，采取了不同的表现形式，存在着，斗争着。在十年浩劫期间，一方面，有林彪、江青一伙反革命势力猖狂肆虐、飞扬跋扈、不可一世，另一方面，也有以周恩来同志等老一辈无产阶级革命家为代表的，包括广大革命干部和革命群众在内的、忠于人民忠于党忠于社会主义事业的巨大革命力量，在同林彪、江青一伙进行着各式各样的斗争。张志新同志等身上所体现的革命献身精神，表明在广大人民的心中，对革命与反革命等大是大非问题，是有明确的是非感的，是有革命正气的。如果要讲必须看到生活中的健康因素、革命因素、积极因素，那么，这里面的真正意义是在于：必须看到作为我们党的坚强后盾和支柱的人民的力量，必须看到革命群众强大的力量。正是在这一点上，在粉碎"四人帮"以后的文艺创作中，所出现的那些揭露生活阴暗面的作品，虽然是有生活的依据的，是有积极意义的，有不少作品也是写得好的；但也不能忽视在有的作品中，过多地着重写那些凄凄惨惨、悲悲切切的生活场景和事体经过，而对生活的积极因素、对人民和干部中所蕴藏的不屈不挠的革命战斗精神，则关注不够，观察不够，反映不够，因而使得有些作品的思想情绪，显得过于低沉、灰暗。这样的作品，不能给人以鼓舞力量，引导人们向前看，相反，将会加重人们的困惑与迷惘，影响对生活的信心。不能说社会上有些人的"心灵破碎""看破红尘"等现象，都是受某些文艺作品不健康的思想情绪影响的结果，但革命的文艺作品，应当对读者起积极的推动作用和引导作用，帮助有的人能够从"看破红尘"那样的思想境地中走出来。我们提倡要注意作品的社会效果目的就在这里。

在复杂的现实生活中，能否看到积极的健康的因素或事物，能否看到人民群众的力量，这和一个人的立场观点、思想感情、世界观等，是有密切关系的。我常常想：在封建帝王统治下面还能出现李自成和以李自成为首领的轰轰烈烈的农民革命运动；当我们党召开第一次代表大会时，只有十二位代表，处在那样暗无天日的艰难环境下，党还能够以伟大革命者的胸怀，高瞻远瞩地提出，要解放旧中国，推翻压在人民头上的大山，把社会主义的红旗，扛在中国共产党人身上。回顾党几十年来领导中国革命人民所走过的艰难创业道路，我确实感到今天的社会主义江山，是来之不易啊！我们应当经常缅怀革命前辈、先烈和一切仁人志士，看到他们为中国革命和建设事业所付出的崇高代价，学习他们高尚的精神品质，而不应当在革命的征途中掉队、落后或自暴自弃。不能因为"文化大革命"，就一概否定新中国成立三十年来所取得的许多重大成绩与进步，更不应当无视党的十一届三中全会以来，党所进行的卓有成效的改革和已经获得的重大进展，而把我们说得这也不行，那也不行，似乎共产党、社会主义也不行了，似乎崇洋媚外的思想做法反倒兴时了，拜倒在西方资产阶级脚下摇尾乞怜的行为，也不算个什么了，似乎我们今天在新中国过的日子，反倒不如旧中国、旧社会的日子好过了。试问，这样的思想感情，这种看问题的立场、观点、态度、方法，对头吗？符合实际吗？公正吗？把这些同我们的革命先行者们、前辈先烈们、一切革命志士仁人们，对比一下，看看能发现什么，能说明什么。

　　让我们仍然回到现实主义问题的讨论上来。是不是可以这样说：对一个看不到人民群众力量的人，看不到革命前途的人，看不到生活发展大方向的人，要希望他写出真正的革命现实主义作品来，这是不可能的。因为，表面看起来，这虽然是一个创作方法问题，实际上，最根本的还是作家、艺术家对人民、对革命、对生活的态度和看法问题，是思想感情和世界观问题。这个根本问题不解决，光是着眼于创作方法问题，是很难解决得了的。如果按照有人提出来的分工办法，把歌颂光明面的任务，交给革

234

命现实主义，把揭露生活阴暗面的任务，交给批判现实主义，我们不妨设想一下，如果写作者受自己世界观的局限和制约，他从实际生活中根本看不出什么积极的、健康的、革命的因素和事物来，你叫他怎样去歌颂光明？或者，反过来说，如果作者的思想感情低沉、灰色、消极，在对生活和人生的根本认识上，他缺乏胜利的信心和革命的战斗激情，他又如何能把揭露生活阴暗面的战斗任务完成好？对一个革命作家、艺术家来说，对一个真正的革命现实主义作家、艺术家来说，歌颂光明与揭露黑暗，都是一种战斗，都需要以共产主义战士的思想感情来进行。如果缺乏共产主义的思想感情，要在作品中真正揭露我们生活中的阴暗面，要挤掉革命队伍肌肤上的脓包，要彻底清除林彪、江青一伙遗留下来的毒害影响，怎么能做得好呢？

上面所讲的，算是对同志们所提问题的一个总的看法，是对一些带根本性问题的看法。对这些问题，如果能理解得透彻一些，下面要讨论的几个具体问题，就比较容易说清楚了。（下文从略。）

1982年5月

要有一个新的健康的发展

《在延安文艺座谈会上的讲话》（以下简称《讲话》）的发表，已经四十年了。今天，我们陕西省文艺界的老中青同志们，一起到延安来开纪念会，而且在当年开会的地点杨家岭举行开幕式，这是有深刻意义的。有同志讲这次会是我们省文艺界的一次盛会。确实是一次盛会。可以说，我们已经很长时间没有召开过这样的盛会了。我们大家，不论老年的、中年的、青年的，都是抱着欢欣鼓舞的心情，抱着学习和接受革命传统教育的心情，到延安来参加这个会的。有同志讲，近年来，文艺界流行着不少错误思潮和糊涂观念，我们应当以《讲话》的精神，加以理清，以便端正方向，把我们的工作进一步搞好。我认为这话讲得很对。

我个人曾直接参加了当年的延安文艺座谈会，亲自聆听过毛泽东同志在座谈会上的《讲话》。照道理讲，这些年来，我应当在学习上和工作上做得更好一些。但实际上做得并不好。想到这点，我就对自己很不满意。现在，已经是有了这么一大把年纪的人了，心里虽然还想尽可能多做点事情，但毕竟年龄不饶人啊！好在，我们有这么多的中年的、青年的好同志，在工作上和学习上走在我们前头，用他们新的富有思想和艺术魅力的作品，不断地充实和丰富我们的文艺创作园地。事物的发展虽然曲折，但后来居上这个趋向，从总的方面讲，还是符合历史实际的。年轻的同志们，应该有信心朝这方面努力。

从1942年延安文艺座谈会起，我们整个文艺界开始了一个新的时期。

《讲话》是这一时期的里程碑。这个新的里程碑，当然是继承了"五四"革命传统和30年代左翼文艺运动的革命传统的。毛泽东同志站在新的历史的高度，从当时的中国文艺现状出发，沿着国际共产主义运动经典作家对文艺问题的根本见解，发扬马列主义同中国文艺实际相结合的精神，以发展的观点，提出了《讲话》中关于建设无产阶级文学的一系列纲领性意见。《讲话》的重要意义，不仅表现在文艺思想和文艺理论上，而且更突出的是表现在文艺的实践上，即有关文艺发展的方向道路上。历史实践表明，四十年来，中国革命文艺运动的主流，实际上就是遵循《讲话》的方向、精神走下来的。回过头来看，我们所走过的道路虽然曲折，虽然时常遭遇这样或那样的风浪和风险，时常有多种多样的思潮，有从左面来的或者从右面来的思潮，进行干扰和冲击，但我们大多数同志，还是沿着正确的方向走过来了。在我们陕西地区，不管是年老的、中年的、青年的，大多数也是这么走过来的。有不少中青年作家，创作方向是比较正确的，头脑是比较清醒的，他们的作品是受到人民群众的欢迎的。为什么会这样？主要原因在哪里？我曾经思考过，原因可能是多方面的，最根本的是两点：第一点，在我们这些同志的头脑里，有马列主义、毛泽东思想这盏灯，有《讲话》这盏灯。这盏灯经常在头脑里亮着。所以，即使在风雨飘摇的时候，在风云变幻的时刻，也能够比较清醒地照见前进的道路。说的是比较清醒，而不是说完全清醒，因为确实也有不那么十分清醒的时候。不清醒，不完全清醒，就免不了有时走些弯路。走些弯路，而终于又能够回到正路上来，这还是得归功于这盏灯的力量。第二点，我们的大多数同志，心里有人民，心里想着人民。在作家队伍中，老的，在战争年代，曾和人民群众同甘共苦，相依为命；中青年中的不少人，生在农村，长在农村，工作在农村，他们本人就是农民的子弟，是吃农民的奶汁，被农民的血汗抚育大的。其中有的人即使在今天，还是农村的普通社员，还没有脱离农业生产劳动。他们同人民群众血肉相连的思想感情，奠定了他们在生活、革命的大方向上，在文艺为人民群众服务的大方向上的坚实基础。依我看，主要就是以上这么两条：头脑里点着马列主义、毛泽东思想《讲话》这盏灯；心里怀着人民，不忘人民。

中国的新文学运动，从"五四"时代起，中间经过30年代左翼文艺运动的发展，到《讲话》的发表，开始了一个新的历史阶段。毛泽东同志对"五四"以来的革命文艺运动，对30年代的左翼文艺运动，是作过很高的评价的。同时，他也指出了这些运动中所存在的某种局限性和缺点。主要缺点表现在这些运动的活动范围的主流，始终是局限在知识分子和青年学生的圈子里，即使有时稍有突破，但声势、力量和影响并不大。所以，我们说延安文艺座谈会的召开，《讲话》的发表，在中国革命的文艺发展史上，有新的里程碑的作用，就在于从此开始，基本上改变了过去的面貌，使文艺真正走到群众中去了，走到人民中间去了，走到工农兵中间去了。我们广大的文艺工作者同人民群众结合了，同工农兵结合了，心里头有了人民了。文艺的人民基础，文艺的社会生活基础，比过去广泛多了，也坚实多了。为什么把这叫作文艺的新的里程碑？它新在哪里？新就新在文艺同人民群众、同工农兵相结合这个问题上，新就新在文艺更加具有坚实的人民基础这个问题上。当然，我们的文艺从此走上这样宽广的和正确的道路，这也并不是脱离历史的发展实际的，而是继承了五四运动和30年代左翼文艺运动的革命传统的，是革命传统在新的历史条件下合乎逻辑的进一步发展。

延安文艺座谈会是在什么新的历史条件和情况下召开的呢？毛泽东同志在《讲话》中，对这点讲得很清楚。概括说来，主要是在两个方面：一是《讲话》当时所处的国际国内的政治形势。那时，我们还处在抗日的艰苦困难阶段，我们党领导全国抗日军民进行着浴血奋战，而国民党反动派却倒行逆施，消极抗日，积极反共，对外妥协投降，对内疯狂镇压抗日人民。那时，革命的主要任务，是动员一切抗日力量，当然也包括文学艺术方面的力量，同心同德，团结一致，为争取抗战胜利而斗争，为争取民族解放和民族民主革命胜利而斗争。就像毛泽东同志在《讲话》引言开头所说的："今天邀集大家来开座谈会，目的是要和大家交换意见，研究文艺工作和一般革命工作的关系，求得革命文艺的正确发展，求得革命文艺对其他革命工作的更好的协助，借以打倒我们民族的敌人，完成民族解放的任务。"从这里，我们不难理解在《讲话》中，为什么特别强调文艺的革命性、群众性、革命的功利目的，强调文艺的伟大政治意义，并提出要使文艺"成为整个革命机器的一个组成部分"的根本理由所在。对这个问题，我们要以历史发展的眼光，从革命的实际需要出发，进行考虑、研究，才会理解得深刻，理解得透彻。这是有关历史背景的一个方面。二是文艺界内部的问题，是文艺工作者如何正确处理同新的生活、新的群众的关系问题。这也像《讲话》引言中所说的："抗日战争爆发以后，革命的文艺工作者来到延安和各个抗日根据地的多起来了，这是很好的事。但是到了根据地，并不是说就已经和根据地的人民群众完全结合了。我们要把革命工作推向前进，就要使这两者完全结合起来。"不结合，就做不好工作，工作就不能前进，就会发生这样的矛盾或那样的矛盾。事实上，在《讲话》那个时期，在文艺界内部，在文艺工作者中间，在对待文艺工作同其他革命工作的关系问题上，已经出现了不少矛盾。这些矛盾，有的是属于思想认识方面的，就像《讲话》第四部分中所谈到的："人性论"问题，文艺的基本出发点是"爱"的问题，"从来文艺的任务就在于暴露"的问题，等等。有的是属于思想情绪和思想作风方面的，如宗派主义问题，以及其他互不团结的现象，等等。为什么会发生这些矛盾？怎样才能正确地解决这些矛盾？《讲话》把这些集中到一起，提出了一个最根本的问题，即要想真正地彻底地解决这些矛盾，在作家、艺术家及一切文艺工作者的思想上，必须首先明确解决文艺究竟为什么人的问题，明确解决文艺要为群众服务，要为人民大众服务，首先要为工农兵服务的问题。这是首先要解决的问题。只有把这个根本问题解决了，搞明确了，大方向摆对头了，其他矛盾、问题才比较容易解决，互相间才会有最起码的共同语言，从而也才可能找到比较合理的解决办法。

在延安文艺座谈会以前，在《讲话》发表以前，在文艺界没有经过整风学习以前，在大多数文艺工作者的头脑中，对文艺究竟为什么人服务这个问题，是没有解决的，或者说是没有明确解决的。这也正是同根据地人民群众没有很好结合起来的根子。那时，如果有人提议：既然已经来到革命根据地了，就多写些根据地人民群众新的生活吧！这时，就会有人说，我不熟悉这里人民的生活，硬写也写不好。如果再提出，那就先到人民群众中去生活一个时期吧！这时，还会有人进一步申述理由说，我短期内很难习惯这里人民群众的生活，我看还是分一下工好，你熟悉这里的生活，你就写这里，我熟悉大后方的生活，就写大后方。单从创作题材方面考虑，本来写哪里的生活都无不可，但从以上说法看，却反映出某种思想感情的倾向性来，即人虽然到了根据地，但并没有同根据地的人民相结合，而且流露出主观企图结合的决心，也是不大的。我说这些，也是包括我自己在内的。在文艺座谈会以前，在没有学习《讲话》以前，我个人在这方面的觉悟是很差的。差在哪里？差就差在到了根据地，并没有深刻感到同根据地人民密切结合的重要意义，特别是没有认识到作为一个革命的文艺工作者，有责任把根据地作为整个中国的一个新的天地及新的人民、新的生活、新的思想、新的精神面貌，反映在作品中去，并以此引导和影响全国人民。

　　这使我联想到，近年来，在我们的文艺领域中，是不是也有类似当年的情况，即在思想感情上不符合时代要求的现象？比如说，有的人，在有的作品中，反映的生活天地太狭窄，描写的大多是自己的身边琐事，是自己生活小圈子里那么几个人的生活、思想、感情和所谓"自我"的内心世界的活动；而且，这些活动，又多半是围绕着"伤痕"和爱情这样的题材和主题展开的。在这类作品中，你是很难感受到我们这个时代生活主流的气息和当代人民大众沸腾的思想感情的冲击的。不是说爱情或"伤痕"题材不能写。不是这样。能写。写好了，也是很有教育意义的。但是，在有的作品中，一写到这类题材，就很容易陷入悲悲切切、惨惨凄凄、情调低沉、感情很不健康的境地，无论如何，这种状况，是不能令人满意的；这对引导读者，特别是青年一代读者，走上正确的人生道路，是很不利的，是有很大的消极作用的。在这里，中心问题，不是什么题材能写、什么题材不能写，决定的东西，是作者自己的立场观点和思想感情如何。这种立场观点和思想感情，既表现在如何描写上，也表现在如何选材上，表现在对题材的取舍和具体处理上。一个人的立场观点和思想感情的变化、升华，当然和看书学习也有关系，特别是和读马列主义、毛泽东思想相关的书有密切关系。但是，光闭门读书不行，这是不能较为彻底地解决问题的。他必须从自己生活的小天地里走出来，走出自己的房门，到人民群众中去，到广阔的现实生活中去，到火热的斗争中去。火热的现实生活好比熔炉。一个人的思想感情的变化，在很大程度上，要依靠这种战斗熔炉的冶炼。

作家、艺术家当然要写自己熟悉的题材。不熟悉，怎么能写出感人的好作品来。写自己熟悉的生活，这是天经地义的。但是无论对谁来说，生活这个课题，包括直接生活和间接生活总是要在各种各样的生活、学习、工作、战斗实践中，经历从不熟悉、不那么熟悉，然后到达熟悉或比较熟悉的程度。作家应当有不断扩大自己的生活视野和加深对生活理解的宏图大略，要像占有丰富的财富一样，去占有尽可能广阔的生活内容。要学会在生活的大千世界中游泳。当我们谈论作家、艺术家要突破自己原来的创作水平时，这意味着应当首先突破自己的生活思想、生活视野和对生活的形形色色的局限性。不首先突破这些，以求得生活上不断扩展和深入，在创作艺术上的真正突破，是很难实现的。正是在这样的意义上，我们才反复提出作家、艺术家必须走出自己的狭小天地，到人民群众中去，到广阔的现实生活中去。

我们面对的是复杂的现实生活，是意识形态领域中复杂的社会思潮和文艺思潮。这些复杂现象是真实的，是客观存在的。看不到这一点，不承认这一点，是不对的。但是，情况无论多么复杂，我们都应当从中看出生活和历史发展的主流来，看出必须坚持的正确的战斗方向来。我们生活在20世纪80年代，生活在社会主义的新中国，生活在我们党领导下的人民当家做主的新时代，我们不能不严肃认真地考虑：在我们的作品中究竟泛滥着什么样的思想感情？它符合人民的意志和心愿吗？符合社会主义的利益吗？不能不这样考虑。不能没有这一条。如果连这一条都没有，那还有什么无产阶级和资产阶级、社会主义和资本主义文学艺术的区别！不能抹杀这种区别。这种区别，是由不同阶级的文学艺术各自的性质所决定的。对古今中外一切优秀的文艺传统和文艺成果，我们都应当学习和继承。但是，各个不同时代、不同阶级的文艺，终归是有各自的不同的质的规定性的。资产阶级的文艺就是资产阶级的文艺。社会主义的文艺就是社会主义的文艺。这两者之间，是不能随便混淆的。最近一个时期，在文艺战线上不是经常提到出现了什么什么新秀吗？我们应当有自己的新秀。应当不断地出现一批又一批的新秀。新秀的出现，就是直接意味着我们事业的繁荣与发展，这些年来，我们在这方面做出的成绩是显著的。应当从根本上提明叫响，我们所说的新秀，在我们这个时代，在我们社会主义文艺园地上出生的所谓新秀，乃是无产阶级的新秀，是社会主义的新秀，是人民大众的新秀。而不是别的。不能把外国腐朽没落的资产阶级那一套什么什么主义、什么什么流派，照搬过来，稍加改头换面，送到读者观众面前，就把这说成是出新，说成是什么什么新秀。这是不行的。这样做的结果，不仅不会产生中国无产阶级的、中国人民大众的真正的文艺新秀，而且会搞乱我们整个文学艺术的发展方向。这一点，我们必须认真对待。

当前，我们国家对外实行开放政策。在文化方面，也开展了同有关国家之间的相互交流。在这种情况下，完全能够估计得到，外国的什么什么思想、什么什么主义，文艺方面的这个流、那个派，当然会随之而来。对这些以思想、学术面目出现的东西，完全不让来是办不到的。硬性制止，效果也未必好。关键是我们自己要保持清醒的头脑，从思想上明确划清界限。对文艺方面这个流、那个派的，要坚持以"拿来主义"的精神经过认真地分析和研究，把它们有用的东西吸收过来，以充实和丰富我们的艺术表现能力。在这方面，闭关锁国和崇洋媚外的思想，都是绝对要不得的。此外，还有的人，同以上某种不正确的思想情绪相呼应，对四十年来我们在文艺上所走过的道路，对《讲话》所提出的根本方向、做法，一概持否定的态度，认为这些都已经过时了，旧了，吃不开了。他们把坚持《讲话》根本方向的同志，叫作"《讲话》派"，这和说"保守派"，实际上是一个意思；有时，把"《讲话》派"就直截了当地说成是思想上的"僵化派"。这样说的同志，本质上未必不好，但是他在有关文艺的大是大非问题上，没有弄清楚，思想上存在不少糊涂观念，这却是事实。因此，在纪念《讲话》发表四十周年的时候，开展一次深入学习，以《讲话》精神为武器，澄清一下文艺方面所存在的糊涂观念和错误思想，是很有必要的。

毛泽东同志在《讲话》快要结束的时候，曾经说过这样一段话："今天我所讲的，只是我们文艺运动中的一些根本方向问题，还有许多具体问题需要今后继续研究。"这次重新学习时，这段话引起我思想上较多的注意和思考。为什么只讲文艺上的根本方向问题？因为从当时的历史实际和文艺实际出发，讲这个问题，有实际的针对性和必要性，有特殊的重要意义。因为在当时那种情况下，只有首先把这个根本方向问题解决了，文艺上的其他许多具体问题，才有可能顺理成章地被提到进一步深入研究的日程上来。我们深刻领会这段话，对正确理解《讲话》的精神实质，是有重要意义的。用对待一般的文艺教科书的观点来看待《讲话》，企图从中学习一般的文艺知识和文艺技巧，当这些要求无法满足时，就对《讲话》产生失望情绪，认为《讲话》所讲的，都不过是些老一套的、一般化的大道理。对待这种观点的同志，我们只能说：在如何正确理解《讲话》的伟大意义这个问题上，他还站在大门外面。不能不说，近年来，在一部分文艺界的青年同志和青年朋友中，以上这种思想状况是存在的。也应当说，正因为如此，某种混乱的文艺思潮，才得以蔓延。

《讲话》中所有讲到的问题，都是围绕着论述根本方向这个中心问题而展开的。讲得都很简括。虽然简括，但精炼、准确、贴切、中肯。也因为简括，没有能够多发挥，在思想、理论上，给我们今后继续深入研究，留下了进一步发挥、发展和补充的余地。其中有些论述、有些提法、说法，也不能不受当时历史条件的影响和限制。所有这些，都需要我们在坚持《讲话》根本方向的前提下，依据历史的发展，顺应时代的要求：结合新的实际，在研究、处理、回答新情况和新问题的过程中，在思想、理论和创作实践各方面，使文艺有一个新的健康的发展。

本文系1982年5月9日在陕西省委召开的纪念《在延安文艺座谈会上的讲话》发表四十周年学习讨论会上的发言

后　记

2024年7月是陕西省作协成立七十周年。

是年,陕西省作协联手陕西师大出版总社,为陕西从事文学理论和文学批评的部分人士予以出书,家父在列。

家父年轻时离家,东奔西走,先后在天津、东北、北京及山西追寻自己的人生目标,1940年到陕西延安。1942年,参加了延安文艺座谈会。1949年后,在中国作协西安分会、陕西省作协工作,任副主席、主席,并任《延河》主编;1985年,任《小说评论》主编。他一生写过不少文章,出版过《从生活到艺术》《新时期文艺论集》《胡采文学评论集》。这次出版的《生活真实与艺术虚构》一书,所选文章均是以前发表过的,有些篇什是发表了多次的。我们选择时,主要鉴选了其他出版社已选发过的文章。

文章是有生命的:有的时间短些,有的时间长些,有的甚至会伴随人类很久,很久。

在对家父的文章选取上,我们尽量选择了具有一定适应性的、可资借鉴的文章,就是说,多些含蕴广泛而普遍的、合理的、具有延展性的,少一些时效和局限的束缚。诚然,没有一个人能完全脱离所在的境地,特别是外在的扰动。作为理论工作者,其论说,应当带有一定的普遍性和拓展性,益于更多的爱好受众。家父在他的一些文章中,做到了这一点。在这些文章中,他用质朴而严谨的笔触,深入浅出地为许多人,特别是五六十年代的有意文学写作的基层作者，提供了文学创作的思索与分析，进一步拓展了他们对文学创作的认知。在对一些作家和诗人的作品评介中，中肯而又细致入微的评析，是有积极意义的。

时间是一个过滤器，人们的认知也在不断地提升。这也许就是他留给我们——他的孩子们的另一个思索问题和人的含义的角度吧。

家父离开我们二十多年了。此次《生活真实与艺术虚构》的出版，算是对他的纪念吧。感谢陕西作协的厚爱！感谢陕西师大出版总社的协作！

胡晓江　胡晓海　胡晓波

2025年3月21日